Alexander S. Coburg

Heine lässt grüßen

Gedanken aus dem Jenseits

Bibliografische Information der Deutschen Nationalbibliothek:
Die Deutsche Nationalbibliothek verzeichnet diese Publikation in der
Deutschen Nationalbibliografie; detaillierte bibliografische Daten sind
im Internet über http://dnb.dnb.de abrufbar.

Herstellung und Verlag: BoD – Books on Demand, Norderstedt
Umschlaggestaltung: Alexandra Schröder, Berlin
Bildquelle: Pixabay

ISBN: 9783750402416

Inhalt

Prolog

Ist Ihnen der Name *Heine* ein Begriff? Gemeint ist hier natürlich nicht das gleichnamige Versandhaus, das Klamotten und sonstigen Kram per Katalog vertreibt. Die Rede ist hier von dem deutschen Dichter *Heinrich Heine*, der, wie kaum ein anderer Poet, seinen Landsleuten den Spiegel vors Gesicht gehalten und ihr Blut bisweilen zum Kochen gebracht hat. Und das nicht nur zu seinen Lebzeiten, sondern auch und gerade nach seinem Tod. Ob in der Ära des größenwahnsinnigen letzten deutschen Kaisers, der frustriert im Exil landete, oder des noch größenwahnsinnigeren großdeutschen Führers, dessen großdeutsches Reich gerade mal zwölf Jahre bestand und der sich vor lauter Feigheit selbst ins Jenseits beförderte: stets von Neuem wurde Heine öffentlich an den Pranger gestellt – vermutlich aus Furcht davor, der Genius könnte wieder zum Leben erweckt werden und mit seinen Streitschriften Unruhe stiften.

Tatsache ist, dass kein anderer so scheinbar widersprüchlich agierte, wobei das eine das andere nicht zwangsläufig ausschließen musste. Dass er in jüngeren Jahren ein Romantiker war, der die Herzen vieler Zeitgenossen im Sturm eroberte, stellt nicht unbedingt einen Widerspruch dar, nur weil er in reiferen Jahren die Unzulänglichkeiten seiner Mitmenschen erkannte und zum nationalen Spötter avancierte. Dass er Goethe in Weimar ehrfurchtsvoll um eine Besuchserlaubnis bat und von dessen kühler Behandlung ihm gegenüber enttäuscht war, steht nur scheinbar im

Gegensatz zu seinen polemischen Attacken gegen Platen, dessen Homosexualität er öffentlich brandmarkte, nachdem sich dieser durch antisemitische Ausfälle hervorgetan hatte. Dass er an schönen Frauen Gefallen fand und dabei auch Niederlagen einstecken musste, war nicht gezwungenermaßen damit unvereinbar, dass er in der Rolle eines Revolutionärs die von Adligen beherrschte kleinkarierte Welt – wenn auch nur mit den Waffen seiner Worte – verändern wollte.

Heine, das Enfant terrible zumindest der spießigen Preußen, war einem ständigen Wechsel zwischen Liebe und Hass, zwischen Verehrung und Verteufelung, zwischen Lobgesang und Verleumdung ausgesetzt. Wie kein anderer malträtierte er die Deutschtümelei, die alles Fremdländische in den Dreck zog und Toleranz nur vom Hörensagen kannte. Und ausgerechnet er, der seine Heimat liebte und während seines Exils bitter vermisste, wurde zum Vaterlandsverräter gestempelt – nur weil ihm die vaterländischen Auflagen zuwider waren, die darin bestanden, tunlichst der Obrigkeit zu gehorchen und den Mund zu halten.

Wie sehr er davon träumte, nach jahrelanger Abwesenheit seine Heimat wiederzusehen – wohl wissend, dass er als steckbrieflich Gesuchter in den Tiefen preußischer Niedertracht zu versinken drohte – hat er in seinem Lied *Lorelei* eindringlich zum Ausdruck gebracht.

Ich weiß nicht, was soll es bedeuten,
Daß ich so traurig bin;
Ein Märchen aus alten Zeiten,
Das kommt mir nicht aus dem Sinn.

Die Luft ist kühl und es dunkelt,
Und ruhig fließt der Rhein;
Der Gipfel des Berges funkelt
Im Abendsonnenschein.

Die schönste Jungfrau sitzet
Dort oben wunderbar,
Ihr goldnes Geschmeide blitzet,
Sie kämmt ihr goldenes Haar.

Sie kämmt es mit goldenem Kamme,
Und singt ein Lied dabei;
Das hat eine wundersame,
Gewaltige Melodei.

Den Schiffer im kleinen Schiffe
Ergreift es mit wildem Weh;
Er schaut nicht die Felsenriffe,
Er schaut nur hinauf in die Höh.

Ich glaube, die Wellen verschlingen
Am Ende Schiffer und Kahn;
Und das hat mit ihrem Singen
Die Lorelei getan.

Während Heine mit der *Lorelei*, quasi hinter den Zeilen versteckt, seine Sehnsucht nach der Heimat andeutete, wählte er mit dem nicht minder bekannten Gedicht *Nachtgedanken* einen wesentlich schärferen Ton. Seine Gedanken kreisten einzig und allein um die Mutter, die er seit zwölf Jahren nicht mehr gesehen hatte. Auf das Vaterland konnte er getrost verzichten. Ganz im Gegenteil: es war ihm so wenig wert, dass er es vorzog, sich an der französischen Heiterkeit und am Anblick seiner Frau zu erfreuen, die ihn von seinen deutschen Sorgen befreite.

Denk ich an Deutschland in der Nacht,
Dann bin ich um den Schlaf gebracht,
Ich kann nicht mehr die Augen schließen,
Und meine heißen Tränen fließen.

Die Jahre kommen und vergehn!
Seit ich die Mutter nicht gesehn,
Zwölf Jahre sind schon hingegangen;
Es wächst mein Sehnen und Verlangen.

[…]

Nach Deutschland lechzt' ich nicht so sehr,
Wenn nicht die Mutter dorten wär;
Das Vaterland wird nie verderben,
Jedoch die alte Frau kann sterben.

[…]

Gottlob! durch meine Fenster bricht
Französisch heitres Tageslicht;
Es kommt mein Weib, schön wie der Morgen,
Und lächelt fort die deutschen Sorgen.

Man könnte sich jetzt die Frage stellen, was Heine wohl von Deutschland und seinen Bürgern hielte, wenn er heute in das Land seiner Träume, ja eher seiner Albträume zurückkehren würde. Gewiss wäre er erst einmal sprachlos – angesichts der technischen Entwicklung sicher nicht verwunderlich. Keine Kutschen auf den Straßen, bei deren holpriger Fahrt die Knochen einem Härtetest unterzogen werden; keine schmutzigen Gassen, in denen es nach Fäkalien stinkt; kein Hungern des kleinen Mannes, der sich mit einem Laib Brot begnügen muss; kein Schuften der Leute fast rund um die Uhr, was den Schlaf zum Luxus werden lässt. Stattdessen Autos, mit denen man zehnmal schneller unterwegs ist als damals; saubere Straßen mit unterirdischer Kanalisation; Delikatessen aus aller Herren Länder, die sich viele Menschen – wenn auch nicht täglich – leisten können; eine Fünf-Tage-Woche mit höchstens vierzig Stunden Arbeitszeit, die für reichlich Freizeit sorgt.

Und dennoch müsste er feststellen, dass nicht alles Gold ist, was glänzt. Das gewaltige Verkehrsaufkommen verpestet die Luft, die das Atmen erschwert und die Umwelt schädigt; die Wohlstandsgesellschaft produziert tonnenweise Müll, dessen Beseitigung kaum noch bewältigt werden kann; Flugzeuge verschleudern riesige Mengen Treibstoff, um Lebensmittel aus fernen Ländern heranzukarren, womit die jahreszeitlich bedingte Ernte im eigenen Land ad absurdum geführt wird; und die gewonnene Freizeit wird zum Stressfaktor, weil die Leute immer und überall dabeisein müssen, um kein scheinbar wichtiges Ereignis zu versäumen.

Und die Menschen selbst? Hat sich die Mentalität der Deutschen gegenüber ihren preußischen Vorfahren geändert? Ist ihr Charakter ein besserer geworden? Lassen wir die Fragen vorerst offen. In den späteren Kapiteln werden Sie mehr darüber erfahren, wie Heine seine Landsleute von heute einschätzen würde. Zunächst einmal sollen Sie mehr über das Leben und Wirken diesen großen deutschen Dichters und Spötters der Nation erfahren.

*

Heine erblickte am 13. Dezember 1797 als Harry Heine in Düsseldorf das Licht der Welt – einer Welt, die ihm während seines ganzen Lebens mehr Schatten als Licht bescheren sollte. Schlimmer noch: sein Dasein wurde zu einem einzigen Höllenspektakel, wie er es einmal selbst bezeichnete, das sogar über seinen Tod hinaus anhielt. Die Bedingungen für ihn als Juden waren in dieser Stadt nicht ganz so ungünstig wie in anderen Teilen des Landes, wo viele seiner Glaubensgenossen in Ghettos hausen mussten. Ein Vorteil für ihn und seine Familie war es wohl auch, dass Düsseldorf während seiner Jugend – bis auf eine fünfjährige Unterbrechung – unter französischer Verwaltung stand. Erst 1815 fiel die Stadt an das ungeliebte Preußen.

Seine Mutter Betty Heine nannte er die Oberleitung seines Lebens, deren Steckenpferd es war, für eine ordentliche Erziehung ihres Sohnes zu sorgen – eine Erziehung im gut bürgerlichen Sinne – mit dem Ziel, einen angesehenen Beruf zu ergreifen. Einen Dichter aus ihm zu machen, war das letzte, was sie anstrebte. Und doch konnte sie ihn nicht davon abhalten. Dafür taten ihr die nachfolgenden drei Kinder den Gefallen, etwas Ordentliches aus sich zu machen – eine in konservativen Kreisen damals übliche Denkweise.

Seine drei Jahre jüngere Schwester Charlotte, mit der er ein besonders inniges Verhältnis pflegte, heiratete später einen renommierten Hamburger Kaufmann und wurde fast einhundert Jahre alt. Hingegen gab es zwischen ihm und seinen beiden jüngeren Brüdern gelegentliche Spannungen, die von der Mutter geschlichtet werden mussten. Der acht Jahre jüngere Gustav, ebenfalls mit einem langen Leben von immerhin achtzig Jahren gesegnet, landete als Offizier beim österreichischen Militär und brachte es als Herausgeber einer Zeitung zu Wohlstand. Der zehn Jahre jüngere Maximilian, der am Ende auch noch die Siebzig überschritt, trat als Militärarzt in den Dienst des russischen Zaren. Beide Brüder machten als Juden eine beachtliche Karriere, die letztlich sogar im Adelsstand endete. In den Augen der Mutter und der gesamten Verwandtschaft war Sohn Harry damit der Außenseiter der Familie. Dass er noch zu Lebzeiten und über den Tod hinaus Ruhm erntete, während die übrigen Familienmitglieder historisch keine Bedeutung erlangten, war eine Sichtweise, die seiner Sippe völlig fremd blieb.

Sein Vater Samson Heine war, wie die meisten seiner Vorfahren, Kaufmann mit einem eigenen Geschäft. Als Geschäftsmann taugte er aber wenig. Seinen Handel mit Modewaren musste er nach zweiundzwanzig Jahren wieder aufgeben. Und dennoch hatte Heine eine besondere Beziehung zu seinem Vater – vielleicht gerade deswegen, weil dieser, wie er selbst, keinen Wert auf eine große Karriere legte.

Enge Beziehungen bestanden darüber hinaus zu weiteren Personen innerhalb der Verwandtschaft. So zum Beispiel zu Simon van Geldern, einem Bruder seiner Mutter. Die Bibliothek des Onkels und eine Dachkammer in dessen Haus wurden zu Heines Zufluchtsstätte, in der er sich nicht nur geistig ausleben, sondern auch von einem Vorfahren träumen konnte, der ebenfalls Simon van Geldern hieß und der Morgenländer genannt wurde. Dieser Abenteurer war ständig auf Reisen, meistens im Orient, und scherte sich einen Dreck um die Regeln einer Gesellschaft, die ihm suspekt war – worin sich Großonkel und Großneffe offenbar glichen. Jedenfalls erkannte er jetzt, dass er nicht das einzige schwarze Schaf der Familie war.

Von entscheidender Bedeutung sollten auch die Bande zu einem anderen Onkel werden: nämlich zu Salomon Heine, dem jüngeren Bruder seines Vaters, der ein eigenes Bankhaus betrieb und als das unumstrittene Familienoberhaupt fungierte. Er finanzierte zunächst Heines beruflichen Werdegang – erst die Banklehre, dann ein Manufakturwarengeschäft und schließlich sein juristisches Studium. Doch auch später musste er seinem Neffen immer wieder aus finanziellen Nöten heraushelfen, was auf Dauer zwangsläufig zu einer gewissen Abhängigkeit führte. Die Spannungen, die nach dem Tod des Onkels wegen seines Pensionsstreits mit dem Vetter Carl Heine entstanden, führten dazu, dass er seine Verwandtschaft schlichtweg als Lumpenpack bezeichnete.

*

Heine besuchte zunächst eine Kinderschule, danach eine jüdische Privatschule und schließlich die städtische Grundschule, bevor er auf dem Lyzeum landete. Was die Zeit vor seinem Eintritt in die höhere Lehranstalt betraf, erinnerte er sich später nur noch an die ersten Prügel, die ihm sein Klassenlehrer verabreicht hatte. Am Lyzeum hingegen prägten ihn nachhaltig zwei seiner Lehrer: zum einen Jean Baptiste Daulnoy, der ihn in der französischen Sprache, so zum Beispiel auch in der Verslehre unterrichtete – Kenntnisse, die sich im Verlauf seines lyrischen Schaffens auszahlen sollten; zum anderen Dr. Aegidius Jacob Schallmayer, bei dem er die Grundlagen der Philosophie kennenlernte, was ihm jene kritische Geisteshaltung einbrachte, die fortan zum Leitmotiv seines eigenen Denkens wurde und ihm sein Leben lang nichts als Ärger einbrachte.

Weil das Geschäft seines Vaters schon seit einiger Zeit in großen Schwierigkeiten steckte und dringend Unterstützung benötigte, sollte Heine eine kaufmännische Ausbildung absolvieren. Also verließ er das Lyzeum vorzeitig, offenbar ohne Reifeprüfung. Aus den Quellen geht dies jedenfalls nicht eindeutig hervor. Er wechselte zur Handelsschule, wo er sich unter anderem mit Buchführung herumschlagen musste. Die Praxis wollte ihm sein Vater vermitteln. Doch all diese Anstrengungen, ihn auf ein ordentliches Berufsleben vorzubereiten, waren ebenso für die Katz wie die Begleitung seines Vaters auf die Handelsmesse in Frankfurt am Main und zwei dort begonnene Praktika. Als letzten Ausweg sahen die Eltern nur noch den Versuch, ihren Sohn in eine Banklehre beim erfolgreichen Onkel Salomon in Hamburg zu schicken, die dieser seinem Neffen auch gewährte. Das bald darauf eröffnete Manufakturwarengeschäft Harry Heine & Comp. konnte aus dem leidenschaftlichen Dichter allerdings auch keinen erfolgreichen Kaufmann machen und wurde erwartungsgemäß bereits nach zehn Monaten wieder aufgelöst.

Der Onkel höchstpersönlich plante nun eine neue Karriere für den in merkantilen Angelegenheiten lustlosen Neffen. Er sollte ein juristisches Studium aufnehmen. Er schickte ihn zunächst an die Universität Bonn. Bald folgte ein Wechsel nach Göttingen, wo er wegen eines Duells für ein halbes Jahr von der Hochschule flog. Später setzte er sein Studium in Berlin fort, ehe er erneut in Göttingen landete. Doch während seiner gesamten Studienzeit, in der er Stammgast in den Universitätsbibliotheken war, beschäftigte er sich mit allen möglichen Wissenschaften, nur nicht mit der Juristerei. Für ihn war der ganze Paragraphenkram nichts weiter als eine Art Rechtfertigungswissenschaft im

Dienste des Staates. Dennoch legte er sein juristisches Staatsexamen mit der Note drei ab und promovierte sogar zum Dr. jur. Genützt hat ihm die ganze, wenn auch nur halbherzige Paukerei nichts – auch nicht der Übertritt zum protestantischen Glauben, von dem er sich bessere Berufsaussichten erhoffte. Denn weder die geplante Anwaltstätigkeit noch die Bemühung um eine Stelle als Ratssyndikus fünf Jahre später – beides in Hamburg – waren von Erfolg gekrönt. Auch das Vorhaben, in München eine Professur zu erhalten, endete wie das Hornberger Schießen.

*

Heines Laufbahn als Dichter und Schriftsteller stand für ihn im Grunde genommen von vornherein fest. Zu sehr fühlte er sich der literarischen Arbeit verbunden. Dass er dabei ständigen Repressalien ausgesetzt war, hing mit der damaligen Zeit zusammen. Von der Zensur bis zum Verbot seiner Werke geplagt, war der Gang ins Pariser Exil nur die logische Konsequenz. Die engstirnige und kleingeistige Gesellschaft in einem Preußen, dem jeglicher Gedanke an eine Erneuerung zuwider war, war ein schlechter Nährboden für eine Literatur, die der Aufklärung dienen sollte.

Zu Beginn seines Schaffens lag der Schwerpunkt seiner Arbeit in der Lyrik. Nach romantischen Gedichten in der Frühphase verlegte er sich mehr und mehr auf spöttische Verse. Er war geradezu ein Meister in der Mischung aus kritischer Betrachtung und ironischer Formulierung. Alle seine Gedichte ordnete er Gedichtgruppen und -zyklen zu.

So entstanden das *Buch der Lieder*, die *Neuen Gedichte*, der *Romanzero* und späte Gedichte aus dem Nachlass. Absolute Höhepunkte seines lyrischen Werkes wurden aber die Versepen *Deutschland. Ein Wintermärchen* und *Atta Troll. Ein Sommernachtstraum.* Erwähnenswert ist noch, dass seine frühe Lyrik in beinahe zehntausend Vertonungen Eingang in die Musik fand. Namen berühmt gewordener Komponisten wie Felix Mendelssohn Bartholdy, Robert Schumann, Franz Liszt oder Richard Wagner sollen nur stellvertretend für andere Musiker von hohem Rang genannt werden.

Mit zunehmendem Alter widmete er sich verstärkt der Prosa. Sein eigenwilliges Schreibprinzip setzte sich aus fiktiven Treffen, messerscharfen Beobachtungen, eigenen Erlebnissen und einem Schuss Selbsterkenntnis zusammen. So entstanden im Laufe der Zeit die *Reisebilder I-IV*, die *Französischen Zustände*, der *Salon I-IV*, die *Romantische Schule*, *Ludwig Börne. Eine Denkschrift*, der *Doktor Faust. Ein Tanzpoem*, *Vermischte Schriften I-III* und das *Memoiren*-Fragment. Unter den *Reisebildern* sind vor allem seine Beschreibungen der *Harzreise*, des Aufenthalts an der *Nordsee* und der *Reise nach Italien* unvergesslich geblieben. Zu den bekanntesten Schriften des *Salon* gehören der *Rabbi von Bacharach* und die *Elementargeister*, zu denen der *Vermischten Schriften* die *Geständnisse* und *Lutetia*. Nicht zu vergessen sind die zahllosen Briefe, die er an seine Familie sowie an Freunde und Bekannte geschrieben hat. Auch mit seinem Verleger Julius Campe pflegte er eine umfangreiche Korrespondenz.

Seine Versuche, mit Dramen Erfolg zu haben, fielen buchstäblich ins Wasser. Die Uraufführung des *Almansor* in Braunschweig endete in einem Pfeifkonzert, und *William Ratcliff* machte auch keine Furore. Von diesen Misserfolgen frustriert, gab er seine Aktivitäten als Theaterautor auf und legte die erfolglosen Stücke zu den Akten.

Neben einer Reihe von Buchveröffentlichungen brachte er auch zahlreiche Artikel in Zeitungen und Zeitschriften heraus. Dazu zählten: seine Arbeit als Redakteur der *Neuen allgemeinen politischen Annalen* des Barons Johann Friedrich von Cotta in München; die Korrespondententätigkeit für die *Allgemeine Zeitung* in Augsburg, die sich ebenfalls in von Cottas Besitz befand, und von der er sich vorübergehend wegen Zensurschwierigkeiten verabschiedete, bevor er acht Jahre später die Arbeit für mehrere Jahre wieder aufnahm; und nicht zuletzt die französische Berichterstattung über Deutschland mit einer Artikelserie in *L'Europe littéraire* in Paris.

Eine Auswahl aus Heines Lyrik und Prosa, in der er nicht nur Erkenntnisse aus seiner Zeit zum Besten gab, sondern gelegentlich auch Voraussagen für die Zukunft wagte, werden Sie in den auf den Prolog folgenden Kapiteln noch kennenlernen.

*

Heine war sechzehn Jahre alt, als er in Düsseldorf seine erste jugendliche Liebe kennenlernte. Die vier Jahre jüngere Josepha Edel, die er ihrer roten Haare wegen das *rote Sefchen* nannte, war die Tochter eines Scharfrichters. Nach seinen Beschreibungen muss sie ausgesprochen schön gewesen sein, wobei ihn wohl am meisten die großen dunklen Augen und der Mund mit den schmalen Lippen faszinierten. Als Scharfrichter stand ihr Vater mit der Familie noch weiter im Abseits der Gesellschaft als dies bei dem Juden Heine der Fall war. Umso mehr hatte er das Bedürfnis, sie zu küssen – nicht nur aus Zuneigung, sondern auch als Verhöhnung des spießigen Bürgertums mit seinen vorgefassten Meinungen. Damit war er bereits als Jugendlicher zu einem Rebell gegen alles Althergebrachte geworden.

Während seiner Banklehre beim Onkel in Hamburg, an dessen privaten Empfängen er teilnehmen musste, die ihn aber sichtlich langweilten, schielten so manche schöne Mädchen nach ihm, wobei offenbar auch die Mütter schon Pläne für ihre Töchter geschmiedet hatten – war der Auserwählte doch ein Neffe des großen Bankiers. Aber Heine war sich im Klaren darüber, dass die nach ihm lechzenden Blicke nur den schnöden Mammon im Visier hatten. Sie konnten natürlich nicht wissen, dass er unvermögend war und als Erbe von Hamburgs Rothschild ohnehin nur sein Vetter Carl in Frage kam.

Verliebt hatte er sich hingegen in Amalie Heine, bei der es sich um eine der vier Töchter seines Onkels handelte. Die zwei Jahre jüngere Cousine weckte anfangs Hoffnungen in ihm, aber keine Illusionen. Schließlich spürte er, dass sie seine Liebe nicht erwiderte und ihn letztlich gar zurückwies. Dieses schmerzhafte Erlebnis musste er erst einmal verdauen. Aber immerhin war er damit um eine Erfahrung reicher geworden.

Der Wendepunkt kam erst sehr viel später in seinem Pariser Exil, als er Augustine Crescence Mirat begegnete. Die achtzehn Jahre jüngere Französin, die er Mathilde nannte, wurde seine große Liebe, die bis zu seinem Tod Bestand hatte. Beide lebten sieben Jahre in wilder Ehe zusammen, was im biederen Deutschland undenkbar gewesen wäre. Erst im Alter von dreiundvierzig Jahren heiratete Heine seine Mathilde. Das Zusammenleben muss bisweilen recht aufregend gewesen sein. Die Frohnatur, die seine noch dazu sehr lebhafte Frau war, bereitete ihm große Freude, wie er Freunden gegenüber stets versicherte. Und dass sie von seiner Arbeit nichts verstand, scheint ihn keineswegs gestört zu haben. Daran Anstoß genommen haben nur ein paar Leute, bei denen der Schein mehr Gewicht hatte als das Sein und deren Verstand nicht mit der Höhe des Intelligenzquotienten, sondern allenthalben mit der des Bankkontos gemessen werden konnte.

Trotz der leidenschaftlichen Liebe zu Mathilde kreuzte kurz vor seinem Tod eine andere Frau in seinem Leben auf, was auf seine Ehe aber keinen Einfluss hatte. Er lernte sie als Elise Krinitz kennen, als Camilla Selden brachte sie später ein Erinnerungsbuch über Heines letzte Tage heraus. Er nannte sie *mouche*, was übersetzt Fliege heißt. Sie las dem inzwischen Schwerkranken vor, half ihm bei der Bewältigung seines Schriftverkehrs und unterstützte ihn in Übersetzungsangelegenheiten. Er hatte sich wie ein junger Spund in sie verknallt, wobei nicht sicher belegt ist, ob die im Grunde genommen harmlose Beziehung von Mathilde nur ignoriert oder gar nicht wahrgenommen wurde. Immerhin inspirierte ihn die junge Frau zu seinen letzten Liebesgedichten.

*

Von Beginn an war Heine bemüht, als Autor in der Öffentlichkeit Anerkennung zu finden. Auf gesellschaftliche Kreise, in denen nur die Macht des Geldes ihre Visitenkarte abgab, konnte er allerdings gut verzichten. Und sich mit Kommilitonen zu treffen, um an gemeinsamen Saufgelagen teilzunehmen, war schon gar nicht sein Ding. Er zog es vor, sich Kreisen anzuschließen, in denen einerseits ein freier Geist herrschte und andererseits auf eine gewisse Bildung Wert gelegt wurde.

Den Anfang machte er in Frankfurt am Main, wo er gemeinsam mit seinem Vater die Freimaurerloge *Zur aufgehenden Morgenröte* besuchte. Dort verkehrte auch Ludwig Börne, mit dem er in den ersten Pariser Jahren eng verbunden war, ehe ihre Beziehung in Feindschaft überging. Während seines Studiums in der preußischen Hauptstadt sechs Jahre später folgte die Mitgliedschaft im *Verein für Kultur und Wissenschaft der Juden*. Seine wichtigsten Bezugspersonen waren dort Eduard Gans, Leopold Zunz und Moses Moser. Und im Pariser Exil nahm er schließlich noch an den Treffen der Saint-Simonisten teil – einer sozialen Bewegung mit religiösen Strukturen aus frühchristlicher Zeit, die aber schon bald verboten wurde.

Eine besondere Rolle in Heines Leben spielten die Salons in Berlin und Paris, in denen sich das literarische Leben abspielte. Sowohl im Salon der Elise von Hohenhausen als auch in dem der Eheleute Rahel und Karl August Varnhagen von Ense, beide in Berlin ansässig, war er ein gern gesehener Gast. In letzterem begegnete er zum Beispiel Adelbert von Chamisso, Friedrich Schleiermacher, Georg Wilhelm Friedrich Hegel und Alexander von Humboldt. Gleiches gilt für die Pariser Salons. In der französischen Metropole lernte er bedeutende Kollegen seines Gastgeberlandes kennen, unter anderen Honoré de Balzac, Alexandre Dumas und Victor Hugo, ebenso Chopins Lebensgefährtin George Sand.

Nicht minder großen Wert legte Heine auf Freundschaften, von denen allerdings einige in die Brüche gingen. Auslöser war in keinem der Fälle etwa Neid auf den genialen Schriftsteller, sondern vielmehr Verärgerung über den großen Spötter, dessen Geisteshaltung einige beschränkte Weggefährten nicht folgen konnten oder wollten. Typische Beispiele sind hier der Stuttgarter Literaturpapst Wolfgang Menzel sowie die bereits erwähnten Ludwig Börne und Moses Moser. Dagegen hielten die Freundschaften mit dem Düsseldorfer Christian Sethe, dem Lüneburger Rudolf Christiani und dem Hamburger Friedrich Merckel an.

Ein Glücksfall für Heine war natürlich die langjährige Verbindung zu seinem Verleger Julius Campe und dem Rezensenten Karl Immermann: der Wagemut des einen, die ironischen Werke des Dichters in einer Zeit der Bevormundung herauszugeben, auch wenn er sich nicht jeder

Zensur entziehen konnte; das öffentliche Geständnis des anderen, mit diesen Werken etwas Großartiges geschaffen zu haben – beide Männer begleiteten Heine auf seinem langen Weg und bewiesen Zivilcourage. Sie trugen wesentlich dazu bei, dass das durch den Dichter der Lächerlichkeit preisgegebene Preußen zur Zielscheibe des internationalen Spotts wurde.

Noch zwei Namen sollen nicht unerwähnt bleiben, mit denen Heine in Kontakt kam. Wilhelm August Schlegel und Karl Marx. Der in Bonn lehrende Philosoph Schlegel war quasi sein privater Lehrmeister in Poesie und Verskunst – also in allen Fragen, die Metrik und Reim betreffen. Marx, den er erst in Paris kennenlernte, gehörte zu den Herausgebern der *Deutsch-Französischen Jahrbücher* und des *Vorwärts*. Für letzteren lieferte Heine diverse Texte, unter anderen das Versepos *Deutschland. Ein Wintermärchen* und das Gedicht *Die schlesischen Weber*.

*

Dass Heine seine Heimat sehr am Herzen lag, zeigte sich an seiner Reisefreudigkeit. Er besuchte nicht nur die deutschen Lande, um sie näher zu erkunden; er war vor allem bestrebt, die Schönheit der Natur zu genießen, die ihn stets aufs Neue faszinierte. Zwei großartige Beispiele sind die *Harzreise* und die Aufenthalte an der Nordsee.

Die Reise in den Harz war umso bemerkenswerter, als er die ganze Strecke zu Fuß zurücklegte: von Göttingen über Osterode und Clausthal-Zellerfeld nach Goslar, dann weiter über den Brocken nach Wernigerode, Eisleben und Halle und von dort wieder zurück nach Göttingen – über Weißenfels, Naumburg, Jena, Weimar, Erfurt, Gotha, Eisenach und Kassel. Auch heute findet man – trotz der von Motoren beherrschten Mobilität – noch wackere Leute, die derartige Entfernungen per pedes bewältigen. Aber das hat eher Seltenheitswert. Apropos: in Weimar kam es zu der bereits erwähnten Begegnung Heines mit dem alten Goethe, der ihn nicht gerade mit offenen Armen empfangen hatte. Festzuhalten bleibt, dass der Spötter selbst eine Strapaze wie die Besteigung des Brockens mit Humor zu würzen wusste, als er in der Wirtsstube des Brockenhauses den folgenden Vierzeiler ins Gästebuch schrieb:

Viele Steine,
Müde Beine,
Aussicht keine.
Heinrich Heine.

Während die Wanderung durch den Harz ihm nicht nur als einmaliges Naturerlebnis in Erinnerung blieb, sondern auch zur körperlichen Ertüchtigung beitrug, dienten die Nordseeaufenthalte der reinen Erholung. In Cuxhaven und Ritzebüttel sowie auf den Inseln Norderney und Helgoland genoss er das Meer und die Ruhe, erfreute sich aber auch am schönen Geschlecht und an gutem Essen. Überhaupt liebte er das Meer, das eine magische Anziehungskraft auf ihn ausübte – auch während seines Pariser Exils. Immer wieder zog es ihn in die Seebäder Boulogne-sur-Mer und Granville am Ärmelkanal.

Die deutschen Städte, in denen er bis zu seinem Weggang nach Paris die meiste Zeit seines Lebens verbracht hatte, mussten bis auf seinen Geburtsort Düsseldorf sowie mit Abstrichen Bonn und München mit mehr oder weniger schlechten Kritiken vorliebnehmen. Die größte unter ihnen, die Hauptstadt Berlin, stellte er als eine Art Kuriositätenkabinett dar; die nächst große Metropole Hamburg schilderte er als Mischung aus Rechenstube am Tage und Bordell bei Nacht; in Frankfurt, wo sich schon damals alles ums Geld drehte, verabscheute er das berühmt-berüchtigte Judengetto; und an Göttingen ließ er überhaupt kein gutes Haar. Vor allem die Zustände an der dortigen Universität, die Horden der Burschenschaftler mit ihren überholten Sitten und Gebräuchen sowie die allem Neuen gegenüber feindlich eingestellten Professoren überzog er mit beißendem Hohn und Spott.

Wie sehr er dennoch an seiner Heimat und vor allem an der Familie hing, zeigte sich insbesondere während seines Pariser Exils. Zweimal nahm er die Unbilden einer Reise nach Hamburg auf sich – einmal ohne und einmal mit Mathilde, wobei er sich der Gefahr einer Verhaftung durchaus bewusst war. Aber die Sehnsucht nach der alten Mutter hielt ihn nicht davon ab, dieses Risiko einzugehen. Auf seiner ersten Tour, die teilweise durch preußisches Territorium führte, wagte er aus Angst vor behördlichen Zugriffen kaum zu übernachten. Bei der zweiten Reise war er vorsichtiger, vermied die Durchquerung des ungeliebten Preußen und wählte die weit angenehmere und vor allem sicherere Route per Dampfboot von Le Havre aus.

Der reisefreudige Heine beschränkte sich natürlich nicht allein auf seine Heimat. Auch das europäische Ausland stand auf seinem Plan. So besuchte er Polen, England, die Niederlande, Italien und Frankreich, wo er schließlich hängenblieb.

Heines Bericht unter dem Titel *Über Polen* sorgte sogar für erhebliche Unruhe, weil der eigenständige Staat Polen gar nicht mehr existierte. Damit brüskierte er Russland, Österreich und Preußen, die sich das Land einfach unter den Nagel gerissen hatten. In England war er zwar von London begeistert und besuchte die Seebäder Brighton und Ramsgate. Aber das Königreich sah er nicht als das Musterland des Parlamentarismus, sondern eher als die Wiege der Ausbeutung, die durch die zunehmende Industrialisierung auf dem Vormarsch war. In den *Englischen Fragmenten* ist darüber einiges nachzulesen. Auf der Rückreise von England machte er in Tilburg, Rotterdam, Leiden und Amsterdam Station. Seine Italien-Reise war für ihn, wie für viele andere vor und nach ihm, ein besonderes Erlebnis. Über Innsbruck und Bozen gelangte er in das Land, wo nicht nur die Zitronen blühen. Die Route auf dem Hinweg führte ihn über Verona, Brescia, Bergamo, Mailand, Genua, Livorno und Lucca nach Florenz. Auf dem Rückweg ging es über Bologna, Ferrara und Padua nach Venedig. Seine Eindrücke hat er in der *Reise von München nach Genua*, in *Die Bäder von Lucca* und *Die Stadt Lucca* eindrucksvoll beschrieben. Frankreich schließlich wurde zu seinem letzten Zuhause. In dem schon damals als Metropole von Weltrang geltenden Paris verbrachte er die letzten fünfundzwanzig Jahre seines Lebens. In den *Französischen Zuständen* hat er seine Eindrücke verarbeitet, in denen er unter anderem über die Rivalität zwischen deutschem Unverstand und französischem Leichtsinn berichtete.

*

Heines körperliche Gebrechen meldeten sich zum ersten Mal 1838 in Paris, als ihm ein Augenleiden Probleme bereitete. Nachdem er drei Jahre später bei einem Duell durch einen Streifschuss an der Hüfte verletzt worden war, stellten sich Jahre danach weitere Beschwerden ein. Heute ist bekannt, dass er unheilbar erkrankt war. Ob die Krankheit eine Folge der Verletzung bei besagtem Duell war oder ob er an der Syphilis litt, wovon er selbst überzeugt war, konnte nie eindeutig belegt werden. Vermutlich hing die Erkrankung auch mit den 1844 nach Salomon Heines Tod einsetzenden Erbstreitigkeiten zusammen. Auf jeden Fall wurde sein Leiden immer schlimmer. Neben den Augenproblemen setzte eine Lähmung der linken Hand ein. Halb blind und abgemagert wurde er zunehmend bettlägerig. Damit hatte die von ihm selbst so bezeichnete Matratzengruft begonnen. Man schrieb anno 1848. Heine war gerade mal fünfzig Jahre alt.

Sein unaufhaltsames Dahinsiechen dauerte ganze acht Jahre. Die Krankheit verschlang immense Summen für Arzthonorare, eine Pflegerin und Medikamente. Seine

Geldmittel gingen langsam, aber sicher zur Neige. Die finanzielle Rettung kam schließlich in Gestalt seines Verlegers Julius Campe, der ihm einen Vertrag mit einer stattlichen Summe anbot. Am Ende konnten die erforderlichen Gelder für seine Behandlung aufgebracht werden. Auch Mathilde war nun für die Jahre nach seinem Tod weitgehend abgesichert, was Heine als seine Herzensangelegenheit betrachtete. Immerhin blieb sie bis zu seinem Ableben treu an seiner Seite, selbst wenn sie die Pflege nicht allein bewältigen konnte und Hilfe benötigte. Am Morgen des 17. Februar 1856 starb der große deutsche Dichter, dessen Werk bis in unsere Zeit die Gemüter bewegte und dessen Tod nicht dazu beitragen konnte, den Spötter der deutschen Nation zum Schweigen zu bringen.

Drei Tage später wurde Heine auf dem Friedhof Montmartre beigesetzt. Selbst der Abschied von dieser Welt, in der er mehr Schatten als Licht erlebt hatte – er nannte es sein Höllenspektakel – war typisch für ihn und alles andere als eine den gesellschaftlichen Gepflogenheiten entsprechende Trauerfeier. Er hatte nämlich testamentarisch verfügt, dass kein Pfarrer anwesend sein und auch keine Reden geschwungen werden durften. Auf jeglichen Firlefanz sollte verzichtet werden. Damit war er sich auch in der Stunde des Todes treu geblieben.

*

Würde Heine heute, einhundertfünfzig Jahre nach seinem Tod, Deutschland besuchen, würde er mit Sicherheit das gleiche tun, was er schon zu Lebzeiten getan hatte: den Leuten aufs Maul schauen und sich einen feuchten Kehricht darum scheren, was gesagt werden darf und was nicht. Er würde sich auch diesmal keinen Maulkorb anlegen lassen, nur damit er des lieben Friedens willen keinen Anstoß erregt und womöglich irgendjemandem auf die Füße tritt. Und mit der gleichen Konsequenz würde er durch das Land ziehen, das Geschehen um ihn herum aufmerksam beobachten, in Quellen nach Hintergrund-Informationen suchen und das ganze Spektrum höchst seltsamer Sachverhalte und Handlungen auf die übliche ironische Art und Weise kommentieren. Seine Landsleute müssten sich warm anziehen, ja sogar ein dickes Fell mitbringen, wenn sie nicht, Mimosen gleich, die beleidigte Leberwurst spielen oder, Fanatikern gleich, sich in Hasstiraden ergehen wollten. Heines Spott würde nur noch größer ausfallen.

Nehmen wir jetzt mal an, Heine käme tatsächlich zu Besuch, würde sich über einen längeren Zeitraum in Deutschland aufhalten und nach seiner Rückkehr ins Jenseits mir als Verfechter seiner Philosophie Briefe schreiben, in denen er seine Eindrücke schildert. Dann wäre meine Empfehlung, dass Sie sich einfach überraschen lassen. Genießen Sie die folgenden Kapitel. Lesen Sie die amüsanten Auszüge aus seinem Werk, in dem er schon damals zu Dingen Stellung genommen hat, mit denen wir heute noch konfrontiert werden. Geben Sie sich einfach dem puren Vergnügen hin, denn Lachen ist gesund. Und sollten Sie sich persönlich angegriffen oder auf den Arm genommen fühlen, ereifern Sie sich nicht. Überlegen Sie lieber, ob Sie manche Ihrer Gewohnheiten ändern beziehungsweise Ihre Einstellung überdenken sollten. Die Erfahrung, die letztlich die Grundlage jeder Satire ist, zeigt, dass der Mensch niemals lächerlich gemacht wird, sondern sich allenfalls selbst lächerlich macht. Diesen Grundsatz sollten Sie beherzigen – nicht nur bei der Lektüre von Heines Werk, sondern auch derjenigen seiner Gedanken zu den Ereignissen nach seiner Zeit und den Zuständen in der Gegenwart.

Adam und Eva

Teuerster S.!

Mein Gott, bin ich Ihnen dankbar, dass Sie zu meinem hundertfünfzigsten Todestag meiner gedenken und dazu beitragen, meinen Namen in den Köpfen derer einzugravieren, die noch immer nicht von ihrer Deutschtümelei ablassen können. Es erfüllt mich mit Genugtuung, hundertfünfzig Jahre nach meinem irdischen Ableben den Menschen von heute das anzutun, was ich schon zu Lebzeiten mit Vergnügen getan habe: ihnen ins Gewissen zu reden – wohl wissend, dass manche schon in jungen Jahren von einer Art Demenz befallen sind, die jeden Versuch, aus den Fehlern der Vergangenheit zu lernen, im Keim erstickt.

Ich habe lange darüber nachgedacht, wie ich meine Erkenntnisse aus den Erlebnissen und Recherchen der vergangenen Monate wiedergeben soll, die mir mein geliebtes und zugleich verhasstes Heimatland beschert hat – jenes Land, das meiner Seele einst so viel Schaden zugefügt hat, dass ich daran zugrunde gehen musste. Ich habe mich dazu entschlossen, das Ganze, das derart vielschichtig ist, dass es nicht in einem Atemzug behandelt werden kann, aus verschiedenen Blickwinkeln heraus zu betrachten. Deshalb möchte ich in meinem ersten an Sie gerichteten Brief mit dem Individuum an sich beginnen, auf seine Verhaltensweisen in der Gruppe und seine Bedeutung inmitten der Masse eingehen.

Bei dem im Mittelpunkt jeden Handelns stehenden Individuum ist es doch so, dass sich alles um gewisse Unterscheidungsmerkmale gegenüber anderen und um Konflikte zwischen ihm und anderen dreht: zum Beispiel zwischen Mann und Frau, zwischen Eltern und Kindern, zwischen Lehrern und Schülern, zwischen Arbeitgebern und Arbeitnehmern, um nur einige Beziehungen zu nennen. Aber es geht auch um Gemeinsamkeiten zwischen Freunden, Fans, Alten, Jungen und so weiter.

Denken Sie nur mal an den Konflikt zwischen einem Verehrer und seiner Angebeteten; an die enttäuschte Liebe, die wohl jeder von uns schon erlebt hat. Dass die Reaktionen dabei unterschiedlich ausfallen, wissen Sie so gut wie ich. Während der eine – einem Wasserfall gleich – Alkohol in Strömen durch die Kehle fließen lässt, übernimmt der andere lieber die Funktion eines Stausees, der im Begriff ist überzulaufen. Ich habe in einem solchen Fall ein lyrisches Ventil geöffnet, um das aufgestaute Wasser in Versen abzulassen.

(Anmerkung des Briefempfängers: Heine meint hier sein Gedicht *Alte Rose*.

Eine Rosenknospe war
Sie, für die mein Herze glühte;
Doch sie wuchs, und wunderbar
Schoß sie auf in voller Blüte.

Ward die schönste Ros im Land,
Und ich wollt die Rose brechen,
Doch sie wußte mich pikant
Mit den Dornen fortzustechen.

Jetzt, wo sie verwelkt, zerfetzt
Und verklatscht von Wind und Regen –
"Liebster Heinrich" bin ich jetzt,
Liebend kommt sie mir entgegen.

Heinrich hinten, Heinrich vorn,
Klingt es jetzt mit süßen Tönen;
Sticht mich jetzt etwa ein Dorn,
Ist es an dem Kinn der Schönen.

Allzu hart die Borsten sind,
Die des Kinnes Wärzchen zieren –
Geh ins Kloster, liebes Kind,
Oder lasse dich rasieren.)

Sie wissen sicher, dass ich großen Wert auf Freundschaften gelegt, aber – bedingt durch mein Exil – manchen
Weggefährten erst nach Jahren wiedergesehen habe. Ent-
täuschungen sind mir dabei nicht erspart geblieben. Bei
manch einem war es sogar mehr als das. Es war ein Schock.
Ich wurde das Gefühl nicht los, als hätten sich die einst
ansehnlichen Falter in hässliche Raupen zurückverwandelt.

(Anmerkung des Briefempfängers: in Caput XXII des Versepos *Deutschland. Ein Wintermärchen* ist nachzulesen, wie entsetzt Heine beim Anblick mancher Leute war, die er lange nicht mehr gesehen hatte.

Noch mehr verändert als die Stadt
Sind mir die Menschen erschienen,
Sie gehn so betrübt und gebrochen herum,
Wie wandelnde Ruinen.

Die Mageren sind noch dünner jetzt,
Noch fetter sind die Feisten,
Die Kinder sind alt, die Alten sind
Kindisch geworden, die meisten.

Gar manche, die ich als Kälber verließ,
Fand ich als Ochsen wieder;
Gar manches kleine Gänschen ward
Zur Gans mit stolzem Gefieder.

Die alte Gudel fand ich geschminkt
Und geputzt wie eine Sirene;
Hat schwarze Locken sich angeschafft
Und blendend weiße Zähne.

Am besten hat sich konserviert
Mein Freund, der Papierverkäufer;
Sein Haar ward gelb und umwallt sein Haupt,
Sieht aus wie Johannes der Täufer.

[...])

Mein Spott hätte sich bestimmt auch auf andere Ereignisse erstreckt, wenn es diese zu meiner Zeit gegeben hätte – ich denke nur an die bisweilen ins Absurde driftende Emanzipation der Frau. Aber außer der Tatsache, dass zu Beginn meiner Matratzengruft die erste deutsche Frauenzeitschrift erschien, die von einer gewissen Luise Otto-Peters herausgegeben wurde, spielte dieses Thema damals noch keine Rolle. Die Bastion der Verteidiger maskuliner Traditionen konnte erst hundert Jahre nach meinem Ableben endgültig eingenommen werden.

Denken Sie jetzt nur nicht, dass ich den Vormarsch femininer Truppen bis zur Kapitulation ihrer Paschas nicht mit einem Ansatz von Schadenfreude verfolgt hätte. Ich habe, wie es stets meine Art war, in Bibliotheken gründlich recherchiert und herausgefunden, dass der Startschuss in diesem Geschlechterkampf Ende des 19. Jahrhunderts mit der Zulassung von Frauen zum Hochschulstudium fiel, womit der Alleinanspruch der Mannsbilder auf akademische Weihen nur noch Makulatur war; dass es aber noch sechzig Jahre dauern sollte, bis die Barriere des mit allen Mitteln verteidigenden starken Geschlechts endlich niedergerissen und der Status der Gleichberechtigung erobert werden konnte; dass die holde Weiblichkeit seitdem an anderen Fronten kämpfen darf, ohne die Verlierer, die das Erteilen von Befehlen gewohnt waren, um Erlaubnis bitten zu müssen; und dass sie, sollte der Gegner von einst das geschlossene Bündnis brechen, ihren Anteil aus der

Kriegskasse zugesprochen bekommt. Früher ging sie leer aus, wenn der Bündnispartner fahnenflüchtig wurde und in ein anderes Lager überlief.

Erstaunlich fand ich den Wandel bei den Eidgenossen, die mit Frauen bis dahin nicht viel anfangen konnten, außer dass sie sich gefälligst um Haushalt und Kinder zu kümmern hatten. Erst sehr viel später erhielten sie das Wahlrecht auf Bundesebene. In diversen Kantonen aber besteht ihre Aufgabe nach wie vor darin, die Vorherrschaft der männlichen Nachfahren Wilhelm Tells bedingungslos anzuerkennen.

In diesem Punkt sind die Erben unserer beschränkten Preußen – das waren sie zumindest nach der Ära des Alten Fritz bis zum Ende des Dritten Reiches – schon wesentlich weiter. In Deutschland können längst alle volljährigen Bürger und Bürgerinnen ihre Kreuze auf Wahlzetteln hinterlassen. Ob das allerdings von Vorteil ist, darf angesichts mancher Zeitgenossen, deren Gedankengut auf hirnloser Verblendung basiert, bezweifelt werden. Und dass seit Beginn des 21. Jahrhunderts Frauen bei der Bundeswehr zur Waffe greifen dürfen, halte ich für ebenso fragwürdig.

Zweierlei habe ich während meines hiesigen Aufenthalts feststellen müssen: dass sich das Individuum, abgesehen von der stärkeren Stellung der Frau, in den letzten zweihundert Jahren kaum verändert hat; und dass die meisten Menschen über Generationen hinweg an den überlieferten Traditionen – einschließlich der Vorurteile – festhalten.

Gestatten Sie mir, dass ich einige dieser Erkenntnisse präzisiere. Betrachten wir zunächst die Herren der Schöpfung: der Haustyrann verwechselt die Frau mit einem Automaten, der auf Knopfdruck zu funktionieren hat; der Trottel fungiert als Marionette, die nach Belieben bedient werden kann; der Angeber brüstet sich mit seinem Besitz, selbst wenn er ihn auf Pump erworben hat; der Schwätzer redet viel, ohne tatsächlich etwas zu sagen; der Querulant ist im Prinzip dafür, dass er dagegen ist; und der Dummkopf hält den Satz des Pythagoras für ein Zitat.

Und wie sieht es beim sogenannten schwachen Geschlecht aus? Ähnlich: das Püppchen pendelt mehrmals am Tag zwischen Kleiderschrank und Spiegel; das Mauerblümchen lässt den Kopf hängen und welkt vor sich hin; die Mimose schmollt und zieht sich beleidigt zurück; die Neunmalkluge weiß alles besser, obwohl sie nichts weiß; und die Glucke brütet über ihrem Nachwuchs, selbst wenn dieser längst flügge geworden ist.

Ich möchte noch ein paar andere Charaktereigenschaften des Homo sapiens nennen, die sich kaum geändert haben: für den Optimist ist ein zur Hälfte gefülltes Glas halbvoll, für den Pessimist ist es halbleer; der Traumtänzer sieht nur, was er sehen will, der Skeptiker nur, was er nicht sehen kann; der Kluge überlegt erst, bevor er etwas sagt, der Dämliche verfährt genau umgekehrt; der Fleißige rackert sich ab, ohne anderen zur Last zu fallen, der Faule lehnt sich zurück und prahlt damit, dass er von der Dummheit des Fleißigen lebt.

Nur was die äußeren Merkmale der Leute betrifft, hat sich einiges geändert: es gibt heute mehr Alte als Junge, wobei sich die jung gebliebenen Alten und die alt wirkenden Jungen die Waage halten; etwa gleich viele Riesen und Zwerge – früher waren letztere in der Überzahl; erschreckend viele Dicke und vergleichsweise wenige Hagere – auch hier stellten letztere einst die Mehrheit, weil sie mehr Kohldampf schieben mussten; schließlich körperlich weniger Aktive als Passive, die sich heute mehr auf vier Rädern als auf zwei Beinen bewegen.

Erlauben Sie mir nun, dass ich mich gewissen Sitten zuwende, die vor allem in Gruppen auftreten, ja ganze Gesellschaftsschichten erfassen. Streitkultur bis zur Taktlosigkeit, schlechte Manieren vor allem der Jüngeren, Missgunst unter Kollegen und Nachbarn, permanente Unzufriedenheit, Predigten von Moralaposteln und endloses Diskutieren sind die wichtigsten Beispiele. Ich gebe zu: auch ich konnte mich, was den ersten Fall betrifft, nicht immer davon freimachen, dem einen oder anderen vor den Kopf zu stoßen. Ich erinnere mich noch sehr gut an einen Schlagabtausch mit einem Schweizer in der Wirtsstube des Brockenhauses, der von beiden Seiten mit wenig Rücksichtnahme auf den Gesprächspartner geführt wurde.

(Anmerkung des Briefempfängers: die Auseinandersetzung schildert Heine in seiner *Harzreise*.

[...] Während solcherlei Gespräche hin und her flogen, verlor man doch das Nützliche nicht aus den Augen und den großen Schüsseln, die mit Fleisch, Kartoffeln usw. ehrlich angefüllt waren, wurde fleißig zugesprochen. Jedoch das Essen war schlecht. Dieses erwähnte ich leichthin gegen meinen Nachbar, der aber, mit einem Akzente, woran

ich den Schweizer erkannte, gar unhöflich antwortete: daß wir Deut-
schen mit der wahren Freiheit, so auch mit der wahren Genügsamkeit
unbekannt seien. Ich zuckte die Achseln und bemerkte: daß die
eigentlichen Fürstenknechte und Leckerkramverfertiger überall
Schweizer sind und vorzugsweise so genannt werden, und daß über-
haupt die jetzigen schweizerischen Freiheitshelden, die so viel Politisch-
Kühnes ins Publikum hineinschwatzen, mir immer vorkommen wie
Hasen, die auf öffentlichen Jahrmärkten Pistolen abschießen, alle
Kinder und Bauern durch ihre Kühnheit in Erstaunen setzen und
dennoch Hasen sind. [...])

Das Gespräch war gewiss ein wenig überzogen, ging
zum Glück aber glimpflich aus. Was mich allerdings weit
mehr in Rage versetzen konnte, waren schlechte Manieren.

(Anmerkung des Briefempfängers: Heine bezieht sich
diesbezüglich auf eine Passage in seinen *Geständnissen*, wo er
seine Ankunft in Paris wiedergibt.

[...] Wahrhaft überraschte mich die Menge von geputzten Leuten,
die sehr geschmackvoll gekleidet waren wie Bilder eines Modejournals.
Dann imponierte mir, daß sie alle französisch sprachen, was bei uns
ein Kennzeichen der vornehmen Welt; hier ist also das ganze Volk so
vornehm wie bei uns der Adel. Die Männer waren alle so höflich, und
die schönen Frauen so lächelnd. Gab mir jemand unversehens einen
Stoß, ohne gleich um Verzeihung zu bitten, so konnte ich darauf
wetten, daß es ein Landsmann war; und wenn irgendeine Schöne
etwas allzu säuerlich aussah, so hatte sie entweder Sauerkraut gegessen,
sen, oder sie konnte Klopstock im Original lesen. [...])

Wie Sie sehen, herrschten bei uns schon damals nicht die besten Sitten. Und wie ich während meiner Bibliotheksstudien erfuhr, wurde Anfang des 20. Jahrhunderts gar ein zunehmender Sittenverfall beklagt. Aus meiner Sicht war die ganze Aufregung allerdings an Scheinheiligkeit kaum zu überbieten. Es ging um Animierkneipen und getarnte Bordelle, ferner um den Verkauf sogenannter schamloser Schriften und Bilder. Selbsternannte Tugendwächter ließen sich über Zügellosigkeit und Perversität aus. In Anbetracht der Tatsache, dass schon im alten Rom die Sitten nicht gerade Vorbildcharakter besaßen, grenzte das Ganze an Heuchelei und Doppelmoral.

Besonders Homosexuelle hatten wenig zu lachen. Dieser Ausgrenzung aus der Gesellschaft wurde erst sehr viel später Einhalt geboten. Dafür kam man auf die Idee, ihnen das Aids-Virus in die Schuhe zu schieben. Dass möglicherweise Sexualpraktiken wie Geschlechtsverkehr mit mehreren Partnern der Auslöser waren, interessierte niemanden. Und dass es schon früher Geschlechtskrankheiten gegeben hatte, spielte ebenfalls keine Rolle. Aber gestatten Sie mir, dass ich mich aus persönlichen Gründen zu diesem Thema nicht näher äußern möchte.

Ich frage Sie jetzt. Haben sich die Sitten hierzulande wirklich geändert? Urteilen Sie selbst! Beginnen wir mit der Streitkultur. Im Deutschland der Gegenwart geraten mehr Menschen aneinander als je zuvor: bei verbalen Auseinandersetzungen verblüfft der immense Wortschatz; wenn dieser nicht mehr ausreicht, tritt das Faustrecht in Kraft, dessen schlagende Argumente eine erstaunliche Trefferquote erreichen; und wer dann immer noch nicht genug hat, kann sich Justitia anvertrauen, die zwar kein Recht, aber ein Urteil spricht. Diese Art von Meinungsaustausch scheint sich einer zunehmenden Beliebtheit zu erfreuen.

Oder nehmen wir die Manieren: ob zum Beispiel in einem öffentlichen Verkehrsmittel oder einer Arztpraxis – Kinder und Jugendliche haben es meist nicht nötig, einem Greis, einer Mutter mit Kind oder einem Behinderten Platz zu machen; auf Straßen oder Plätzen rempeln Flegel Passanten an, statt ihnen aus dem Weg zu gehen; und bei nächtlichen Streifzügen entsorgen Ferkel ihre Alkoholreste an Hauswänden. Bei der Behandlung des Kapitels *Anstandsregeln* lag dieses Gesindel vermutlich mit Mumps im Bett.

Oder wenden wir uns dem Neid zu, wenn der eine dem anderen nicht die Butter auf dem Brot gönnt – ganz gleich, ob es um materielle oder ideelle Werte geht: der eine stört sich daran, dass der Nachbar mehr besitzt; der andere ärgert sich darüber, dass der Kollege mehr zu sagen hat; und wieder ein anderer erträgt es nicht, wenn seine Liebe nicht auf Gegenliebe stößt, stattdessen ein Kontrahent den Vorzug erhält. Die meisten scheinen das als gesundes Misstrauen zu interpretieren. Kann sich der Nachbar einen Wagen der Oberklasse überhaupt leisten? Hat der Kollege seinen Job nur mit Hilfe von Vitamin B bekommen? Und zieht die Auserwählte den Kontrahenten nur wegen seines Geldes oder gesellschaftlichen Ansehens vor?

Oder was ist mit der ständigen Nörgelei? Jeder ergießt sich in einem endlosen Jammern: entweder hat er zu viel Stress oder zu wenig Ruhe; entweder ist der Sommer zu heiß oder der Winter zu kalt; entweder sind die Preise zu hoch oder das Einkommen zu niedrig. Schuld sind natürlich immer die anderen: der Chef, weil er von seinen Mitarbeitern zu viel fordert; der liebe Gott, weil er die Launen der Natur nicht im Griff hat; und der Ladenbesitzer, weil er die Kundschaft übers Ohr haut.

Um die Moralapostel, die sich zum Prediger berufen fühlen und als Gläubige selbst nicht taugen, steht es nicht viel besser. Sie kämpfen dafür, dass dem Sittenverfall Einhalt geboten wird: zusammenlebende, aus Mann und Frau bestehende Paare haben gefälligst zu heiraten; Mütter sollen sich ausschließlich um Haushalt und Nachwuchs kümmern; Schwule und Lesben dürfen sich nicht als solche zu erkennen geben; Männer sollen sich tunlichst vom Rotlichtmilieu fernhalten. Diese Philister sind stets auf der Suche nach vermeintlichen Abgründen, mit deren Verteufelung sie ihr Weltbild rechtfertigen können.

Lassen Sie mich zu den Schwulen und Lesben noch etwas anmerken. Wer sich zur Homosexualität bekennt, soll getrost seiner Veranlagung frönen. Diese aber in aller Öffentlichkeit als das Selbstverständlichste auf der Welt zu preisen, widerspricht nicht nur dem von Gott bestimmten Wesen der Fortpflanzung, sondern stempelt die Heterosexuellen auch noch zu antiquierten Narren. Die Normalität wird damit völlig auf den Kopf gestellt. Verstehen Sie mich nicht falsch. Ich habe nichts gegen diese Art von Leuten. Und dass ich Platen gegenüber diesen Eindruck erweckt habe, war lediglich eine Retourkutsche auf dessen antisemitische Ausfälle.

Bleibt mir abschließend noch, auf das Diskutieren einzugehen. Palavert wird über alles Mögliche, wobei der Eindruck entsteht, dass ausschließlich Experten beisammen sitzen: geht es um Steuererhöhungen, tritt man als Finanzfachmann auf; bei Mannschaftsaufstellungen zeigt man sich zum Trainer befähigt; für Neuinszenierungen steht man als Regisseur zur Verfügung; was medizinische Behandlungsmethoden angeht, fühlt man sich zum Facharzt berufen; und geht es um die Aufklärung eines Verbrechens, löst man den Fall als Kriminalkommissar.

Der Vollständigkeit halber möchte ich noch zur Betrachtung des Individuums unter dem Gesichtspunkt des Massenphänomens Stellung nehmen. In den großen Metropolen gab es das schon zu meiner Zeit. Paris hatte damals etwa 800.000 Einwohner und galt als die größte Ansammlung von Menschen in Europa. Und Berlin hatte sich fünfzig Jahre nach meinem Tod in einen Moloch von zwei Millionen Bürgern verwandelt. Diese rasante Entwicklung, die nicht nur Deutschland, sondern ganz Europa und vor allem die Dritte Welt erfasste, lässt sich wohl kaum noch aufhalten. Gegenwärtig hat die Weltbevölkerung gar die Sieben-Milliarden-Grenze überschritten.

Besonders unangenehme Eigenschaften, die sich gerade in der Masse ausbreiten, sind Gefolgschaft, Unbelehrbarkeit und Blindheit eines ganzen Volkes. Der Mitläufer macht sich zum Handlanger einer herrschenden Clique; er schwimmt im Schwarm mit, ohne zu begreifen, dass nur tote Fische mit dem Strom, lebende indes dagegen schwimmen. Der Unbelehrbare hat aus der Vergangenheit gelernt, dass er nichts gelernt hat; er trauert einer Zeit nach, an deren Unannehmlichkeiten er nur nicht erinnert werden möchte. Der Blinde – nicht zu verwechseln mit dem tragischerweise Erblindeten – sieht den Wald vor lauter Bäumen nicht; er klammert sich an die Errungenschaften der Gegenwart, ohne an die Folgen für die Zukunft zu denken; er läuft sehenden Auges ins Verderben.

Weit gefährlicher wird die Sache, wenn derartige Volkskrankheiten nicht erkannt, stattdessen aber glorifiziert werden.

(Anmerkung des Briefempfängers: Heine spielt auf das Werk *De l'Allemagne* seiner französischen Kollegin Anne Germaine de Staël-Holstein an. Die darin enthaltene Verherrlichung eines preußisch geprägten Deutschland kritisiert er – ebenfalls in seinen *Geständnissen* – aufs Schärfste.

[...] Die gute Dame sah bei uns nur was sie sehen wollte, ein nebelhaftes Geisterland, wo die Menschen ohne Leiber, ganz Tugend, über Schneegefilde wandeln, und sich nur von Moral und Metaphysik unterhalten! Sie sah bei uns überall nur was sie sehen wollte, und hörte nur was sie hören und wiedererzählen wollte – und dabei hörte sie doch nur wenig, und nie das Wahre, einesteils weil sie immer selber sprach, und dann weil sie mit ihren barschen Fragen unsre bescheidenen Gelehrten verwirrte und verblüffte, wenn sie mit ihnen diskurierte. [...] Sie sieht überall deutschen Spiritualismus, sie preist unsre Ehrlichkeit, unsre Tugend, unsre Geistesbildung – sie sieht nicht unsre Zuchthäuser, unsre Bordelle, unsre Kasernen – man sollte glauben,

daß jeder Deutsche den Prix Monthyion verdiente – Und das alles,
um den Kaiser zu nergeln, dessen Feinde wir damals waren. [...])

Kommen wir jetzt zum Hang der Menschen, sich in einer Metropole niederzulassen. Ich möchte mich keineswegs davon ausschließen, obwohl ich zugeben muss, dass ein solches Terrain mehr Nach- als Vorteile besitzt. Dennoch fühlen sich die Menschen zu derartigen Orten hingezogen. Das hat beileibe nicht immer mit Arbeitsplätzen zu tun. Das pulsierende Leben ist es, das mit all den Vergnügungsmöglichkeiten die Leute irgendwie magisch anzieht und auch mich in seinen Bann gezogen hat. Der Lärm, der Dreck, die Enge und die im Verkehr sowie durch Kriminelle und Geistesgestörte lauernden Gefahren schrecken die wenigsten ab. Und auch sonst gibt es – statt Zucker zur Versüßung des Lebens in der Großstadt – weiteres Salz in der brodelnden Suppe: der Einzelne muss als anonyme Nummer wie ein Rädchen im Getriebe funktionieren; überall muss er sich geduldig anstellen und auf seine Abfertigung warten – bei einer Behörde, vor einem Museum, an einer Ladenkasse oder an der Haltestelle eines öffentlichen Verkehrsmittels; für den begrenzt vorhandenen Wohnraum muss er tief in die Tasche greifen; und wenn ihn mal der Frust packt, kann er seine Aggressionen im dichten Gedränge loswerden – es muss ja nicht gleich die Sicherung bei ihm durchbrennen oder ein psychischer Defekt eintreten.

Eines dürfen Sie mir glauben. Die Menschenmassen – nicht nur die, die eine Großstadt befallen wie ein Bienenschwarm einen blühenden Garten – können einen regelrechten Eiterherd erzeugen. So kann zum Beispiel ein lebensgefährlicher Virenbefall zu einer flächendeckenden Epidemie führen. Die Rede ist hier nicht von einer Krankheit im medizinischen Sinn. Denken Sie nur an die Operationsnarben, die Minderheiten zugefügt werden; an das Einimpfen von Gerüchten bis hin zur Vergiftung; an die Amputation des deutschen Wortschatzes mit anschließender Transfusion fremden Vokabulars; oder an die Allergie gegen Fremde – mit dem Ziel, sie in Quarantäne zu stecken.

Lassen Sie mich mit den Minderheiten beginnen. Diese Patienten – in der Regel Exoten, die an der Hautfarbe oder der Verehrung zum Beispiel Mohammeds oder Buddhas zu erkennen sind – werden wie Aussätzige behandelt, denen man ohne Betäubung die Geschwüre zu entfernen versucht. Derart schmerzhafte Eingriffe sind allerdings nicht nur Bestandteil deutscher Operationen.

(Anmerkung des Briefempfängers: Heine nimmt Bezug auf einen Vorfall in den Vereinigten Staaten von Amerika, den er in *Ludwig Börne. Eine Denkschrift* anprangert.

[...] Ich glaube, es war in New York, wo ein protestantischer Prediger über die Mißhandlung der farbigen Menschen so empört war, daß er, dem grausamen Vorurteil trotzend, seine eigene Tochter mit einem Neger verheuratete. Sobald diese wahrhaft christliche Tat bekannt wurde, stürmte das Volk nach dem Hause des Predigers, der nur durch die Flucht dem Tode entrann; aber das Haus ward demo-

liert, und die Tochter des Predigers, das arme Opfer, ward vom Pöbel
ergriffen und mußte seine Wut entgelten. She was flinshed, d. h., sie
ward splitternackt ausgekleidet, mit Teer bestrichen, in den aufge-
schnittenen Federbetten herumgewälzt, in solcher anklebenden Feder-
hülle durch die ganze Stadt geschleift und verhöhnt [...])

Auch diejenigen Patienten, über die im Verlauf einer
Impfaktion Gerüchte verbreitet werden, können bleibende
Schäden davontragen – unabhängig davon, ob es nur am
Impfstoff gelegen hat. Wenn die Behandlung des Erkrank-
ten gar zu einer regelrechten Vergiftung führt, ist die Tole-
ranzgrenze gegenüber dieser Art von Medizin allerdings
erreicht. Ich selbst musste dies leidvoll erfahren.

(Anmerkung des Briefempfängers: Heine berichtet darüber in einem Brief an Karl August Varnhagen von Ense.

[...] Als mich die Pfaffen in München zuerst angriffen und mir
den Juden zuerst aufs Tapet brachten, lachte ich – ich hielt's für bloße
Dummheit. Als ich aber System roch, als ich sah, wie das lächerliche
Spukbild allmählich ein bedrohliches Vampir wurde, als ich die
Absicht der Platenschen Satire durchschaute, als ich durch Buchhänd-
ler von der Existenz ähnlicher Produkte hörte, die, mit demselben
Gift getränkt, manuskriptlich herumkrochen – da gürtete ich meine
Lende und schlug so scharf als möglich, so schnell als möglich. [...])

Die Geschichte zeigt stets aufs Neue, welche Leiden
entstehen können, sobald derartige Viren auf eines der
wichtigsten Organe des Menschen übergreifen: auf das

Hirn. Umso erstaunlicher ist es, dass sogar die schwersten Krankheiten im Laufe der Zeit geheilt werden konnten, selbst wenn diese Erfolge Rückschläge erleiden mussten.

Eines dieser Beispiele ist die Aufhebung der Rassentrennung in den USA, was jedoch nur die Vorderseite der Krankenakte darstellt. Die Rückseite verbirgt nach wie vor die bestehenden Allergien der Yankees gegen alles, was schwarz, gelb oder rot und eben nicht typisch amerikanisch ist – was das auch immer heißen mag.

Ein anderes Beispiel ist das Inkrafttreten des Stasi-Unterlagen-Gesetzes im wiedervereinigten Deutschland. Jeder aus der DDR stammende Landsmann darf jetzt sein von übereifrigen Medizinern unter der Schirmherrschaft von Hammer und Zirkel gesammeltes ärztliches Bulletin einsehen. Dass der schwarz-rot-goldene Rechtsstaat den Vertretern dieses gesundheitsschädigenden Bereitschaftsdienstes jedoch vollkommene Schonung zu teil werden lässt, stellt eine gefährliche Infektion dar. Ich bin so frei, diesen fiebrigen Zustand der Justiz als Stasi-Grippe zu bezeichnen, die nur mit starken Medikamenten bekämpft werden kann.

Wenn wir die heute übliche Verstümmelung der deutschen Sprache mit Anglizismen betrachten, wäre die gegen Ende des Kaiserreichs erlassene Auflage, den Gebrauch von Fremdwörtern zu vermeiden, als durchaus lobenswert zu bezeichnen. Das Restaurant beispielsweise sollte Kosthaus heißen. Doch das hatte damals, als sich die gebildeten Leute des Französischen bedienten, eher etwas mit Deutschtümelei zu tun.

Heutzutage ist es eher umgekehrt. Das sogenannte Denglisch ist Mode geworden und wütet wie ein Bazillus im Vokabular. In der Familie spricht man von *kids* und nicht von Kindern; in der Wirtschaft von *sale* statt vom Ausverkauf; im Sport von *walking* und nicht vom Wandern; in den Medien von *talk* anstelle von Plauderei; und so setzt sich das weiter fort. Amputation des deutschen Wortschatzes ist für eine derartige Verunstaltung unserer Sprache noch eine gemäßigte Umschreibung.

Damit jedoch nicht genug! Auch das Fachchinesisch wird in einzelnen Berufsständen mit Hingabe gepflegt – stets mit dem Ziel, dass nur Eingeweihte das Gesprochene bzw. Geschriebene verstehen.

Nach einer Röntgenuntersuchung der Lunge schreibt der Internist in seiner Beurteilung unter *Thorax: Peribronchitische Zeichnungsvermehrung beidseitig im Unterfeld* und unter *Lufu: Deutliche obstruktive pulmonale Ventilationsstörung.*

Ein Jurist formuliert die Verschmelzung zweier Firmen im Handelsregister auszugsweise so: *Den Gläubigern der an der Verschmelzung beteiligten Rechtsträger ist, wenn sie binnen sechs Monaten nach dem Tag, an dem die Eintragung der Verschmelzung in das Register des Sitzes desjenigen Rechtsträgers, dessen Gläubiger sie sind, nach § 19 Abs. III UmwG als bekannt gemacht gilt, ihren Anspruch nach Grund und Höhe schriftlich anmelden, Sicherheit durch den neuen Rechtsträger zu leisten, soweit sie nicht Befriedigung erlangen können.*

Der Kritiker eines Konzerts drückt sich unter anderem wie folgt aus: *Schwermutsvoll von der Violine auf der G-Saite eingestimmt, bot das Trio den Eingangssatz nuancenreich zwischen schmerzlich bewegter Leidenschaft und zarter, leiser Trauer, wobei der Geiger mit modulationsreicher Tongestaltung, der Cellist mit ausdrucksstarkem Cellobelkanto und der Pianist mit brillanter subtiler Anschlagskultur zu großer kammermusikalischer Gestaltungskraft fanden, die in den Aufschwüngen des öfteren in orchestrale Dimensionen geführt wurden.*

Und im Artikel eines Informatikers zum Thema Sicherheit im Internet heißt es unter anderem: *Auf den Websites des Anbieters wird von einem Buffer Overflow in den Firewalls und den Instrusion-Detection-Systemen berichtet.*

Zu allem Überfluss existiert auch noch eine Reihe von Dialekten. Einerseits will man die Mundarten pflegen und den Nachfahren als Kulturgut überlassen; andererseits muss jeder Ausländer, der auf die Kenntnis der deutschen Sprache stolz ist, den Verlust seines Gedächtnisses befürchten, weil er dieses Kauderwelsch nicht versteht. Dies gilt unabhängig davon, dass es Dialekte gibt, die wie Musik in den Ohren klingen, während andere eher als eine Art Folterinstrument für das sensible Gehör eines jeden hochdeutsch Sprechenden anzusehen sind.

Aber verlassen wir die Sprache und wenden uns denen zu, die an einem durch Gleichgewichtsstörungen verursachten Rechtsdrall in Verbindung mit einer Allergie gegen Fremde leiden. Sie schniefen bei allem, was nicht von Pollen deutscher Bäume, Sträucher und Gräser herrührt: bei Farbigen, die nicht nur in Amerika, sondern auch bei den braun Verfärbten keine Lobby haben; generell bei Ausländern, die an der fremden Sprache zu erkennen sind, die unsrige aber oft besser beherrschen als die vom Haarausfall

Betroffenen; auch bei Andersdenkenden, die mit dem Speichel und Rotz der vom Hakenkreuz Verblendeten nichts anfangen können; und nicht zuletzt bei Obdachlosen und Behinderten, die den in Stiefeln steckenden Schweißfüßen zu giftigen Fußpilzen verhelfen.

Leider gibt es hierzulande noch drei andere Krankheiten, die sich wie ein Krebsgeschwür ausgebreitet haben: das Denunziantentum, den Generationenkonflikt und die Kinderfeindlichkeit.

Ob im Dritten Reich, in der DDR oder im wiedervereinten Deutschland – das Anschwärzen hat sich fast zu einem Volkssport entwickelt. Manch einem, dem die Nazis einen verkürzten Lebensabend im Konzentrationslager beschert hatten, wäre dieses Martyrium erspart geblieben, wenn ihrem Nachbarn die Zunge herausgeschnitten worden wäre. Und auch im Arbeiter- und Bauernstaat hätte manch einer auf die Knast-Kur in Bautzen verzichten können, wenn sowohl den offiziellen Stasi-Spitzeln, als auch den inoffiziellen Mitarbeitern, wie diese Zuträger genannt wurden, die Hälse zugestopft worden wären – wie den Gänsen der polnischen Nachbarn. Und heute? Konnte dieser Erreger ausgerottet werden? Keineswegs. Wenn zum Beispiel jemand seinen Nachbarn bei der Polizei verpfeift, weil er volltrunken aus seinem Auto torkelt, mag das angesichts der Gefährdung anderer Verkehrsteilnehmer durchaus angemessen sein. Wenn dieser aber dem Fiskus ein Schnippchen schlägt, indem er sich als Schwarzarbeiter betätigt, oder im Winter seiner Schneeräumpflicht nicht nachkommt, bleibt es immer noch Angelegenheit der zuständigen Bürokraten, sich der Sache anzunehmen.

Sie werden mir sicher recht geben, dass der Generationenkonflikt da schon harmloser, wenn auch unverständlich ist. Die Grünschnäbel wollen sich partout von den Alten nichts mehr sagen lassen. Dabei könnten sie viel von ihnen lernen – und sei es nur, dass sie sich nicht auf deren Holzwege begeben. Doch andersherum besteht das gleiche Dilemma. Die Alten leiden zusehends an Gedächtnisschwund, sonst hätten sie nicht vergessen, dass sie selbst einmal jung und noch grün hinter den Ohren waren. Sie kleben am Althergebrachten und wollen nicht wahrhaben, dass die Uhr nicht zurückgedreht werden kann. In anderen Ländern – vor allem im Osten und Süden Europas – ist der Zusammenhalt in der Großfamilie noch halbwegs intakt, auch wenn dort nicht mehr alle Generationen an einem Tisch sitzen. Die Deutschen hingegen haben nicht nur den Tisch aus den Augen verloren.

Bliebe noch die Kinderfeindlichkeit. Gemeint ist nicht der Verzicht auf Nachkommen, weil diese der Karriere im Weg stehen oder als reiner Kostenfaktor gelten. Die Rede ist von der Abartigkeit vieler Menschen, die sich vom Kindergeschrei gestört fühlen. Seltsam ist nur, dass das Kläffen eines Köters weniger Aufregung verursacht. Vielleicht ist der Hund auch deshalb angesehener, weil er nach den Vorstellungen seines Halters dressierbar ist, was man von Kindern nicht unbedingt sagen kann.

Bei meinen Recherchen ist mir übrigens aufgefallen, dass zu den oben genannten Themen, die sich mit der deutschen Seele in allen ihren Facetten beschäftigen – mal mehr, mal weniger ausschweifend – einiges an neuerer Literatur veröffentlicht worden ist. Dazu gehören Romane und Theaterstücke ebenso wie Hör- und Fernsehspiele. Auch das Musiktheater oder Darstellungen moderner Künstler zählen dazu.

Ich möchte an dieser Stelle zum Thema *Frauen* noch etwas anmerken. Ich bin auf die TV-Aufzeichnung eines Streitgesprächs gestoßen, in dem vor über dreißig Jahren zwei völlig gegensätzliche Frauen verbal aufeinander eingedroschen haben: die für die Emanzipationsbewegung eintretende Alice Schwarzer und Esther Vilar, nach deren Einschätzung die Frau den Mann unterdrückt. Wie sehr die Meinungen dabei auch auseinander gingen – sicher ist, dass viele Frauen von heute nicht nur ihren Männern den Schwarzen Peter zuschieben, sondern auch ihr eigenes Verhalten überdenken sollten. Ich möchte zwei typische Beispiele anführen: Zum einen stellt das weibliche Geschlecht sein Licht dadurch unter den Scheffel, dass es sich auf Boulevardblätter stürzt, die nur seichte Unterhaltung bieten. Was ist an dem inszenierten Theater in Europas Königshäusern so lesenswert? Zum anderen lassen einige aus freien Stücken ihre Hüllen fallen, um in eben diesen Boulevardblättern, möglichst noch auf deren Titelseiten, zu posieren. Wen wundert es da, wenn sich bei einigen Kerlen vor lauter Glotzen fast die Netzhaut löst. Ich denke, eine diesbezügliche Kehrtwende wird es nie geben – ebenso wenig, wie Mädchen jemals mit Panzern und Jungen mit Puppen spielen werden.

Verzeihen Sie mir, wenn ich Ihre Geduld allzu sehr strapaziert habe! Ich möchte daher zum Schluss kommen. Wenn Sie meinen Brief gelesen haben, hoffe ich, dass Sie meine Ansichten wenigstens halbwegs teilen. Ich melde mich wieder, sobald ich zum nächsten Themenschwerpunkt Stellung beziehen kann – dem Lebenslauf des Menschen von der Wiege bis zur Bahre. Aber das niederzuschreiben, wird mich noch einige Mühe kosten. Bis dahin bleiben Sie mir treu.

Herzlichst Ihr
Heinrich Heine

Von der Wiege bis zur Bahre

Teuerster S.!

Es ist wieder soweit, dass ich Ihnen einen Brief schreibe. Nachdem ich mich letztens mit dem Individuum an sich, seinen Verhaltensweisen in der Gruppe und seiner Bedeutung inmitten der Masse beschäftigt habe, möchte ich diesmal auf den Lebenslauf eines Menschen ganz allgemein eingehen. Dass dieser naturgemäß aus Höhen und Tiefen besteht, wissen Sie so gut wie ich. Ich denke nur an meine eigene Lebensgeschichte, die ich noch heute als ein Höllenspektakel bezeichne, welches mir mehr Leid als Freud eingebracht hat. Und das nicht nur wegen meiner verfluchten Krankheit, die mich acht lange Jahre ans Bett gefesselt hat. Auch – und dies in ganz besonderem Maße – die Folgen meiner schriftstellerischen Tätigkeit haben mir unsägliche Schmerzen zugefügt und bleibende Narben in meiner Seele hinterlassen. Aber vergessen wir das und wenden uns dem eingangs erwähnten Lebenslauf eines Menschen ganz allgemein zu.

Bereits beim ersten Paukenschlag, der Geburt, entscheidet sich, ob das Neugeborene eher gesund oder von Krankheiten geplagt sein wird; ob es ein menschenwürdiges Leben führen oder einem trostlosen Dasein ausgeliefert sein wird; ob es mit Intelligenz gesegnet oder von Beschränktheit befallen sein wird. Der Ausgang dieses Glücksspiels hängt von den Genen ebenso wie von der Vermögenslage der Familie ab.

Eine Geburt verläuft heute, dank der ärztlichen Kunst, nur in Ausnahmefällen dramatisch oder gar tödlich – was sowohl die Mutter als auch das Kind betrifft. In vergangenen Zeiten war dies anders. Nicht selten endete die Entbindung in einer Tragödie. Dafür gab es damals sehr viel mehr Sprösslinge in einer Familie als heute, wo die Gesellschaft einer Art Schwindsucht anheimfällt, was die Zeugung von Nachwuchs angeht.

Es ist schon seltsam, was den Leuten zu diesem Thema alles einfällt. Die einen, die sich nichts sehnlicher wünschen als Kinder, sind nicht zeugungs- oder gebärfähig. Die anderen, die dazu in der Lage wären, haben keine Lust darauf. Und diejenigen, die dann doch welche bekommen, weil die Verhütung nicht geklappt hat, lassen sich die unangenehme Überraschung nicht selten entfernen. Das ist umso bedauerlicher, wenn reiner Egoismus dahinter steckt. Anders sieht die Sache aus, wenn die Schwangerschaft das Leben der Mutter gefährdet oder durch eine Vergewaltigung ausgelöst wurde. Vor Jahren wurde aus eben diesen Gründen der Abtreibungsparagraph einer Reform unterzogen, die eine Fristenlösung mit Beratungszwang vorsah. Diese Regelung gilt zwar noch, passt aber der Katholischen Kirche nicht in den Kram.

Diejenigen, die nicht zeugungs- oder gebärfähig sind, sich mit der Situation aber nicht abfinden wollen, suchen nach anderen Wegen, um an Familienzuwachs heranzukommen. So können sich Frauen ein Ei entnehmen, es mit dem Samen ihres Mannes befruchten und dann wieder in die Gebärmutter einpflanzen lassen. Der Zeugungsakt findet nicht im Bett, sondern im Labor statt. Das erste nach diesem Verfahren gezeugte Baby wurde in England geboren, was weltweit eine Debatte über die künstliche Befruchtung auslöste. Andere heuern stattdessen eine Leihmutter an, die das Wunschkind austragen soll – wobei nicht auszuschließen ist, dass diese ihre Haltung ändert, auf die Erfüllung des Vertrages pfeift und den Zögling fremder Abstammung nicht herausrückt. Und wieder andere verzichten auf sämtliche Experimente und entscheiden sich für eine Adoption. Dass Frauen, die keine Kinder bekommen können, oft verzweifelt nach Alternativen suchen, hängt nicht selten mit dem morschen Denkvermögen ihrer Ehemänner zusammen, für die eine nicht gebärfähige Frau keine vollwertige Partnerin ist. Mir selbst ist Nachwuchs verwehrt geblieben, wobei ich über die Ursache nicht spekulieren möchte. Doch so versessen, unbedingt eigene Kinder zu haben, waren meine Mathilde und ich nicht.

Ein äußerst fragwürdiges Unternehmen bleibt eine andere Art von Schöpfung menschlichen Lebens: das Klonen. Und da ist wieder Großbritannien der Vorreiter, wo Embryonen zu Forschungszwecken kopiert werden dürfen. Was in Frankensteins Küche gebrutzelt wird, könnte die Züchtung einer Spezies zur Folge haben, die zu einer lebensbedrohlichen Plage mutiert. Aber ich denke, soweit wird es nicht kommen. Denn bei der heutigen Gleichmacherei ist das Klonen längst Realität geworden – nur dass dies keine Gefahr für Leib und Leben darstellt, sondern allenfalls der Individualität abträglich ist. Ein paar Beispiele sollen das verdeutlichen: lässt sich ein Idol die Haare lang wachsen, folgen ihm die Fans in Scharen, während die Kopfläuse auf Hochkonjunktur hoffen; entschließt sich diese Person, die Haare wieder abzuschneiden, sind die gleichen Leute zur Stelle, nur dass diesmal die Friseure ins Schwitzen kommen. Stolziert einer der zum Kult gewordenen Götter braun gebrannt durch die Landschaft, räkelt sich sein Anhang im Sonnenstudio; bevorzugt derselbe eine blasse Hautfarbe, passt sich die Meute der neuen Situation an, indem sie die Sonne meidet wie der Teufel das Weihwasser. Trägt eine angehimmelte Diva einen fast bis zum Bauchnabel reichenden Rock, legen die Hersteller dieses Textils wegen des großen Andrangs Sonderschichten ein; trennt sie sich wieder von ihrem Fummel, füllen sich die Container für die Altkleidersammlung.

Kommen wir zur nächsten Phase, in der aus dem Baby ein Kleinkind geworden ist, das den Windeln samt der vertrauten Duftmarken entwachsen ist und allmählich eigene Aktivitäten entwickelt. Hier kommt dem Spieltrieb eine zunehmende Bedeutung zu. Während der Teddybär zum Kuscheltier der Jungs wurde, schmusten die Mädchen mit altmodischen Puppen, bis später die Barbie-Puppe in den Kinderzimmern Einzug hielt und die Vorreiterrolle für das auf Magersucht getrimmte Schönheitsideal übernahm. Auch Stoff zum Vorlesen und Zuschauen wurde den Kleinen geboten. Noch während des Zweiten Weltkriegs erschien Astrid Lindgrens *Pippi Langstrumpf*. Rund dreißig Jahre danach folgte die erste TV-Ausstrahlung der *Sesamstraße*. Heute hat der Nachwuchs bei elektronischem Spielzeug und Fernsehprogrammen samt Kinderkanal freie

Auswahl. Einen Haken hat die Sache allerdings: wenn die Kleinen nur noch mit diesem High-Tech-Kram in Berührung kommen und mit all dem Einheitsbrei auf der Mattscheibe gefüttert werden, entwickelt sich der Appetit auf Kreativität zu einem Ladenhüter.

Was die Fürsorge angeht, begeben sich die Zöglinge konservativer Familien traditionsgemäß in deren Obhut. Die eher liberal eingestellten Eltern nehmen eine Kinderkrippe, später den Kindergarten in Anspruch. Anstoß daran nimmt heute kaum jemand – ausgenommen die Katholische Kirche, die gegen die bösen Rabenmütter ihre düsteren Choräle anstimmt. Dabei lernt manches Kind in einer Tagesstätte mehr für das spätere Leben als in den heimischen vier Wänden, wo es sich aus Bequemlichkeitsgründen der Eltern selbst überlassen bleibt und allenfalls die Bedienung eines Fernsehgeräts erlernt.

Sie erinnern sich bestimmt noch an Ihre Kindheit und Jugend – als Sie in die Trotzphase gerieten, Schimpfworte nachplapperten und gelegentlich auch mal zur Räson gerufen werden mussten. Bald folgten der Stimmbruch und die Flegeljahre. Mädchen brauchen etwas länger, bis sie beginnen zickig zu werden. Die erste Regel und der erste Liebeskummer sind die nächsten Stationen. Die Mutter muss zusehends erkennen, dass ihr Nachwuchs mehr und mehr seine eigenen Wege geht. Damit wird sie häufig nicht fertig – im Gegensatz zum Vater, der das Ganze weniger emotional angeht. Dass das Mutter-Kind-Gezerre noch anhält, wenn der Sohn und die Tochter längst erwachsen und von zu Hause fort sind, dürften auch Sie erfahren haben. Ich selbst bekam das, was man so schön Mutterliebe nennt, nach fast dreizehnjährigem Exil zu spüren.

(Anmerkung des Briefempfängers: die Geschichte ist in Caput XX des Versepos *Deutschland. Ein Wintermärchen* nachzulesen.

[...]

"Mein liebes Kind, wohl dreizehn Jahr'
Verflossen unterdessen!
Du wirst gewiß sehr hungrig sein —
Sag an, was willst du essen?

Ich habe Fisch und Gänsefleisch
Und schöne Apfelsinen."
"So gib mir Fisch und Gänsefleisch
Und schöne Apfelsinen."

Und als ich aß mit großem Apptit,
Die Mutter ward glücklich und munter,
Sie frug wohl dies, sie frug wohl das,
Verfängliche Fragen mitunter.

"Mein liebes Kind! und wirst du auch
Recht sorgsam gepflegt in der Fremde?
Versteht deine Frau die Haushaltung,
Und flickt sie dir Strümpfe und Hemde?"

"Der Fisch ist gut, lieb Mütterlein,
Doch muß man ihn schweigend verzehren;
Man kriegt so leicht eine Grät in den Hals,
Du darfst mich jetzt nicht stören."

Und als ich den braven Fisch verzehrt,
Die Gans ward aufgetragen.
Die Mutter frug wieder wohl dies, wohl das,
Mitunter verfängliche Fragen.

"Mein liebes Kind! in welchem Land
Läßt sich am besten leben?
Hier oder in Frankreich? Und welchem Volk
Wirst du den Vorzug geben?"

"Die deutsche Gans, lieb Mütterlein,
Ist gut, jedoch die Franzosen,
Sie stopfen die Gänse besser als wir,
Auch haben sie bessere Saucen." –

[...])

Auch die Lebensplanung für die Sprösslinge ist meist Angelegenheit der Mutter, wenn es um eine ordentliche Ausbildung, die Wahl des Berufes und die Karriere schlechthin geht. Die Verwandten und Nachbarn sollen sehen, was aus dem Sohn oder der Tochter geworden ist. Die Kinder müssen nur das schaffen, wozu die Eltern nicht in der Lage waren. Auch die Wahl des Partners oder der

Partnerin liegt der Mutter am Herzen. Schließlich sollen die Kinder eine gute Partie machen. Man kann ja nie wissen, welche Netzwerke sich möglicherweise auftun. Der Vater hält sich eher zurück und mischt sich nur dann ein, wenn es um geschäftliche Interessen seines eigenen Familienbetriebes geht, falls er einen solchen führt und der Sohn oder die Tochter in seine Fußstapfen treten soll.

Übrigens wird immer wieder von vernachlässigten Kindern berichtet, deren Eltern eine Auszeit nehmen, um sich wichtigeren Dingen zuwenden zu können. Ein solcher Fall ereignete sich in Berlin, wo eine Mutter ihre vier Abkömmlinge fast ein ganzes Jahr lang unversorgt in der Wohnung zurückließ. Während sie ihrem Freund auf die Pelle rückte, musste sich der zwölfjährige Sohn allein um seine drei kleineren Geschwister kümmern. Erst nachdem sich die Wohnung in eine Müllkippe verwandelt hatte, erwachte das Jugendamt aus seinem Dornröschenschlaf. Solche Zustände sind allerdings keine Errungenschaft der Gegenwart. Bereits zu meiner Zeit wurde eine Anstalt für verwahrloste Kinder in Weimar eingerichtet.

Noch häufiger als die Vernachlässigung ereignet sich die Misshandlung Schutzbefohlener. Arbeitszwang, Prügelstrafe und andere Gewaltanwendungen waren auch früher üblich – aber nicht mit der dabei zum Einsatz kommenden Satansorgel, deren Manuale und Register für barbarische Töne sorgen: Schreie von Kindern, deren Köpfe gegen die Wand geschlagen werden; auf deren nackter Haut brennende Zigaretten ausgedrückt werden; über deren Körper kochend heißes Wasser gegossen wird. Das Mittelalter gibt sich die Ehre. Die intellektuell retardierten Eltern fühlen sich ihrem Nachwuchs nur mit Foltermethoden gewachsen. Wen wundert es da, wenn sich in diesen Kreisen die Freude am Quälen anderer über Generationen fortsetzt.

Sie werden mir aber zustimmen, dass das häufig anzutreffende Gegenstück auch keine Lösung ist, um Kinder auf den Ernst des Lebens vorzubereiten. Die Rede ist hier von der Erziehung auf Gefälligkeitsbasis, die den Sohn oder die Tochter zum Erfüllungsgehilfen macht – nach dem Motto: gibst du mir, geb ich dir. Das erinnert mich an das Feilschen auf einem Basar. An die Stelle des einfachen Drahtesels tritt dann das Mountainbike, an die des Transistorradios die komplette Hi-Fi-Anlage und so weiter.

Und dann gibt es noch jene Art von Erziehungsberechtigten, die ihren Kindern Narrenfreiheit gewähren. Hier spricht man von Toleranz. Die noch nicht volljährigen Sprösslinge müssen nicht zur verabredeten Zeit nach Hause kommen. Und sie müssen auch nicht verraten, was sie während der Abwesenheit getrieben haben. Wichtig ist, dass Vater und Mutter in ihrem bequemen Tagesablauf nicht gestört werden.

Betrachten wir nun das nächste Großereignis im Leben eines Menschen – das erste, das er bewusst erlebt: die Einschulung. Durch die Grundschule muss jeder, egal, welchen Weg er danach einschlagen will. Er muss lesen, schreiben und rechnen lernen. Erstaunlich ist, wie einig sich viele Schüler in dieser Angelegenheit sind: statt fließend zu lesen, holpern sie durch den Text und können die einfachsten Worte nicht korrekt aussprechen; beim Schreiben eines Briefes – Verzeihung! Heute werden ja Emails und SMS verfasst – werden in zwanzig Zeilen zehn Rechtschreibfehler fabriziert; und zum Rechnen selbst des kleinen Einmaleins muss der Taschenrechner zu Hilfe genommen werden. Was ist bloß aus dem Volk der Dichter und Denker geworden!

Dabei war es schon in alten Zeiten nicht ungewöhnlich, wenn die Schüler nach dem Unterricht lieber in irgendwelchen Abenteuerbüchern schmökerten anstatt Hausaufgaben zu machen. Nur dass es um die Lesekunst besser bestellt war. Ich weiß nicht, was Sie bevorzugt gelesen haben. Wir stöberten in Bürgers *Münchhausen* und Defoes *Robinson Crusoe*. Und die Jungs späterer Generationen stürzten sich auf Mark Twains *Tom Sawyers Abenteuer* und Karl Mays *Winnetou*, während die Mädchen Erich Kästners *Doppeltes Lottchen* bevorzugten. Nach dem Zweiten Weltkrieg nahm das Schicksal aber seinen Lauf, als die ersten Comic-Hefte erschienen und die Jugendlichen überwiegend Bilder anschauten. Die ergänzenden Sprachfetzen in den Sprechblasen nahmen sie nur am Rande wahr.

Auch um die Rauferei im Klassenzimmer oder auf dem Schulhof war es früher nicht anders bestellt als heute – nur dass aus dem damals eher harmlosen Gerangel handfeste Schlägereien geworden sind. Die Grenzen haben sich verschoben. Brutalität heißt das Schlagwort. Wenn der Kontrahent endlich am Boden liegt, muss nochmal kräftig nachgetreten werden – am besten ins Gesicht, damit sich dieses von der eigenen Fratze nicht mehr unterscheidet. Während meiner Schulzeit war ich an manchen Rangeleien beteiligt. Aber das konnte als Schabernack gewertet werden. Schläge bekam man allenfalls vom Lehrer und zwar mit dem Stock.

(Anmerkung des Briefempfängers: Heine hatte seinen Mitschülern verraten, dass sein Großvater ein kleiner Jude mit einem großen Bart war. Den daraufhin ausbrechenden Tumult im Klassenzimmer, der ihm eine Tracht Prügel von seinem Klassenlehrer einbrachte, schildert er in seinen *Memoiren*.

[...] Kaum hatte ich diese Mitteilung gemacht, als sie von Mund zu Mund flog, in allen Tonarten wiederholt ward, mit Begleitung von nachgeäfften Tierstimmen. Die Kleinen sprangen über Tische und Bänke, rissen von den Wänden die Rechentafeln, welche auf den Boden purzelten nebst den Tintenfässern, und dabei wurde gelacht, gemeckert, gegrunzt, gebellt, gekräht – ein Höllenspektakel, dessen Refrain immer der Großvater war, der ein kleiner Jude gewesen und einen großen Bart hatte.

Der Lehrer, welchem die Klasse gehörte, vernahm den Lärm und trat mit zornglühendem Gesichte in den Saal und fragte gleich nach dem Urheber dieses Unfugs. Wie immer in solchen Fällen geschieht: ein jeder suchte kleinlaut sich zu diskulpieren, und am Ende der Untersuchung ergab es sich, daß ich Ärmster überwiesen ward, durch meine Mitteilung über meinen Großvater den ganzen Lärm veranlaßt zu haben, und ich büßte meine Schuld durch eine bedeutende Anzahl Prügel. [...])

Ihnen sind bestimmt noch andere Dinge im Gedächtnis haften geblieben, die erfolgreich dazu beitrugen, die Schüler nicht allein mit Lernen zu belästigen. Denken Sie nur an Jo-Jo, den Hula-Hoop-Reifen, den Zauberwürfel und die Tamagotchis, die im Laufe der Jahre den Markt eroberten. Inzwischen sind derartige Dinge nicht mehr cool, wie es so schön auf Neudeutsch heißt. Heute dominieren Privatfernsehen, Computer und Internet. Die meist aus Hollywood stammenden Produktionen fördern ebenso die Rambo- und Cowboy-Mentalität wie die Gewaltspiele, anhand derer der Benutzer das professionelle Killen lernen kann. Und um nicht die Augen allein zu strapazieren – das Hirn ist ohnehin außer Betrieb – werden zusätzlich die Ohren per Walkman und Kopfhörer auf die Probe gestellt. Kommunikation erübrigt sich bei dieser Art von Beschäftigung.

Sie werden mir sicher beipflichten, dass sich diese Entwicklung nicht nur auf die Grundschulen beschränkt. Auch Realschulen und Gymnasien erliegen diesem Trend. Und ich bezweifle, ob private oder die Waldorfschulen weniger davon betroffen sind. Mit der Philosophie Rudolf Steiners bin ich allerdings nicht vertraut.

Bei den Erziehern hat sich nicht viel geändert – außer dass ihnen die Hand nicht mehr ausrutschen darf, was manchmal bedauerlich ist. Dafür darf der Schüler oder die Schülerin den Lehrer oder die Lehrerin anpöbeln, ohne eine Ohrfeige befürchten zu müssen. Rückendeckung erhalten die Rotzlöffel von ihren Eltern, die selbst keine Manieren haben, sich aber mit den Gesetzen gut auskennen.

Natürlich gibt es – wie zu meiner Zeit – auch heute gute und schlechte Pädagogen. Manche Pauker leiden an notorischer Einfallslosigkeit, wenn es darum geht, den Lernenden das notwendige Wissen anschaulich zu vermitteln – und zwar so, dass letztere mit Begeisterung bei der Sache sind. Und dass das gesamte Schulsystem nicht das Gelbe vom Ei ist, belegen internationale Studien in hinreichendem Maße. Das soll nicht heißen, dass meine Ausbildung in Düsseldorf, das damals unter französischer Verwaltung stand, oder die Paukerei an preußischen Gymnasien besser gewesen wäre. Aber ein Blick durch die beschlagene Brille auf die europäischen Nachbarn könnte nicht schaden. Tatsache ist, dass die Förderung des Geistes früher stärker ausgeprägt war – auch wenn die Strenge gelegentlich übertrieben wurde und wir uns auf das Unterrichtsende freuten.

(Anmerkung des Briefempfängers: an seine Schulzeit wurde Heine während der *Harzreise* erinnert.

[...] Jene Zeit, wo es anders war, trat mir bei meinem Eintritt in Klausthal wieder recht lebhaft ins Gedächtnis. In dieses nette Bergstädtchen, welches man nicht früher erblickt, als bis man davor steht, gelangte ich, als eben die Glocke zwölf schlug und die Kinder jubelnd aus der Schule kamen. Die lieben Knaben, fast alle rotbäckig, blauäugig und flachshaarig, sprangen und jauchzten, und weckten in mir die wehmütig heitere Erinnerung, wie ich einst selbst, als ein kleines Bübchen, in einer dumpf-katholischen Klosterschule zu Düsseldorf den ganzen lieben Vormittag von der hölzernen Bank nicht aufstehen durfte, und so viel Latein, Prügel und Geographie ausstehen mußte,

und dann ebenfalls unmäßig jauchzte und jubelte, wenn die alte Franziskanerglocke endlich zwölf schlug. [...])

Noch etwas ist zum Sinnbild an Deutschlands Schulen geworden: der Konkurrenzkampf mit Markenklamotten sowie das Hantieren mit den Handys, was wenigstens im Unterricht vielerorts verboten wurde. Vielleicht sollte auch die Mode aus den Bildungsanstalten verbannt und durch Schuluniformen ersetzt werden. Noch größere Probleme bereiten die Einnahme von Drogen und das Tragen von Waffen wie Gaspistolen und Klappmesser. Während das eine die letzten klaren Gedanken in dichten Nebel hüllt, dient das andere dem Entfachen eines Sturms, der sich zum Glück meist als harmloser Wind erweist. Auch zu meiner Zeit kamen Waffen zum Einsatz. Doch damals wurden Duelle mit Pistole oder Säbel wegen der Ehre ausgefochten. Heute werden Schusswaffen und Messer benutzt, um den furchtlosen Krieger, bisweilen auch den durchgeknallten Rächer zu spielen.

Übrigens bin ich mir in einem Punkt sicher. Die Träume der jungen Leute von heute werden sich gegenüber früher kaum unterscheiden, wenn es um den Ausstieg aus dem bürgerlichen Mief geht. Nur das angestrebte Ziel wird sich ändern. Früher galt die Kunst mit Dichtung, Philosophie, Musik und Malerei als geeignete Plattform. In Gegenwart und Zukunft werden das Showgeschäft und der Profisport bevorzugt – beides weniger wegen der Leidenschaft als vielmehr wegen des Mammons.

Lassen Sie mich jetzt zum Studium kommen. Es gibt Abiturienten, die durch gute Noten den Zugang zum gewünschten Studienfach erworben haben – was nicht unbedingt heißt, dass sie den Status der Elite allein gepachtet haben. Es gibt auch begabte junge Leute, die das Gymnasium zwar abgeschlossen, sich in höchstem Maße aber gelangweilt haben und deshalb keine guten bis sehr guten Benotungen vorweisen können. Ihnen bleiben nur Fachrichtungen, die ohne Numerus clausus auskommen – eine fragwürdige Auslese, die, als wären es bei der Weinlese nur die Öchslegrade, nur die Noten berücksichtigt. Ich selbst war auf dem Lyzeum in Düsseldorf alles andere als ein Musterschüler, weil ich mit meinen Gedanken häufig woanders war. Schlimmer noch trifft es diejenigen Schüler, die das Abitur nicht geschafft haben. Sie müssen auf die akademischen Weihen verzichten – es sei denn, sie holen die Reifeprüfung auf dem zweiten Bildungsweg nach.

Mittlerweile ist ein gewisser Bildungsnotstand eingetreten: es mangelt an der Förderung der wahren Elite, deren Begabung nur unzureichend genutzt wird und zum Brachland verkommt; das Studium stellt sich vielfach als zu theoretisch heraus – insbesondere in naturwissenschaftlichen Vorlesungen fehlt häufig der Bezug zur Praxis, womit auch kein Boden gutgemacht wird; Langzeitstudierende, die im Schneckentempo durch die Semester schleichen, versperren anderen Studierwilligen den Weg – auch wenn die Schranken allmählich beseitigt werden; und das Studium orientiert sich zu wenig am Bedarf auf dem Arbeitsmarkt – statt der händeringend gesuchten Naturwissenschaftler überschwemmen Juristen und Ökonomen das Land, die mangels Nachfrage ihr Feld nicht bestellen können. Auch ich hatte damals trotz des juristischen Examens mit anschließender Promotion keine Aussicht auf die von mir angestrebte Laufbahn als Anwalt oder Syndikus, was angesichts verfügbarer Stellen aber andere Gründe hatte.

Der Vollständigkeit halber möchte ich noch hinzufügen, dass die Professorenriege auch nicht das Nonplusultra ist. In den festgefahrenen Beamtenstrukturen entpuppt sich das Leistungsprinzip bei manchen Dozenten als ein Buch mit sieben Siegeln, zumal sich nicht wenige Hochschullehrer mehr mit der Wissenschaft als mit der Lehre befassen. Wie soll unter diesen Bedingungen eine Elite geformt werden, die den hohen Anforderungen des technischen Fortschritts genügt? Erstaunlich ist, dass dieser Zustand nicht allein als Mangelerscheinung der gegenwärtigen Epoche anzusehen ist. Auch während meines Studiums war der Ruf mancher Professoren – zumindest an bestimmten Hochschulen – alles andere als überragend.

(Anmerkung des Briefempfängers: Heine lässt sich – ebenfalls in seiner *Harzreise* – über die Professoren der Göttinger Universität aus.

[…] Dann und wann rollte auch ein Einspänner vorüber, wohlbepackt mit Studenten, die für die Ferienzeit, oder auch für immer wegreisten. In solch einer Universitätsstadt ist ein beständiges Kommen und Abgehen, alle drei Jahre findet man dort eine neue Studentengeneration, das ist ein ewiger Menschenstrom, wo eine Semesterwel-

le die andere fortdrängt, und nur die alten Professoren bleiben stehen in dieser allgemeinen Bewegung, unerschütterlich fest, gleich den Pyramiden Ägyptens – nur daß in diesen Universitätspyramiden keine Weisheit verborgen ist. [...])

Nach Grundschule, Gymnasium und Universität stellt sich die Frage nach der Berufsausübung. Selbst der nach bestandenem Examen zum Akademiker gekrönte Studienabsolvent hat mitunter die Qual der Wahl – nicht wegen der Fülle offener Stellen, sondern weil er sich notgedrungen für eine bestimmte Richtung entscheiden muss. Der Jurist beispielsweise kann sich als Anwalt selbstständig machen oder einer etablierten Kanzlei anschließen; er kann aber auch die verstaubte Justizlaufbahn einschlagen, die seinem Schlafbedürfnis am ehesten gerecht wird – sieht man sich die schleppende Bearbeitung vieler Fälle mal genauer an. Manche – das betrifft nicht nur die Paragrafenreiter – promovieren zusätzlich, wobei die Doktorarbeit eher vom Wohlwollen des Doktorvaters als vom Ergebnis abhängt. Auch Plagiate werden immer häufiger entdeckt, was die berechtigte Frage aufwirft, ob die zuständigen Doktorväter noch den richtigen Durchblick haben.

Neben den Absolventen bleiben diejenigen übrig, die beim Examen durchgefallen sind, generell nicht studieren wollten oder über keine Hochschulreife verfügen. Sie müssen erst eine Lehre durchlaufen, ehe sie im gewünschten Beruf tätig werden können.

Demjenigen, dessen schulische Ausbildung Mangelware oder gar Fehlanzeige ist, bleiben nur Gelegenheitsjobs.

Handelt es sich dabei um einen Jugendlichen, bekommt dieser nicht einmal eine Lehrstelle. An den fehlenden Schulkenntnissen liegt es nicht allein. Auch die Allgemeinbildung lässt zu wünschen übrig. Es soll Leute geben, die halten Konrad Adenauer für den amtierenden Bundeskanzler. Dafür ist ihre Kenntnis im Showgeschäft oder im Profisport umso ausgeprägter. Die Folgen sind abzusehen – auch für den ungelernten Älteren. Wenn der Arbeitslose selbst die einfachsten Gelegenheitsjobs nicht mehr findet, wird er zum Sozialfall. Im Extremfall bedeutet das: wer keine Arbeit hat, erhält keine Wohnung; und wer keine Wohnung hat, bekommt keine Arbeit – ein Teufelskreis, der sich so schnell nicht durchbrechen lässt.

Lassen Sie mich jetzt den vorletzten und meist längsten Abschnitt im Leben eines Erdenbürgers skizzieren. Wer einem Beruf nachgehen kann und über das nötige Kleingeld verfügt, wird irgendwann an eine Partnerschaft, vielleicht sogar an die Gründung einer Familie denken. Die Wahl des Partners ist dabei ein Kapitel für sich: der Draufgänger spricht die Auserwählte direkt an, auch wenn er sich eine Abfuhr einhandelt; der Schüchterne nimmt per Anzeige oder über das Internet Kontakt auf, um die Richtige zu finden; der Feigling schließt sich seinem Freundeskreis an und sucht bei Zusammenkünften mit dem anderen Geschlecht seine Chance. Dies alles gilt für Männer und Frauen gleichermaßen.

Ist eine Verbindung zustande gekommen, werden sich die einen über kurz oder lang für den Bund der Ehe entscheiden, während die anderen vorerst in wilder Ehe zusammenleben. Letzteres ist heute nichts Ungewöhnliches. In meiner Zeit, als ich selbst viele Jahre mit meiner Mathilde ohne Trauschein verbrachte, war dies noch Anstoß erregend.

Wie Sie bestimmt beobachten konnten, gibt es bei Partnerschaften zwischen Männlein und Weiblein Exemplare, die einen ständigen Partnerwechsel einer dauerhaften Beziehung vorziehen. Insbesondere ältere Herren neigen oft dazu, junge Frauen wie Orchideen zu behandeln, die, sobald ihre Blütezeit vorüber ist, auf dem Komposthaufen landen. Nicht wenige Prominente leiden unter diesem Komplex. Kurios ist nur, dass diese Damen von Beginn an weniger auf den Sexappeal als vielmehr auf das Bankkonto oder die Stellung in der Gesellschaft aus waren.

Besondere Auswüchse sind gelegentlich bei Vertretern fremder Kulturen anzutreffen. Einzelne Türken zum Beispiel versuchen ihren Töchtern eine Zwangsheirat aufs Auge zu drücken, obwohl sie längst kapiert haben müssten, dass diese Mätzchen hierzulande verboten sind. Auch wenn der weibliche Spross der Familie einen Mann des Gastgeberlandes ehelichen möchte, dreht gleich die ganze Sippe durch. Wer sich partout nicht den hiesigen Sitten und Gebräuchen anpassen will, sollte in sein Heimatland zurückkehren – auch wenn das Vermischen demokratischer Grundprinzipien mit religiösen Traditionen dort ebenso ungern gesehen wird. In der Türkei gilt seit Atatürk nämlich eine strikte Trennung zwischen Kirche und Staat.

Bedauerlicherweise gehen viele Beziehungen früher oder später wegen Nichtigkeiten in die Brüche – ohne

Rücksicht auf vorhandene Kinder, die am Ende die Leidtragenden sind. Als Konsequenz bleibt nur die Trennung, bei Verheirateten die Scheidung. Wenn dann auch noch schmutzige Wäsche gewaschen und um das Sorgerecht gestritten wird, gerät das Ganze außer Kontrolle. Die Folgen sind aus den Nachrichten bekannt: Besuchsverbot für den Vater, Prügel für die Mutter, Entführung der Kinder, Auslöschen der Familie. Ereignisse dieser Art sind längst keine Seltenheit mehr.

Was ich jetzt sage, werden Sie aus eigener Erfahrung kennen. Irgendwann kommt der Zeitpunkt, an dem das Alter seine Spuren hinterlässt – bei dem einen mehr, bei dem anderen weniger. Ein Großteil nimmt das achselzuckend zur Kenntnis und findet sich damit ab. Sie tun das. Ich habe es auch getan. Nicht wenige werden damit aber überhaupt nicht fertig: der Narziss versucht, dem Älterwerden mittels kosmetischer Operation zu begegnen; der Dandy trägt nur noch jugendlich wirkende Kleidung, selbst wenn er sich der Lächerlichkeit preisgibt; der Sex-Protz greift zur Pille, um die nachlassende Potenz wiederzubeleben; und der Kraftmeier begegnet der zunehmenden Muskelschwäche mit Fitnesstraining und Anabolika. Treten aber die ersten Zipperlein auf, sind diese Leute mit ihrem Latein am Ende. Solange die Beschwerden harmlos sind, kann wenigstens die Eigenständigkeit gewahrt werden – unabhängig davon, welche Wohnform gewählt wird: die eigenen vier Wände, das Mehrgenerationenhaus oder die Seniorenwohngemeinschaft. Nimmt die Gebrechlichkeit jedoch zu, bleibt nur noch das betreute Wohnen, später ein

Alten- und schließlich ein Pflegeheim. Ich gehörte leider zu denen, die schon in mittleren Jahren von einem schweren Leiden befallen wurden, konnte dank häuslicher Pflege aber in meinen eigenen vier Wänden bleiben.

(Anmerkung des Briefempfängers: zu seiner Krankheit äußert sich Heine im Nachwort zum *Romanzero*.

[...] Ich hatte damals noch etwas Fleisch und Heidentum an mir, und ich war noch nicht zu dem spiritualistischen Skelette abgemagert, das jetzt seiner gänzlichen Auflösung entgegenharrt. Aber existiere ich wirklich noch? Mein Leib ist so sehr in die Krümpe gegangen, daß schier nichts übriggeblieben als die Stimme, und mein Bett mahnt mich an das tönende Grab des Zauberers Merlinus, welches sich im Walde Brozeliand in der Bretagne befindet, unter hohen Eichen, deren Wipfel wie grüne Flammen gen Himmel lodern. Ach, um diese Bäume und ihr frisches Wehen beneide ich dich, Kollege Merlinus, denn kein grünes Blatt rauscht herein in meine Matratzengruft zu Paris, wo ich früh und spat nur Wagengerassel, Gehämmer, Gekeife und Klaviergeklimper vernehme. Ein Grab ohne Ruhe, der Tod ohne die Privilegien der Verstorbenen, die kein Geld auszugeben und keine Briefe oder gar Bücher zu schreiben brauchen – das ist ein trauriger Zustand. Man hat mir längst das Maß genommen zum Sarg, auch zum Nekrolog, aber ich sterbe so langsam, daß solches nachgerade langweilig wird für mich, wie für meine Freunde. Doch Geduld, alles hat sein Ende. Ihr werdet eines Morgens die Bude geschlossen finden, wo euch die Puppenspiele meines Humors so oft ergötzten. [...])

Sie werden es längst bemerkt haben. Mit dem Tod beschäftigt sich heute kaum jemand. Dieses Ereignis ist zu endgültig und wird weitgehend verdrängt. Zu meiner Zeit war das anders. Die Menschen erreichten nur selten ein hohes Alter, weil die Medizin noch in den Kinderschuhen steckte. Denken Sie nur an die schmerzhaften Operationen, die ohne den Anästhesisten durchgeführt werden mussten. Die Patienten litten oft jahrelang an den Folgeerscheinungen. Und erkrankte Organe konnten nicht einfach so ersetzt werden. Mit der heutigen Medizin hätte ich vielleicht geheilt und, wie meine Geschwister, alt werden können. So aber musste ich mich während meiner Matratzengruft gezwungenermaßen mit dem Tod auseinandersetzen und mir schon frühzeitig Gedanken über meine Ruhestätte machen.

(Anmerkung des Briefempfängers: Heine bringt dieses Thema in seinem Gedicht *Wo?* zu Papier.

Wo wird einst des Wandermüden
Letzte Ruhestätte sein?
Unter Palmen in dem Süden?
Unter Linden an dem Rhein?

Werd ich wo in einer Wüste
Eingescharrt von fremder Hand?
Oder ruh ich an der Küste
Eines Meeres in dem Sand?

Immerhin! Mich wird umgeben
Gotteshimmel, dort wie hier,
Und, als Totenlampen schweben
Nachts die Sterne über mir.)

Doch auch in der heutigen Zeit gibt es trotz des medizinischen Fortschritts unheilbar Kranke, die große Schmerzen ertragen müssen – was zu der anhaltenden Diskussion über Sterbehilfe geführt hat. Die vor einem religiösen Hintergrund argumentierenden Gegner lehnen jeglichen Eingriff der Ärzte ab, weil ihrer Meinung nach Gott nicht ins Handwerk gepfuscht werden darf. Man muss hier jedoch anmerken, dass diese Leute zumindest noch nicht zu den Betroffenen zählen. Wie sie darüber denken würden, wenn es ihnen selbst so erginge, lässt sich nicht vorhersagen. Die auf reiner Verstandesebene agierenden Befürworter halten dagegen, dass sich der Gesetzgeber, bestehend aus einer Karawane von Juristen, die sich durch den Paragraphendschungel wälzt, nicht über den schriftlich verfügten Willen des Einzelnen hinwegsetzen darf. Auch hier weiß niemand, ob der Todgeweihte nicht doch noch an ein Wunder glaubt und sich an den letzten Strohhalm klammert.

Ist die Uhr unwiderruflich abgelaufen, naht die Stunde des Abschieds. Den letzten Akt stellt die Trauerfeier dar, an deren Ende die sterblichen Überreste dem Allmächtigen übergeben werden. Die Zeremonie bleibt jedem selbst überlassen – ob mit oder ohne dem Segen eines Pfarrers, den Gesängen eines Chores, den Klängen einer Kapelle, dem Nachruf eines Nahestehenden, der Rede eines Offiziellen. Entscheidend ist allein die Haltung des Verstorbenen zu Lebzeiten. Wenn der gläubige Kirchgänger mit dem Segen eines Geistlichen verabschiedet werden möchte, ist das sein gutes Recht. Und wer sich in der Gesellschaft engagiert hat, darf mit deren Abschiedsgrüßen am Grab rechnen. Wer aber nur die Religionszugehörigkeit bewahrt hat, um die letzte Ölung eines Pfaffen in Anspruch nehmen zu können, ohne jemals das Gotteshaus betreten zu haben, ist ein Pharisäer. Auch der Nichtsnutz sollte entsprechend vorgesorgt haben, damit den Hinterbliebenen verlogene Grabreden erspart bleiben. Ich persönlich hatte trotz meines guten Gewissens und des wiedergefundenen Glaubens verfügt, dass bei meiner Bestattung auf dem Friedhof Montmartre auf jeden Firlefanz verzichtet wird.

Wer jetzt glaubt, mit dem Tod habe alles ein Ende gefunden, hat sich getäuscht. Mit dem Streit um die Erbschaft geht das Theater erst richtig los. Man ahnt es kaum, welche Leute plötzlich auf der Matte stehen, um abzukassieren. Selbst diejenigen, die anderen die Last jahrelanger Pflege überlassen haben, erscheinen ungeniert und halten frech die Hände auf. Das ganze Ausmaß des Dilemmas, in dem der Erblasser bereits zu Lebzeiten steckt, zeigt sich darin, dass nicht einmal sein schriftlich verfasstes und notariell beglaubigtes Testament vor ungerechtfertigten Anfechtungen geschützt ist – gegen einen Pflichtteil wider seinen Willen gleich gar nicht. Jeder gewiefte Jurist kann angesichts der bestehenden Gesetze, die löchrig sind wie ein Schweizer Käse, aus diesem Paragraphenwirrwarr ein auf seinen Geschmack zugeschnittenes Fondue zaubern.

(Anmerkung des Briefempfängers: in seinem Gedicht *Vermächtnis* gibt Heine testamentarische Verfügungen auf seine Art zum Besten.

Nun mein Leben geht zu End,
Mach ich auch mein Testament;
Christlich will ich drin bedenken
Meine Feinde mit Geschenken.

Diese würd'gen, tugendfesten
Widersacher sollen erben
All mein Siechtum und Verderben,
Meine sämtlichen Gebresten.

Ich vermach euch die Koliken,
Die den Bauch wie Zangen zwicken,
Harnbeschwerden, die perfiden
Preußischen Hämorrhoiden.

Meine Krämpfe sollt ihr haben,
Speichelfluß und Gliederzucken,
Knochendarre in dem Rucken,
Lauter schöne Gottesgaben.

Kodizill zu dem Vermächtnis:
In Vergessenheit versenken
Soll der Herr eur Angedenken,
Er vertilge eur Gedächtnis.)

Geburt und Tod, Anfangs- und Endpunkt eines jeden Lebens, sind in Literatur, Musik und Kunst ausgiebig behandelt worden. An dieser Stelle möchte ich mich darauf beschränken, an das Thema Aufklärung zu erinnern – gemeint ist nicht die gleichnamige Epoche, sondern die sexuelle Aufklärung. Früher war diese tabu. Die Leute waren viel zu verklemmt, als dass sie zu Hause oder in der Schule darüber sprechen konnten. Und auch in neuerer Zeit kam dieses Thema erst relativ spät auf den Stundenplan der Schulen. In vielen Haushalten wird nach wie vor dazu geschwiegen, weil sich die Eltern genieren – in manchen Fällen durchaus verständlich, wenn man bedenkt, dass der Geschlechtsverkehr dort als Schweinskram bezeichnet wurde.

Auch die Geburt selbst war stets eine Angelegenheit für die Mutter und die Hebamme, wenn daheim entbunden wurde, oder den Frauenarzt, wenn das Kind in der Klinik zur Welt kam. Der Vater hielt sich in der Regel fern. Erst spät wurde der Versuch unternommen, sämtliche Phasen einer Geburt im Kino zu zeigen. Der Aufklärungsfilm *Helga* sollte dazu beitragen, die Väter für dieses Ereignis zu sensibilisieren. Das Ergebnis war eine Katastrophe: die Männer fielen reihenweise in Ohnmacht oder verließen vorzeitig die Vorführung. Das starke Geschlecht war ganz einfach schwach geworden.

Nun bin ich wieder einmal am Ende meines Briefes angelangt. Ich hoffe inständig, Sie gut unterhalten zu haben. Wie Sie feststellen konnten, haben die Narrheiten der Menschen nach wie vor Konjunktur. Und ich glaube nicht, dass sich daran jemals etwas ändern wird. Sobald ich mich mit dem Alltag des Individuums auseinandergesetzt habe, werde ich mich wieder bei Ihnen melden. Bis dahin leben Sie wohl!

Herzlichst Ihr
Heinrich Heine

Sein oder Nichtsein

Teuerster S.!

Nun schreibe ich Ihnen schon meinen dritten Brief. Die Zeit geht ja so schnell vorüber. Das Individuum, seine Verhaltensweisen in der Gruppe, seine Bedeutung inmitten der Masse und sein Lebenslauf von der Geburt bis zum Tod haben wir hinter uns gebracht. Nun möchte ich mich seinem Alltag zuwenden.

Obwohl das Leben zu meiner Zeit – zumindest für den Normalsterblichen – eher beschwerlich war und die meisten Menschen ums nackte Überleben kämpfen mussten, gab es zu Beginn des 19. Jahrhunderts mit der ersten Briefpost eine Annehmlichkeit, die sich allmählich, wenn auch noch nicht flächendeckend, ausbreitete, und die auch ich in vielfacher Weise in Anspruch nahm. Bald darauf konnte sich die gebildete Schicht an einer weiteren Errungenschaft erfreuen: dem Konversationslexikon von Friedrich Arnold Brockhaus, das den Zugriff auf das zunehmende Wissen ermöglichte. Andere Neuerungen folgten erst gegen Ende des 19. Jahrhunderts: der Fernsprecher bei der Deutschen Post und das orthographische Wörterbuch der deutschen Sprache von Konrad Duden.

Heute erinnert das Schreiben von Briefen an Nostalgie. Je mehr sich das Telefon durchsetzte – quasi jeder Bürger verfügt über einen eigenen Anschluss – desto weniger wurde auf schriftlichem Weg kommuniziert. Das ist umso bedauerlicher, als die Schriftsprache mit ihrer immensen Ausdruckskraft mehr und mehr verkümmert. Da nützen auch Nachschlagewerke wie Brockhaus oder Duden nichts, die in vielen Haushalten zwar zu finden sind, aber nur selten benutzt werden und in den Bücherregalen verstauben. Inzwischen werden nur noch Emails und SMS verfasst und alle möglichen Ratgeber gekauft: teils aus der Feder von Fachleuten, die in der Angelegenheit von Berufs wegen versiert sind und ein Thema behandeln, das im täglichen Leben eine wichtige Rolle spielt; teils von Prominenten, die sich zum Experten berufen fühlen und dabei von ihrem Bekanntheitsgrad profitieren wollen – auch wenn der behandelte Stoff nur aus Binsenweisheiten besteht.

Was das Wohnen angeht, befinden sich die Leute gegenwärtig in einer wesentlich komfortableren Lage als dies früher der Fall war. Erst seit Beginn des 20. Jahrhunderts hatten sich die Zustände wenigstens halbwegs gebessert – auch wenn in den Städten nur einfache Wohnungen zur Verfügung standen, die dicht neben- und übereinander angeordnet waren. Berlin zum Beispiel war damals die größte Mietskasernenstadt der Welt. Zugewanderte Arbeiter und ihre Familien mussten in einem Gebäudekomplex mit bis zu sechs Hinterhöfen und wenigen Quadratmetern Wohnfläche auskommen. Dagegen ist das derzeitige Wohnen ein wahres Vergnügen – trotz der Tatsache, dass sich die Mehrzahl der Unterkünfte im Westen Deutschlands in Wohnsilos und im Osten in Plattenbauten befindet.

Ganz anders sah es auf dem Land aus. Bei den Häusern handelte es sich eher um Hütten, die in der Regel von Großfamilien bewohnt wurden. Die gesamte Infrastruktur war längst nicht so weit wie in den Städten. Heute dagegen ist das Leben abseits der Städte die reinste Idylle, die allenfalls durch das Abwandern der jungen Leute getrübt wird. Wie schwer es die Menschen in ländlichen Regionen früher hatten, durfte ich persönlich erfahren und gleichzeitig mit Staunen und voller Bewunderung feststellen, wie genügsam sie waren.

(Anmerkung des Briefempfängers: Heine hat seine Erlebnisse bei den Fischern in einem Teil seiner Reisebilder, der *Nordsee*, festgehalten.

[...] Das Seefahren hat für diese Menschen einen großen Reiz; und dennoch, glaube ich, daheim ist ihnen allen am wohlsten zu Mute. Sind sie auch auf ihren Schiffen sogar nach jenen südlichen Ländern gekommen, wo die Sonne blühender und der Mond romantischer leuchtet, so können doch alle Blumen dort nicht den Leck ihres Herzens stopfen, und mitten in der duftigen Heimat des Frühlings sehnen sie sich wieder zurück nach ihrer Sandinsel, nach ihren kleinen Hütten, nach dem flackernden Herde, wo die Ihrigen, wohlverwahrt in wollenen Jacken, herumkauern, und einen Tee trinken, der sich von gekochtem Seewasser nur durch den Namen unterscheidet, und eine Sprache schwatzen, wovon kaum begreiflich scheint, wie es ihnen selber möglich ist, sie zu verstehen. [...])

Die Lebensumstände waren für die einfachen Leute in der Tat äußerst schwierig. Die besser gestellten Bürger wie Akademiker und Geschäftsleute konnten sich wenigstens eine große Wohnung oder ein kleines Haus leisten. Der

Adel und die von ihm Privilegierten hingegen durften aus dem Vollen schöpfen und residierten umso feudaler.

Doch sind wir mal ehrlich. Hat sich gegenüber damals viel geändert? Außer, dass der Anteil der Mittelschicht deutlich gewachsen ist? Viele wohlhabenden Bürger bauten bereits Ende des 19./Anfang des 20. Jahrhunderts prachtvolle Villen, die immerhin einen gewissen Charme verbreiteten. Die Prunksucht blieb bis heute erhalten, nur das Flair ging verloren. Das Einfamilienhaus wird zum seelenlosen Klotz aufgemotzt und signalisiert lediglich, dass die Deutschen das Burgenbauen nicht verlernt haben. Nicht selten wirkt dieser Größenwahn auch noch leblos, so dass man glauben könnte, man wandle an Mausoleen vorbei.

Erlauben Sie mir noch ein Wort zu den Reihenhaussiedlungen. Nichts gegen diesen Typ von Behausungen. Zu meiner Zeit wären die Menschen glücklich gewesen, wenn sie auf diese Weise hätten wohnen können. Ich denke eher an die Art, wie sie vorzugsweise in den städtischen Randlagen auf der grünen Wiese platziert werden – schön in Reih und Glied angeordnet; mit identischem Eingang samt Vorgarten, Balkon oder Terrasse, Flach- oder Satteldach; möglichst noch mit gleichem Anstrich, einheitlich gestalteter Hausnummer, gleichem Briefkasten. Umso erstaunlicher ist die Kehrtwende mancher Baubehörde, die, statt mit üblichem Starrsinn auf überholten Verordnungen zu beharren, den Mut aufbringt, dem Schließfachimage den Garaus zu machen.

Die andere Seite, nämlich die Armut, die darin gipfelt, dass jemand über kein festes Quartier verfügt und auf der

Straße leben muss – davon war bereits in meinem letzten Brief die Rede – hat es früher in noch viel größerem Maße gegeben. Manch einer besaß vielleicht die Chance, in einem Keller oder auf einem Dachboden ausharren zu können. Aber mehr als die bloße Existenz war damit nicht verbunden.

(Anmerkung des Briefempfängers: ein derart trostloses Dasein beschreibt Heine in seinem Gedicht *Jammertal*.

Der Nachtwind durch die Luken pfeift,
Und auf dem Dachstublager
Zwei arme Seelen gebettet sind;
Sie schauen so blaß und mager.

[...]

Sie küßten sich viel, sie weinten noch mehr,
Sie drückten sich seufzend die Hände,
Sie lachten manchmal und sangen sogar,
Und sie verstummten am Ende.

Am Morgen kam der Kommissär,
Und mit ihm kam ein braver
Chirurgus, welcher konstatiert
Den Tod der beiden Kadaver.

Die strenge Wittrung, erklärte er,
Mit Magenleere vereinigt,
Hat beider Ableben verursacht, sie hat
Zum mindesten solches beschleunigt.

Wenn Fröste eintreten, setzt' er hinzu,
Sei höchst notwendig Verwahrung
Durch wollene Decken; er empfahl
Gleichfalls gesunde Nahrung.)

Heute sind nicht alle Obdachlosen so friedlich, dass sie ihr Schicksal ohne Gegenwehr hinnehmen. Radikale Vertreter – eigentlich sind es gar nicht die ernsthaft Betroffenen, sondern Mitglieder von Bürgerinitiativen – machen Nägel mit Köpfen und besetzen mir nichts, dir nichts leerstehende Häuser und Wohnungen, die derart marode sind, dass sie eigentlich abgerissen werden müssten. Es mag durchaus verständlich sein, dass diese Leute eine aus ihrer Sicht erhaltenswürdige Bausubstanz schützen wollen. Doch wer die kostspielige Instandsetzung bezahlen soll, wissen auch die Ritter der Denkmalpflege nicht.

Sie können sich glücklich schätzen, über eigene vier Wände zu verfügen. Meine Eltern hatten damals in Düsseldorf auch ein eigenes Haus erworben, in dem ich meine Jugend verbrachte. Wer zur Miete wohnt, läuft Gefahr, an einen Hai zu geraten, der ihm mit seinen messerscharfen Zähnen das Geld aus der Tasche zieht. Andererseits ist auch mancher Vermieter nicht zu beneiden, der sich mit einem Störenfried, einem Erbsenzähler oder gar einem

Mietnomaden herumschlagen muss. Ich selbst habe es stets vorgezogen, zur Miete zu wohnen. Aber getreu meiner Zugvogelnatur habe ich – vor allem in Berlin und Paris – häufig die Adresse gewechselt.

Interessant ist ein Blick in die Wohnwelten unserer Landsleute. Früher dominierten altdeutsche Möbel die Wohnräume, Jahrzehnte später war es das skandinavische Design. Heute sind die Älteren konservativ eingerichtet. Die Jüngeren bevorzugen eher moderne Wohnformen. Dagegen ist prinzipiell auch nichts einzuwenden. Verwundert bin ich nur über die Wohnkultur einer Kaste, die nicht dem Wohlfühleffekt den Vorzug gibt, sondern gewissen Zwängen unterliegt: die einen sehen nur im Luxus den Sinn ihres Lebens – das heißt, die Ausstattung muss exquisit sein; andere pflegen eine Art Museumsstil, indem sie sich mit einem Sammelsurium von möglichst echten Raritäten umgeben; und wieder andere orientieren sich an Katalogen, um dem neuesten Trend zu huldigen. Gemütlichkeit spielt in keinem der Fälle die Hauptrolle. Es gibt aber auch diejenigen, die gar nicht wissen, was man unter diesem Begriff versteht. Entweder leiden sie – angesichts eines bunt gemischten Durcheinanders – an Geschmacksverirrung; oder ihre Einrichtung gleicht eher einer Ansammlung von Sperrmüll.

Lassen Sie mich noch zu den Außenanlagen etwas sagen. Der Einfallsreichtum ist erstaunlich: mancher Hausbesitzer widmet seinen Garten uneigennützig der Allgemeinheit – meist mit dem Hintergedanken, seine landschaftsgärtnerischen Fähigkeiten zu demonstrieren; andere schützen ihr Gelände vor Eindringlingen, indem sie es mit einem Heer von Gartenzwergen bevölkern; und wieder andere verwechseln das Areal mit einem Schuttabladeplatz. Aber über Geschmack lässt sich ja bekanntlich streiten.

Ich würde jetzt gern ein paar Worte zur Mode verlieren. Ich gestehe, in den Jahren bis zum Beginn meiner Matratzengruft eitel gewesen zu sein. So hat es mir große Freude bereitet, in feinem Tuch in den Salons verkehren zu dürfen und dabei von Künstlern portraitiert zu werden. Ich erinnere nur an die Radierung von Ludwig Grimm, die Ölgemälde von Moritz Oppenheim und Isidor Popper sowie die Lithographie von Julius Giere.

Grundsätzlich verhält es sich mit der Mode wie mit dem Wetter. Hochphasen und Tiefausläufer wechseln sich ab. Mal herrschen helle Farben und ruhige Formen vor, mal bestimmen dunkle Farbtöne und unruhige Schnitte die Lage. Die Geschmacksrichtung ändert sich von Zeit zu Zeit.

Wenn ich die Entwicklung der Mode in den letzten zweihundert Jahren Revue passieren lasse, trugen die Männer in der Zeit des Biedermeier, das mich fast ein Leben lang begleitete, Zylinder und die Frauen Reifröcke. Ende des 19. Jahrhunderts folgten bei den Herren der Smoking und bei den Damen der weite Rock. Und Mitte des 20. Jahrhunderts waren beim männlichen Geschlecht Jeans, beim weiblichen hingegen Miniröcke gefragt. Smoking und Jeans haben sich bis heute gehalten. Ich denke, dass auch der Minirock seine Renaissance erleben wird.

Heutzutage ist die Kleidung der Leute nicht mehr auf eine einheitliche Linie ausgerichtet: wer über einen großen Geldbeutel verfügt, wirft sich in Schale – der eine extravagant, der andere dem momentanen Trend folgend; derjenige, dem die Harmonie der Farben abhanden gekommen ist, macht den Kanarienvögeln Konkurrenz; Otto Normalverbraucher achtet ausschließlich auf das Preisschild; der Gammler verwechselt modisch mit modrig; und der Prolet fühlt sich mit nacktem Oberkörper am wohlsten. Zeitgenossen, die mit der Garderobe auf Kriegsfuß stehen, gab es allerdings schon zu meiner Zeit.

(Anmerkung des Briefempfängers: Heine schildert einen derartigen Fall in seiner *Harzreise*.

[...] Dieser war ein Mann aus jenen Zeiten, als die Läuse gute Tage hatten und die Friseure zu verhungern fürchteten. Er trug herabhängend langes Haar, ein ritterliches Barett, einen schwarzen, altdeutschen Rock, ein schmutziges Hemd, das zugleich das Amt einer Weste versah, und darunter ein Medaillon mit einem Haarbüschel von Blüchers Schimmel. Er sah aus wie ein Narr in Lebensgröße. [...])

Nicht nur Wohnkultur und Mode, auch die Einkaufsmöglichkeiten haben sich im Laufe der Jahre geändert – teils durch die Globalisierung, teils durch das Verhalten der Verbraucher bedingt. Manch lieb gewordene Tradition ist diesem Wandel zum Opfer gefallen. Der fast schon zum Fossil gewordene Tante-Emma-Laden um die Ecke verschwand ebenso von der Bildfläche wie das aus dem Rahmen fallende Fachgeschäft mit seinem besonderen Service. Heute haben die Ketten ihren Siegeszug angetreten, die das Bild fast jeder Stadt in ein tristes Einerlei verwandeln. Die Einkaufsstraßen gleichen sich wie ein Ei dem anderen: ob ich durch meine Geburtsstadt Düsseldorf schlendere, die ich so geliebt habe; durch Frankfurt am Main und Hamburg wandle, wo ich mich mit Kaufmannskram herumschlagen musste; durch Bonn, Berlin oder Göttingen ziehe, die mich mit juristischen Spitzfindigkeiten malträtiert haben – überall begegnet mir die gleiche Monotonie. Die Innenstädte sind austauschbar geworden.

Das waren noch Zeiten, als in Frankfurt am Main die erste deutsche Markthalle und ein Vierteljahrhundert später in Berlin eines der größten Kaufhäuser Europas eröffnet wurden. Die Geschäfte, deren Vielfalt das Stadtbild prägte, besaßen noch ihre persönliche Note. Jedes Zentrum bewahrte sein eigenes, unverwechselbares Gesicht. Bei manchen Stadtvätern ist die Erinnerung an diese Zeit urplötzlich zurückgekehrt und hat die vernagelten Bretter vor den ausgedörrten Köpfen morsch werden lassen. Doch sie haben die Rechnung ohne den Wirt gemacht. Die Eigentümer riesiger Gewerbetempel sind mehr am eigenen Profit als am Image ihrer Kommune interessiert. Die von Kurzsichtigkeit befallenen Billigkäufer helfen ihnen dabei, indem sie für prall gefüllte Kassen sorgen. Es kommt noch schlimmer. Die hungrigen Kraken, die ihre Fangarme erbarmungslos ausbreiten und nicht satt genug werden können, suchen sich neue Futterplätze, sobald ihnen das Nahrungsangebot nicht mehr genügt. Sie siedeln sich vermehrt auf der grünen Wiese an und geben den Innenstädten den Rest. Das Geflecht aus Straßen, Gassen und Plätzen, das einst von Leben erfüllt war und nun einem Friedhof gleicht, erinnert an die berühmten Potemkinschen Dörfer, hinter deren Fassaden der kommerzielle Tod lauert.

Auch die rasante Entwicklung der Fortbewegungsmöglichkeiten hat mich sprachlos gemacht. Außer der altvertrauten Postkutsche, die bei der Bewältigung großer Entfernungen über Land das übliche, wenn auch zeitaufwändige Verkehrsmittel darstellte, sowie der Droschke und dem Pferdeomnibus, die beide im Stadtverkehr zum Einsatz kamen, durfte ich bei meinen Reisen aus dem Pariser Exil zu meiner Mutter nach Hamburg sogar das Dampfboot und die Eisenbahn noch miterleben. Erst nach meinem Ableben folgten die erste Pferde- und später die erste elektrische Straßenbahn in Berlin, bevor zu Beginn des 20. Jahrhunderts die einmalige und bis heute verkehrende Schwebebahn in Elberfeld ihren Betrieb aufnahm.

(Anmerkung des Briefempfängers: über die Benutzung der Droschke berichtet Heine in seinem *Ersten Brief aus Berlin.*

[...] Hier gleich am Tore stehen Droschken. So heißen unsere hiesigen Fiaker. Man zahlt 4 Groschen Courant für eine Person und 6 Gr. C. für zwei Personen, und der Kutscher fährt wohin man will. Die Wagen sind alle gleich, und die Kutscher tragen alle graue Mäntel mit gelben Aufschlägen. Wenn man just pressiert ist, oder wenn es

entsetzlich regnet, so ist keine einzige von allen Droschken aufzutrei-
ben. Doch wenn es schönes Wetter ist, wie heute, oder wenn man sie
nicht sonderlich nötig hat, sieht man die Droschken haufenweis bei-
sammenstehen. [...])

Das erste Fahrrad mit Hinterradkettenantrieb, das für eine weniger kräftezehrende Eigenmobilität des Individuums sorgte, kam ebenfalls erst nach meinem irdischen Ableben auf den Markt. Danach ging es Schlag auf Schlag. Ab Mitte des 20. Jahrhunderts eroberte eine Reihe von Motorfahrzeugen die Herzen der Menschen, von denen manche aber nicht nur dem Zweck der Fortbewegung dienten, sondern Kultstatus erlangten.

Überhaupt nahm die zunehmende Motorisierung der Bürger Formen an, die vor allem bei den Herren der Schöpfung das Kind im Manne offenbarten. Geradezu verliebt betrachten sie bis heute jedes neu erscheinende Gefährt – mit einem Gesichtsausdruck, den das weibliche Geschlecht nur zu gern für sich in Anspruch nehmen würde. Ob es sich um zwei Räder wie das Motorrad oder um vier wie das Cabrio, den Sport- oder den Geländewagen handelt – im Vordergrund steht der Geschwindigkeitsrausch. Und wenn sie endlich eine der begehrten Karossen erworben haben, dann widmen sie ihr jede Menge Zeit, wovon die Freundin oder Angetraute nur träumen kann. Es wird gewaschen, poliert und gesaugt, bis das metallicfarbene Blech die Augen blendet und die Sitzpolster selbst bei Dunkelheit noch strahlen, als wären sie nie benutzt worden.

Mitunter gibt es Leute, die im Straßenverkehr *Mensch ärgere dich nicht* spielen. Sie versuchen, so schnell wie möglich, aber ohne Rücksicht auf andere Mitspieler ans Ziel zu kommen. Wer die Strecke nicht freimacht, wird einfach zur Seite geschubst. Mit den gewürfelten Augen verhält es sich wie mit den Pferdestärken beziehungsweise der Kilowattleistung des angreifenden Fahrzeugs: je höher die Zahl, desto geringer die Chancen des Angegriffenen. Der Schwächere bleibt am Ende auf der Strecke.

Lassen Sie mich noch auf zwei Begebenheiten eingehen, an die Sie sich bestimmt erinnern werden. Sie zeigen deutlich das absurde Verhalten unserer Landsleute in Bezug auf ihren fahrbaren Untersatz. In dem einen Fall handelt es sich um die Energiekrise – ausgelöst durch den Lieferboykott der Erdöl exportierenden Länder – in deren Verlauf ein auf vier Wochen befristetes Sonntagsfahrverbot erlassen wurde, das nur wegen der drohenden Strafen befolgt wurde. Ein freiwilliger Verzicht auf ihr Vehikel wäre für die meisten Asphalt-Piloten nicht infrage gekommen und täte es auch heute nicht – es sei denn, die Zapfsäulen an den Tankstellen würden mangels Sprit ihren Geist aufgeben. Dabei hätten viele etwas mehr Bewegung dringend nötig. Im anderen Fall geht es um die damals beklagte Zunahme von Gurtmuffeln, die selbst bei harmlosen Unfällen zu immer mehr Toten und Schwerverletzten geführt hatte. Als Konsequenz wurde die Gurtpflicht in Personenkraftwagen eingeführt. Erstaunlicherweise gibt es noch immer Leute, die diese Vorschrift nicht kennen oder den Gurt als eine Art freiwillig anzulegenden Hosenträger betrachten.

Nicht zuletzt hat sich auch die Ernährung grundlegend gewandelt. Interessant finde ich, wie ungesund die Menschen heutzutage leben – und das in einer Zeit, die mit ihrem üppigen Angebot an Lebensmitteln an das Schlaraffenland erinnert und unzählige Möglichkeiten der Speisenzubereitung bietet. Zudem wird eine Fülle von Informationen geboten, die zu einer gesünderen Lebensweise animieren. Doch hier zeigen sich die bereits erwähnten Lesemängel der Verbraucher, die weder die Empfehlungen für eine ausgewogene Ernährung noch die Warnungen vor gesundheitlichen Schäden entziffern können. Ich möchte in diesem Zusammenhang nicht verhehlen, dass es – wie zum Beispiel bei Medikamenten üblich – auch Hinweise gibt, die so überflüssig sind wie ein Kropf. Der in der TV-Werbung alle paar Sekunden ausgestrahlte Satz *Zu Risiken und Nebenwirkungen lesen Sie die Packungsbeilage und fragen Sie Ihren Arzt oder Apotheker* nervt nicht nur die geistige Elite, die ohnehin erst den Doktor fragt, bevor sie etwas einnimmt. Der Satz nützt auch denen nichts, die das deutsche Alphabet als Hieroglyphen betrachten – mal abgesehen davon, dass selbst der Gebildete mit dem Mediziner-Latein kaum etwas anzufangen weiß.

Die Verdrängung gepflegten Essens und Trinkens begann übrigens, als Coca-Cola zum Getränk des 20. Jahrhunderts avancierte. Später folgte das Dosenbier, dessen Blech dem Glas der Flasche Konkurrenz machen sollte. Beide jenseits des Atlantiks auf den Markt geworfenen Neuheiten überschwemmten bald ganz Europa. Nach dem Zweiten Weltkrieg zerstörte die Welle neuer Ess- und

Trinkgewohnheiten unaufhaltsam die gastronomische Tradition. Das Schnellgericht – excuse me! fast food – war geboren und mit ihm die Fressbuden und -lokale. Den Anfang machten die Imbissstände mit der Currywurst samt Senf oder Ketchup und die Pizzerien mit ihren Teig- und Nudelgerichten; bald darauf folgten die Schnellrestaurants wie der Wienerwald mit den Grillhähnchen und McDonalds mit seinen Hamburgern, Cheeseburgern und sonstigen Burgern; und schließlich hielten die Dönerbuden mit ihren Fleischspießen Einzug. Während die amerikanische Kette – nach dem Motto: time is money – den Verzehr ihrer Hackfleischprodukte auf den Innenraum von Automobilen ausweitete, um die vom vielen Gas geben strapazierten Füße der Gäste zu schonen, taten die italienischen Pizzabäcker zur Freude ihrer Gäste genau das Gegenteil, indem sie die Fahnen europäischer Esskultur hochhielten und mit südländischem Flair lockten. Ich persönlich hätte auf jeden Fall letzteres bevorzugt, weil ich zu Lebzeiten ein Freund sowohl der italienischen und französischen als auch der deutschen Küche war.

(Anmerkung des Briefempfängers: in Caput IX von Heines Versepos *Deutschland. Ein Wintermärchen* ist seine Freude über die deutsche Küche nachzulesen.

Von Köllen war ich drei Viertel auf acht
Des Morgens fortgereiset;
Wir kamen nach Hagen schon gegen drei,
Da wird zu Mittag gespeiset.

Der Tisch war gedeckt. Hier fand ich ganz
Die altgermanische Küche.
Sei mir gegrüßt, mein Sauerkraut,
Holdselig sind deine Gerüche!

Gestovte Kastanien im grünen Kohl!
So aß ich sie einst bei der Mutter!
Ihr heimischen Stockfische, seid mir gegrüßt!
Wie schwimmt ihr klug in der Butter!

Jedwedem fühlenden Herzen bleibt
Das Vaterland ewig teuer –
Ich liebe auch recht braun geschmort
Die Bücklinge und Eier.

Wie jauchzten die Würste im spritzelnden Fett!
Die Krammetsvögel, die frommen
Gebratenen Englein mit Apfelmus,
Sie zwitscherten mir: "Willkommen!"

[…])

Leider konnten die Italiener und später andere Europä-
er, aber auch Asiaten, unsere Landsleute wohl eher nicht
beeinflussen – zumindest nicht die vielen Privathaushalte
mit nur einer Person, die noch dazu einen Beruf ausübt
und auf zeitsparende Nahrungsaufnahme setzt. Schuld sind
die Fertiggerichte. Was an der Behauptung dran ist, dass
viel Chemie drin ist, scheint die Leute nicht zu interessie-

ren. Vorrang hat die Genießbarkeit eines Gerichts, was bei der herrschenden Geschmacksflaute allerdings angezweifelt werden muss.

Zu einem Gesellschaftsspiel hat sich der Kampf um den Abbau überflüssiger Pfunde ausgeweitet – nicht, indem mehr geschwitzt und weniger gemampft, sondern auf eine Diät gesetzt wird. Die Betroffenen hungern tage- oder wochenlang ein Kilo nach dem anderen herunter, um nach der Tortur möglichst schnell wieder auf das alte Gewicht zu kommen. Das ist so, als würde ein Autofahrer versuchen, mit vernünftiger Fahrweise Sprit zu sparen, um danach wieder kräftig aufs Gaspedal zu treten.

Interessant ist auch ein Blick auf die Sterne-Küche. Die Speisen, die auf edlem Porzellan serviert werden, mögen zwar schmackhaft sein, tragen aber nicht immer zur Befriedigung des Magens bei und erinnern manchmal sogar an die Präsentation modernen Designs. Die neureiche Fraktion, die nicht an geistreicher Konversation, sondern am prall gefüllten Portemonnaie zu erkennen ist, stört das nicht und gibt sich in diesen Häusern die Klinke in die Hand.

Anders geht es in Ausflugslokalen zu. Die sich an Touristenhorden orientierenden Umschlagplätze kulinarischer Ernüchterung schielen in erster Linie auf die Auslastungsquote und richten sich angesichts der meist nur ein einziges Mal aufkreuzenden Gäste nach dem Prinzip Quantität statt Qualität, was den auf Billigangebote fixierten Normalverbrauchern sehr entgegenkommt.

Die Außenseiter der Gesellschaft, deren häuslicher Bodenbelag das Straßenpflaster ist, und an denen der wirtschaftliche Aufschwung klammheimlich vorüberzieht, müssen sich mit den Essensresten der Wohlstandsgesellschaft begnügen, die in Abfallkörben und Mülltonnen entsorgt wurden. Wer die Möglichkeit hat und sich weniger geniert, kann sich notfalls in einer Suppenküche beköstigen lassen. Wenn ich ehrlich sein soll, hätte ich es nicht für möglich gehalten, dass ein Volk, das sich mit seiner wirtschaftlichen Potenz brüstet und zu einem Großteil unter Überfluss leidet, so viel Armut produziert und dabei auch noch wegschaut.

Abschließend möchte ich noch auf die mannigfachen Publikationen eingehen, die den alltäglichen Dingen gewidmet werden: ob es um die Einrichtung einer Wohnung oder eines ganzen Hauses geht; ob die Bepflanzung von Balkon oder Garten im Blickfeld steht; ob die neuesten Modeartikel vorgestellt oder Schnittmuster für die Hobbyschneiderin angeboten werden; ob Leistung und Komfort von Fahrzeugen angepriesen werden; oder ob Ernährung allgemein oder Kochen speziell behandelt wird – für alles steht ein ganzer Blätterwald zur Verfügung und lockt den Leser mit teils vortrefflichen, teils banalen Ratschlägen.

Auch das Fernsehen steht nicht zurück, berieselt die Zuschauer mit anspruchslosen Familienserien. Die Krönung in diesem Genre sind die neuen Telenovelas, die den US-Seifenopern Konkurrenz machen.

Jetzt haben Sie den dritten Brief von mir bekommen. Und ich muss mit Verwunderung feststellen, dass der technische Fortschritt nicht unbedingt zur Entfaltung des menschlichen Hirns beigetragen hat. Diese Erkenntnis wird mich aber nicht davon abhalten, den Menschen weiterhin auf den Zahn zu fühlen. Ich melde mich wieder, sobald ich mit dem nächsten Thema, der Freizeit des Individuums, abgeschlossen habe. Meine Recherchen und Erlebnisse stellen sich doch als umfangreicher heraus, als ich anfangs gedacht habe. Die Bearbeitung erfordert nicht nur volle Konzentration, sondern auch viel Zeit. Bis dahin seien Sie mir gegrüßt!

Herzlichst Ihr
Heinrich Heine

Sinn und Unsinn

Teuerster S.!

Nun ist es wieder an der Zeit, Ihnen einen Brief zu schreiben. Ich habe mich jetzt schon so lange mit dem Individuum beschäftigt, dass es mich selbst überrascht, so vieles darüber berichten zu können. Aber seine Eigenarten, sein Werdegang und sein Alltag fallen nicht nur höchst unterschiedlich aus, so dass es sich lohnt, Vergleiche anzustellen, sondern verleiten auch dazu, angesichts des Verhaltens zwischen gesundem Menschenverstand und eingeschränkter Hirntätigkeit einen Drahtseilakt zu vollführen, der vom Humor über die Ironie bis zum Sarkasmus reicht. Nicht minder trifft dies auch für die Art der Freizeitgestaltung zu, die heute bisweilen seltsame Blüten treibt.

Zu meiner Zeit hat dieses Thema nur in höheren Kreisen eine Rolle gespielt. Die untere und mittlere Bevölkerungsschicht war froh, dass sie überhaupt lebte. Das Heer der abhängig Beschäftigten wie der Industrie-, Bau- und Bergarbeiter, Handwerker, Tagelöhner, Seeleute und Fischer, Fuhrleute und Kutscher, Büroangestellten, Beamten und Bediensteten hoher Herrschaften verbrachte die meiste Zeit am Arbeitsplatz, so dass die verbliebenen Wochenstunden dem Ausspannen und Schlafen dienten.

Der Adel, hohe Beamte, Offiziere, Gelehrte, der Klerus, Unternehmer, Angehörige der Freien Berufe und Kulturschaffende – schlichtweg die gebildete Schicht – besaßen die Möglichkeit, in Büchern, Zeitungen und sonstigen

Schriften zu lesen, und, wer dazu in der Lage war, eigene Texte zu schreiben und zu publizieren, Musik zu komponieren oder einfach nur zu musizieren, Bilder zu malen oder Skulpturen zu schaffen. Was mich betraf, so fühlte ich einen steten Drang zum Schreiben.

(Anmerkung des Briefempfängers: Heine lässt sich darüber in seinem *Buch le Grand* aus.

[...] Ich habe des Guten so viel zu schreiben, daß ich nicht lange Federlesens zu machen brauche. So lange mein Herz voll Liebe und der Kopf meiner Nebenmenschen voll Narrheit ist, wird es mir nie an Stoff zum Schreiben fehlen. Und mein Herz wird immer lieben, so lange es Frauen gibt, erkaltet es für die eine, so erglüht es gleich für die andere; wie in Frankreich der König nie stirbt, so stirbt auch nie die Königin in meinem Herzen [...] Auf gleiche Weise wird auch die Narrheit meiner Nebenmenschen nie aussterben. Denn es gibt nur eine einzige Klugheit und diese hat ihre bestimmten Grenzen, aber es gibt tausend unermeßliche Narrheiten. Der gelehrte Kasuist und Seelsorger Schupp sagt sogar: "In der Welt sind mehr Narren als Menschen –" [...])

Was das Lesen angeht, erschien bereits ein Jahr nach meiner Geburt Cottas *Allgemeine Zeitung*, in der ich später meine Frankreich-Berichte publiziert hatte. Bis Mitte des 19. Jahrhunderts folgten der erste Teil von Goethes *Faust*, die unter Kleists Redaktion herausgegebenen *Berliner Abendblätter*, der erste Band von Alexander von Humboldts *Kosmos* und das politisch-satirische Witzblatt *Kladderadatsch*.

Auch die Einführung von Volksbüchereinen fand noch zu meinen Lebzeiten statt.

Erst lange nach meinem Tod wurden weitere philosophische und literarische Werke wie Nietzsches *Also sprach Zarathustra* und Thomas Manns *Buddenbrooks* veröffentlicht. Als erste Boulevard-Zeitung hierzulande kam bald darauf die *B.Z. am Mittag* heraus, womit die Ära breiter Leserschichten eingeläutet wurde, ehe Mitte des 20. Jahrhunderts anspruchsvollere Blätter wie die Wochenzeitschrift *Die Zeit* und das Nachrichtenmagazin *Der Spiegel* folgten. Der anschließende Siegeszug der *Bild-Zeitung*, deren rote Schrift das tropfende Blut des Revolverblatts symbolisiert, zeugt vom wachsenden Interesse am Sensationsjournalismus und dem von Schwindsucht befallenen Verstand zahlreicher Leser.

Andere Medien ließen nicht lange auf sich warten. Der Radioeuphorie zu Beginn des 20. Jahrhunderts schloss sich nach dem Zweiten Weltkrieg das Fernsehen an. Der Personalcomputer sorgte in der Informationstechnologie für eine erste Sensation, die gegen Ende des 20. Jahrhunderts in der Verfügbarkeit des Internets gipfelte.

Inzwischen ist der Medienrummel, der sich bis in die Wohnzimmer ausgebreitet hat, zu einer Plage geworden, die dem Befall der Wälder mit dem Borkenkäfer gleicht. Wie dort ein Baum nach dem anderen den schleichenden Tod erlebt, fällt auch das menschliche Hirn langsam, aber sicher der ständigen Berieselung zum Opfer. Die Klatschpresse hat nichts Besseres zu tun, als die Saat der Paparazzi zu ernten, indem sie ein paar Körnchen Wahrheit unter die verdorbenen Früchte mischt. Und das Fernsehen – allen voran die privaten Sender – überschwemmt seine Zuschauer mit lauwarmer Brühe wie ein Bauer seine Felder mit Gülle tränkt. Nur mit dem Unterschied, dass der Dünger des Landwirts zum Gedeihen der Ernte beiträgt.

Das Internet hat immerhin den Vorteil, dass der Benutzer den Zugriff auf Webseiten an seinen Bedürfnissen ausrichten kann: der Bildungshungrige will seinen Horizont erweitern, um das erworbene Wissen beruflich oder privat zu nutzen; der Informationsbedürftige sucht Antworten auf seine Fragen; der an Geschäften Interessierte will Waren oder Dienstleistungen kaufen oder verkaufen; der Quatschkopf sammelt in sozialen Netzwerken Freunde wie andere Briefmarken oder Münzen; und der krankhaft Veranlagte stöbert in dunklen Kanälen nach Material, das seiner ideologischen, religiösen, sexuellen oder gar kriminellen Befriedigung dient.

Zur Freizeitbeschaftigung von heute gehören noch zwei andere Betätigungsfelder: das Heimwerken und die Privatfeten. Im ersten Fall besteht das Hauptziel darin, bestimmte handwerkliche Arbeiten eigenhändig auszuführen – teils um die Kosten für den Fachmann zu sparen; teils um den persönlichen Neigungen nachzugehen; teils um sich vor Langeweile die Zeit zu vertreiben, wie dies zum Beispiel eine ganze Armee von Rentnern tut. In diese Kategorie fällt auch die Gartenarbeit, die immerhin von Naturverbundenheit zeugt. Problematisch wird die Angelegenheit, wenn der Hobbyhandwerker oder -gärtner mit seiner Tätigkeit nicht nur Glückshormone, sondern auch Dezibel ausstößt: ständiges Vertikutieren, Mähen, Häckseln, Heckeschneiden, Druckreinigen, Sägen, Hämmern und Bohren kann beim Nachbarn den diastolischen und systolischen Wert des Blutes in die Höhe treiben, was seinerseits handfesten Krach erzeugen kann.

Auch mit den privaten Feten ist das so eine Sache, vor allem dann, wenn sie im Freien stattfinden. Wenn beim Grillen die Rauchschwaden aufsteigen und das gesamte Umfeld in beißenden Nebel hüllen, wird das gewiss nicht jedem behagen. Doch diese Zeremonie darf hin und wieder gestattet sein und ist in der Regel auch nur von kurzer Dauer. Wenn aber die Musik, die oft bis weit nach Mitternacht anhält, keine Töne in Dur und Moll erzeugt, sondern nur noch Schläge in Watt austeilt, ist der Geschädigte reif für die Insel und der Verursacher für die Psychiatrie.

Nähern wir uns jetzt dem kulturellen Angebot. Aufführungen von Opern und Theaterstücken bildeten zu meiner Zeit einen wesentlichen Teil anspruchsvoller Unterhaltung. So standen unter anderem Carl Maria von Webers *Freischütz* und beide Teile von Goethes *Faust* auf den Spielplänen der Bühnen. Trotz des Geheimrats abweisender Haltung mir gegenüber gestehe ich, dass letztgenanntes Werk sein größtes war. Mit meinen Dramen konnte ich leider keinen Staat machen. Auch geistliche Musik wie Bachs *Matthäuspassion* wurde aufgeführt. Und Museen wie das Alte Museum in Berlin zogen ebenfalls die Menschen an. Fast hätte ich es vergessen: begehrt waren sogar Veranstaltungen, die dem reinen Vergnügen dienten – der erste Kölner Rosenmontagszug fand bereits Anfang des 19. Jahrhunderts statt.

Seit meinem Ableben hat sich auf dem Gebiet der Kultur viel getan: auf den Brettern, die schon immer die Welt bedeuteten, wurden Büchners *Woyzeck* und die *Dreigroschenoper* von Bertold Brecht und Kurt Weill in Szene gesetzt, um nur einige zu nennen – wobei das Werk des Autors heute nicht selten der Selbstdarstellung des Regisseurs dient; aus der Aktion *Kunst gegen Kohle* entwickelten sich nach dem Zweiten Weltkrieg beispielsweise die Ruhrfestspiele in Recklinghausen; und an musikalischen Darbietungen ragten vor allem zwei Ereignisse heraus – die Eröffnung des Bayreuther Festspielhauses mit Richard Wagners *Ring der Nibelungen*, womit das Deutschnationale wieder zu neuer Blüte fand, sowie die Erstaufführung von Carl Orffs *Carmina Burana* in Frankfurt am Main, deren neuartige Tonkunst von den Nazis verbannt wurde, weil ihre engen Gehörgänge auf neugermanische Volksmusik getrimmt waren.

Auch Varietébuhnen und vor allem Kabaretts, von denen einige wie das Düsseldorfer Kom(m)ödchen und die Münchner Lach- und Schießgesellschaft noch heute existieren, lockten die Leute zunehmend aus ihren vier Wänden. Die Kabaretts, die bevorzugt Vertreter von Staat und Kirche, aber auch von Wirtschaft und Gesellschaft aufs Korn und kein Blatt vor den Mund nehmen, hätte ich mir zu meiner Zeit gewünscht. Dagegen erscheinen die Comedys – wieder so ein Anglizismus – in denen die Blödelbarden ihr banales Feuerwerk abbrennen, eher wie ein Sammelsurium aus tausendundeins Kalauern.

Moderne Musik und Kunst wollten bei soviel Interesse an Kultur keineswegs zurückstehen. Nach dem Ende des ersten Weltkriegs trat in Berlin die erste schwarze Jazz-Band auf, die das Glück hatte, dass Amerika weit genug entfernt war und die Nazis noch in den Anfängen steckten. Und erst, als letztere wieder von der Bildfläche verschwunden waren, begannen mit den Beatles und dem Musical-boom zwei neue, wenn auch unterschiedliche Musikepochen. In der Malerei erregten Ausstellungen wie der *Blaue Reiter* und *Entartete Kunst* großes Aufsehen – allerdings unter umgekehrten Vorzeichen. Während erstere zur Kaiserzeit unbehelligt stattfinden konnte, diente letztere der Verunglimpfung moderner Künstler und damit der Propaganda des Dritten Reiches. Ich weiß nicht, wie Sie zu dieser Art von Kunst stehen. Ohne in das Horn der Nazis blasen zu wollen – rein persönlich kann ich mich nicht mit jedem dieser Werke anfreunden. Aber das ist, wie alles in der Kunst, Geschmacksache.

Besuche bedeutender Museen erfreuten sich ebenso großer Beliebtheit – so beispielsweise das Deutsche Museum in München, das eine umfangreiche naturwissenschaftlich-technische Sammlung beherbergt und seine Anziehungskraft bis heute nicht verloren hat. Ich selbst werde meinen letzten Besuch im Pariser Louvre, einem der bedeutendsten Kunstmuseen, nicht vergessen.

(Anmerkung des Briefempfängers: Heine hat das Ereignis im Nachwort zum *Romanzero* festgehalten.

[...] Es war im Mai 1848, an dem Tage, wo ich zum letzten Male ausging, als ich Abschied nahm von den holden Idolen, die ich angebetet in den Zeiten meines Glücks. Nur mit Mühe schleppte ich mich bis zum Louvre, und ich brach fast zusammen, als ich in den erhabenen Saal trat, wo die hochgebenedeite Göttin der Schönheit, Unsere liebe Frau von Milo, auf ihrem Postamente steht. Zu ihren Füßen lag ich lange, und ich weinte so heftig, daß sich dessen ein Stein erbarmen mußte. Auch schaute die Göttin mitleidig auf mich herab, doch zugleich so trostlos, als wollte sie sagen: Siehst du denn nicht, daß ich keine Arme habe und also nicht helfen kann? [...])

Schließlich lernte ich das Kino kennen. Bereits Ende des 19. Jahrhunderts gab es die ersten Filmvorführungen, ehe Jahrzehnte später das erste Autokino eröffnet wurde. Viele der alten Filme, als die Regisseure noch mit relativ einfachen Mitteln drehen mussten, habe ich mir angesehen. Und ich muss sagen, ich war von einigen Streifen beeindruckt: Fritz Langs Stummfilm *Metropolis, Der Blaue Engel* mit Marlene Dietrich, *Der dritte Mann* mit Orson Welles und Alfred Hitchcocks *Vögel*. Wolfgang Petersen standen bei den Dreharbeiten zu *Das Boot* – ebenfalls ein großartiger Film – schon wesentlich mehr technische Möglichkeiten zur Verfügung als den alten Meistern. Zwei Filme aber fanden aus höchst unterschiedlichen Gründen besondere Aufmerksamkeit: Leni Riefenstahls *Triumph des Willens*, der den ersten Reichsparteitag dokumentiert und damit den nationalsozialistischen Führerkult verherrlicht; und Willi Forsts *Sünderin* mit Hildegard Knef, deren Nacktszene einen lächerlichen Skandal auslöste.

In neuerer Zeit sind Open-Air-Konzerte fester Bestandteil der Unterhaltung und überhaupt alles, was sich Event nennt – womit wir zum wiederholten Male mit Anglizismen konfrontiert werden. Diese Kategorie von Ereignissen zieht bevorzugt in Ekstase geratende Besuchermassen an. Man kann das mit einer Art Schnellkochtopf vergleichen, der – nachdem der Inhalt zum Brodeln gebracht wurde – einen Überdruck erzeugt. Dieser lässt erst wieder nach, wenn sich der Inhalt abgekühlt hat. Für mögliche Ohnmachtsanfälle stehen vorsorglich Rettungssanitäter bereit.

Wie gemütlich sind dagegen die Volksfeste und Märkte. Bei ersterem denke ich an das Oktoberfest in München, wo der Pegelstand des Bierflusses über dem der Isar liegt und die vollbusigen Nixen gar nicht so schnell nachfüllen können, wie in den durstigen Kehlen versickert und in den verräucherten Zelten verdunstet. Den Rummel drum herum – die Geisterbahn, den Zauberer, den Hypnotiseur, die Wahrsagerin und was es sonst noch alles zu fürchten gibt – nimmt von diesen Leuten kaum jemand wahr. Ich selbst erinnere mich noch gut an einen Gaukler in Berlin.

(Anmerkung des Briefempfängers: Heine schreibt darüber in seinem *Zweiten Brief aus Berlin*.

[...] Aber Bosko, Bosko, Bartolomeo Bosko sollten Sie sehen! Das ist ein echter Schüler Pinettis! Der kann zerbrochene Uhren noch schneller kurieren, als der Uhrmacher Labinski, der weiß die Karten zu mischen und Puppen tanzen zu lassen! Schade, daß der Kerl keine Theologie studiert hat. Er ist ein ehemaliger italienischer

Offizier, noch sehr jung, männlich, kräftig, trägt anliegende Jacke und Hosen von schwarzem Seidenzeug, und, was die Hauptsache ist, wenn er seine Künste macht, sind seine Arme fast ganz entblößt. Weibliche Augen sollen sich an letztern noch weit mehr als an seinen Kunststücken erbauen. Er ist wirklich ein netter Kerl, das muß man gestehen, wenn man die bewegliche Figur sieht im Scheine einiger fünfzig langen Wachskerzen, die, wie ein funkelnder Lichterwald, vor seinem, mit seltsamen Gauklerapparate besetzten langen Tische auf-gepflanzt stehen. [...])

Was die Märkte angeht, überschlagen sich die heutigen Angebote förmlich: Flohmärkte haben mit Flöhen nur insofern etwas zu tun, als der feilgebotene Plunder Unge-ziefer geradezu magisch anzieht; Kunsthandwerkermärkte stellen mehr Handwerk als Kunst zur Schau, wobei Kitsch statt Kleinod dominiert; und Weihnachtsmärkte erinnern an Christi Geburt so wenig wie Fischmärkte an Neptuns Auftauchen.

(Anmerkung des Briefempfängers: auch über einen Weihnachtsmarkt berichtet Heine im *Zweiten Brief aus Berlin*.

[...] Wenig Schnee, und folglich auch fast gar kein Schlittenge-klingel und Peitschengeknall hatten wir dieses Jahr. Wie in allen protestantischen Städten spielt hier Weihnachten die Hauptrolle in der großen Winterkomödie. Schon eine Woche vorher ist alles beschäf-tigt mit Einkauf von Weihnachtsgeschenken. [...] auf dem Schloß-platze stehen eine Menge hölzerner Buden mit Putz-, Haushaltung-und Spielsachen; und die beweglichen Berlinerinnen flattern, wie

Schmetterlinge, von Laden zu Laden, und kaufen, und schwatzen, und äugeln, und zeigen ihren Geschmack, und zeigen sich selber den lauschenden Anbetern. Aber des Abends geht der Spaß erst recht los; dann sieht man unsere Holden oft mit der ganzen respektiven Familie, mit Vater, Mutter, Tante, Schwesterchen und Brüderchen, von einem Konditorladen nach dem andern wallfahrten, als wären es Passionsstationen. [...])

Lassen Sie mich noch ein paar Worte zum Karneval sagen. Wie von mir erwähnt, fand schon zu meiner Zeit der Rosenmontagszug in Köln statt – allerdings erst nach meinen Düsseldorfer Jahren, von wo aus der Weg in die Hochburg der rheinischen Jecken nicht weit gewesen wäre. Aber derartige Veranstaltungen fanden bei mir kein Echo. Auch dort fließt der obergärige Gerstensaft noch heute in Hektolitern, wobei die Entwässerung – im Gegensatz zu München, wo die Isar von der Wies'n weit entfernt ist – unmittelbar Vater Rhein zu spüren bekommt. Warum sich die Leute bei diesem Massenumtrunk so gern besaufen und dazu noch verkleiden, ist mir stets ein Rätsel geblieben – nehmen doch die meisten von ihnen ganzjährig die Rolle des Narren ein.

Die Freizeit in den eigenen vier Wänden zu gestalten oder stattdessen am Vereinsleben unterschiedlichster Art teilzunehmen, hängt von der Mentalität des Einzelnen ab – ob er sich lieber kreativ betätigt oder eher seiner Unternehmungslust freien Lauf lässt. Letzterer kann er zum Beispiel dadurch nachkommen, dass er an Tanzveranstaltungen teilnimmt – je nach Neigung in einem traditionellen

Tanzlokal oder in einer Diskothek. Er kann aber auch in die Kneipe gehen und sich einem Stammtisch anschließen. Oder er kann einfach nur bummeln gehen und bei schönem Wetter ein Straßencafé oder einen Biergarten aufsuchen.

Zum Tanzen gingen die Leute schon früher. Vor allem der Walzer war angesagt. Fast hundert Jahre später folgte der Tango, ehe Mitte des 20. Jahrhunderts der Rock'n'Roll Einzug hielt. Ich muss gestehen, dass ich dieser Art von Bewegung nichts abgewinnen konnte. Vor allem die Bälle der feinen Herrschaften oder solcher, die sich dafür hielten, konnte ich nicht ausstehen.

(Anmerkung des Briefempfängers: über die damalige Tradition, auf allen möglichen Bällen das Tanzbein zu schwingen, mokiert sich Heine ebenfalls im *Zweiten Brief aus Berlin*.

[...] Man betrachte nur die verschiedenen Bälle hier; man sollte glauben, Berlin bestände aus lauter Innungen. Der Hof und die Minister, das diplomatische Corps, die Zivilbeamten, die Kaufleute, die Offiziere usw. usw., alle geben sie eigene Bälle, worauf nur ein zu ihrem Kreise gehöriges Personal erscheint. [...] Alle Bälle der vornehmen Klasse streben, mit mehr oder minderm Glücke, den Hofbällen oder fürstlichen Bällen ähnlich zu sein. Auf letztern herrscht jetzt fast im ganzen gebildeten Europa derselbe Ton, oder vielmehr sie sind den Pariser Bällen nachgebildet. Folglich haben unsere hiesigen Bälle nichts Charakteristisches; wie verwunderlich es auch oft aussehen mag, wenn vielleicht ein von seiner Gage lebender Sekondeleutnant, und ein,

mit Läppchen und Geflitter, mosaikartig aufgeputztes Kommißbrot-
Fräulein, sich auf solchen Bällen in entsetzlich vornehmen Formen
bewegen, und die rührend-kümmerlichen Gesichter puppenspielmäßig
kontrastieren mit dem angeschnallten, steifen Hofkothurn. [...])

Mit den Diskotheken, die es damals nicht gab, ist das so eine Sache. Dort wird zwar auch getanzt, aber nicht in Standard- oder lateinamerikanischen Formationen. Das Ganze besteht mehr aus einem Hopsen – lautstark untermalt von Rhythmen, die mitunter an kultische Zeremonien von Indianerstämmen erinnern. Auch die Kriegsbemalung samt Tätowierung, Irokesen-Frisur und Eisen im Gesicht stimmt. Zudem sorgen die vom Medizinmann verordneten Betäubungsmittel für die gewünschten Rauschzustände.

Beliebter Treffpunkt unserer Landsleute ist der Stammtisch – jener Platz, an dem das bereits erwähnte Diskutieren in ganz besonderem Maße gepflegt wird. Doch auch in Cafés und Restaurants – im Sommer bevorzugt in Biergärten – hocken oft ganze Gruppen zusammen und palavern über Gott und die Welt. Und je tiefer die Runde ins Glas geschaut hat, desto schwerer werden die Zungen und desto röter die Köpfe. Die Rastlosen hingegen, die wenig Sitzfleisch haben und wie eine mechanisch aufgezogene Puppe ständig in Bewegung sein müssen, flanieren lieber auf den belebten Straßen und Plätzen – frei nach dem Motto: sehen und gesehen werden.

Eine vollkommen andere Freizeitbeschäftigung bietet die durchaus lobenswerte sportliche Betätigung, die sich einst auf wenige Sportarten wie Gymnastik, Turnen, Schwimmen, Rudern und Wandern beschränkte.

(Anmerkung des Briefempfängers: auf eine Wanderung geht Heine in seiner *Harzreise* ein, nachdem er selbst den Brocken bestiegen hatte.

[...] In der Tat, wenn man die obere Hälfte des Brockens besteigt, kann man sich nicht erwehren, an die ergötzlichen Blocksbergs-geschichten zu denken, und besonders an die große, mystische, deutsche Nationaltragödie vom Doktor Faust. Mir war immer, als ob der Pferdefuß neben mir hinauf klettere, und jemand humoristisch Atem schöpfe. Und ich glaube, auch Mephisto muß mit Mühe Atem holen, wenn er seinen Lieblingsberg ersteigt; es ist ein äußerst erschöpfender Weg, und ich war froh, als ich endlich das langersehnte Brockenhaus zu Gesicht bekam.

Dieses Haus, das, wie durch vielfache Abbildungen bekannt ist, bloß aus einem Rez-de-Chaussee besteht und auf der Spitze des Ber ges liegt, wurde vom Grafen Stolberg-Wernigerode erbaut, für dessen Rechnung es auch, als Wirtshaus, verwaltet wird. Die Mauern sind erstaunlich dick, wegen des Windes und der Kälte im Winter; das Dach ist niedrig, in der Mitte desselben steht eine turmartige Warte, und bei dem Hause liegen noch zwei kleine Nebengebäude, wovon das eine, in frühern Zeiten, den Brockenbesuchern zum Obdach diente. [...])

Heute gibt es viele Möglichkeiten, Sport zu treiben: ne-ben Mannschaftssportarten, bei denen ein ganzes Rudel hinter einem Ball oder einem Puck herjagt, der in ein Tor

geschossen, geköpft, geworfen oder in einen Korb beför-
dert werden muss, bieten sich zahlreiche Einzelwettkämpfe
an, bei denen der Gegner mit der Faust, einem Ball, einer
Waffe, einem Gerät oder nach der Höhe, der Weite, der
Zeit zu schlagen ist; wer allein sein will, quält sich im mit
Schweiß parfümierten Fitnessstudio an Ergometern, Lauf-
bändern und sonstigen Apparaten, dreht im nach Chlor
duftenden Schwimmbad seine Runden oder fährt – wie ein
Rennfahrer gestylt – auf einem Drahtesel durch die Landschaft; wer sich für elitär hält, zieht Tennis, Golf, Segeln,
Fliegen oder Reiten vor; und wer sich für nichts von alledem entscheiden kann oder will, schaut den anderen lieber
zu oder legt sich auf die faule Haut.

Apropos zuschauen: Publikum findet man überall, aber
die Massen zieht es in die Fußballstadien, an die Rennstre-
cken und in die Boxarenen. Rund um den Rasen – durch
einen Zaun von den Kickern getrennt – schneiden die Fans
mal jubelnd, mal heulend ihre Grimassen; fuchteln wild mit
den Armen, um gelegentlich ein paar Wurfgeschosse los-
zuwerden; und klammern sich wie Affen an den Gittern
fest. Diejenigen, denen das alles zu friedlich ist, verwandeln
das Stadion in einen Kriegsschauplatz, ohne zu wissen,
gegen welchen Gegner sie eigentlich zu Felde ziehen. Ganz
anders geht es an den Pisten zu. Die Zuschauer ergötzen
sich am Geschwindigkeitsrausch der Piloten und fiebern
einem möglichen Spektakel entgegen, bei dem einer der
Boliden mit einem anderen kollidiert und ein paar Pirouet-
ten dreht. Am Ring wird noch eine Schippe draufgelegt.
Hier sitzen die Genießer schwerer Kost, die Zeuge sein

wollen, wenn ein Muskelprotz dem anderen die Gesichtszüge zurechtrückt. Je länger es dauert, bis einer der Bäume gefällt ist, desto größer ist das Vergnügen, den Holzfällern bei der Arbeit zuzuschauen.

Sie werden mit Recht einwenden, dass Gesellschaftsspiele, auf die ich jetzt zu sprechen komme, eigentlich wenig mit Sport zu tun haben. Dennoch möchte ich einige an dieser Stelle erwähnen, weil sie Teil der Freizeitbeschäftigung sind. Gemeint sind hier Kegeln und Bowling auf der einen, Skat und Schafskopf auf der anderen Seite. Was allen gemeinsam ist, sind die alkoholischen Zugaben: beim Zielen auf die Kegel werden nicht nur Kugeln, sondern auch Bierkrüge geschoben; und beim Klopfen von Karten klopft nicht selten der Kopf, weil – im Gegensatz zu ersterem – mangels Bewegung keine Promille abgebaut werden.

Lassen Sie mich jetzt zu den Reisen übergehen, die zu den liebsten Gewohnheiten unserer Landsleute zählen. Ich gestehe, dass auch ich gern durch die Lande – und zwar nicht nur durch die deutschen Lande – gezogen bin, um mich an der Natur zu erfreuen, die fremde Küche zu genießen und Neues zu entdecken. Nur der Besuch ferner Länder außerhalb Europas war mir leider nicht vergönnt.

Immerhin nahm schon zu meiner Zeit der Reiseverkehr beträchtlich zu, nachdem die Dampfschifffahrt auf dem Rhein begann und Jahre später die erste deutsche Eisenbahnlinie zwischen Nürnberg und Fürth eröffnet wurde. Nicht nur Sehenswürdigkeiten wie Klenzes Walhalla bei Regensburg zogen die Menschen an. Auch der Kur- und Badebetrieb kam mehr und mehr in Mode. So wurden bereits zwischen Anfang und Mitte des 19. Jahrhunderts das Seebad Travemünde eingeweiht und Sebastian Kneipps Wasserheilverfahren in Wörishofen präsentiert. Die für das Volk beliebtesten Sehenswürdigkeiten gab es jedoch in den großen Metropolen zu bestaunen.

(Anmerkung des Briefempfängers: einen Stadtrundgang durch Berlin hat Heine im *Ersten Brief aus Berlin* dokumentiert.

[...] Ich fange also mit der Stadt an, und denke mir, ich sei wieder so eben an der Post auf der Königstraße abgestiegen, und lasse mir den leichten Koffer nach dem Schwarzen Adler auf der Poststraße tragen. [...] Folgen Sie mir nur ein paar Schritte, und wir sind schon auf einem sehr interessanten Platze. Wir stehen auf der Langen Brücke. [...] Laßt uns hier einen Augenblick stehen bleiben und die große Statue des Großen Kurfürsten betrachten. Er sitzt stolz zu Pferde, und gefesselte Sklaven umgeben das Fußgestell. Es ist ein herrlicher Metallguß, und unstreitig das größte Kunstwerk Berlins. Und ist ganz umsonst zu sehen, weil es mitten auf der Brücke steht. [...] Auf dieser Brücke ist ein ewiges Menschengedränge. Sehen Sie sich mal um. Welche große, herrliche Straße! Das ist eben die Königstraße, wo ein Kaufmannsmagazin ans andre grenzt, und die bunten, leuchtenden Warenausstellungen fast das Auge blenden. Laßt uns weiter gehen, wir gelangen hier auf den Schloßplatz. Rechts das Schloß, ein hohes, großartiges Gebäude. Die Zeit hat es grau gefärbt, und gab ihm ein düsteres, aber desto majestätischeres Ansehen. [...] Hier stehen wir just vor der Domkirche, die ganz kürzlich von außen neu verziert wurde und auf beiden Seiten des großen Turms zwei neue Türmchen

erhielt. Der große, oben geründete Turm ist nicht übel. Aber die beiden jungen Türmchen machen eine höchst lächerliche Figur. Sehen aus wie Vogelkörbe. [...] Betrachten Sie lieber gleich rechts, neben dem Dom, die vielbewegte Menschenmasse, die sich in einem viereckigen, eisenumgitterten Platz herumtreibt. Das ist die Börse. Dort schachern die Bekenner des alten und des neuen Testaments. Wir wollen ihnen nicht zu nahe kommen. O Gott, welche Gesichter! Habsucht in jeder Muskel. [...])

Nach meinem irdischen Ableben, insbesondere ab Ende des 19./Anfang des 20. Jahrhunderts, als das erste Reisebüro in Berlin den Betrieb aufnahm, war die Reisewelle nicht mehr aufzuhalten und schwoll nach dem Zweiten Weltkrieg zu einer regelrechten Touristenflut an, die die Deutschen zu Reiseweltmeistern erkor. Weitere markante Bauwerke und Gedenkstätten wie das Völkerschlachtdenkmal bei Leipzig wurden errichtet, um Anziehungspunkte für die Urlauber zu schaffen. Den ersten Luftschiffsreisen mit den Zeppelinen folgte bald die Bikini-Mode, die der Prüderie in Seebädern und Badeanstalten den Garaus machte, ehe ein nicht enden wollender Autoboom einsetzte und die Fliegerei mit Düsenjets zur Normalität wurde. Heute hat die Entwicklung derart naturwidrige Formen angenommen, dass in manchen Ferienregionen über eine Ökosteuer für Touristen nachgedacht wird.

Sie werden mir zustimmen, wenn ich nach dem am eigenen Leib erfahrenen Trubel das Fazit ziehe, dass der Massentourismus nicht nur die kostbaren Türen und Tore dieser geschichtsträchtigen Welt geöffnet, sondern sie auch unwiederbringlich beschädigt hat. So manche berühmte Stätte auf unserem Planeten musste inzwischen ihre Pforten dichtmachen oder zumindest den endlosen Besucherstrom drosseln – was viele nicht sonderlich schmerzen wird, da sie ohnehin eher am Vergnügen als an Bildung interessiert sind. Wichtig ist, sagen zu können, man sei dort gewesen.

Allein der Reiseverkehr ist ein Phänomen, das sich nur schwer erklären lässt: Autofahrer scheinen die Staumeldungen im Radio abzuwarten, um erst dann den Motor anzulassen und Gas zu geben, wenn sich eine ansehnliche Schlange gebildet hat – der Asphalt wird zur Erlebnismeile; häufiges Umsteigen von einem Zug in den anderen, möglichst mit viel Gepäck, wird als Trimm-Dich-Aktion wahrgenommen – Verspätungen dienen als Erholungsphasen; die mangelnde Sicherheit auf manchen Fähren verleiht dem Urlaub einen besonderen Kick – ein intaktes Rettungsboot nützt auf hoher See eh nichts; und dass bei Charterflügen trotz gebuchtem Hin- und Rückflug unter Umständen nur der Hinflug zustande kommt, wird angesichts des Preisvorteils eher gleichgültig hingenommen – selbst auf die Gefahr hin, dass der Flieger vom Himmel fällt.

Ähnlich stellt auch die Art des Urlaubs mitunter ein Kuriosum dar: der Campingfreund wählt bevorzugt Plätze, die gut gefüllt sind – nur so kann er seine soziale Kompetenz praktisch anwenden; der Gruppenreisende läuft lieber wie ein Schaf hinter der Herde her, als auf eigene Faust loszuziehen – den Führer oder die Führerin dank Regenschirm oder Fähnchen stets im Blickfeld; der in einer Anlage am

Meer einquartierte Hotelgast nimmt, mangels Eigeninitiative, jede Gelegenheit wahr, sich von einem Animateur auf Trab halten zu lassen; und der Kreuzfahrer – nicht mit dem Kreuzritter zu verwechseln – ergötzt sich am allabendlichen Dinner, wenn es darum geht, das teure Ticket kauend und schlürfend abzuarbeiten.

Gestatten Sie mir eine Anmerkung zu den Kreuzfahrtschiffen. Was da über die Weltmeere schippert, sind schwimmende Städte mit Tausenden von Menschen, die in beengten Kabinen – bei Innenkabinen ohne Meerblick – auf einem Dutzend übereinander gestapelter Decks wohnen und mit allem versorgt werden, was die Konsumlaune befriedigt und der Langeweile den Garaus macht. Landgänge sind bei diesem Rundumpaket eher Nebensache – abgesehen davon, dass von Land und Leuten sowieso nicht viel zu sehen ist. Denn die Anlaufstellen wurden gänzlich auf den Massentourismus ausgerichtet. Für den Kreuzfahrer hat das einen nicht zu unterschätzenden Vorteil: das Hirn kann im Stand-by-Modus verharren.

Abschließend möchte ich noch etwas zur internationalen Küche sagen. Die Zeiten, als man sich noch auf landestypische Gerichte freuen konnte, sind vorbei. Zwar gibt es noch Bigos in Polen, Schweinebraten mit böhmischen Knödeln in Tschechien, Kesselgulasch in Ungarn, Pastitsio in Griechenland, Trüffel in Italien, Paella in Spanien oder Gänseleberpastete in Frankreich – allerdings nur in speziell darauf ausgerichteten Häusern, die meist als Familienbetrieb geführt werden. In den Touristenlokalen setzt sich mehr und mehr der Einheitsbrei amerikanischer Prägung oder der nationale Geschmack der Gäste durch – so etwa in Mittelmeerländern die Schweinshaxe, wenn Deutsche, oder fish and chips, wenn Engländer zu den Stammgästen zählen. Das ist ein wahrhaft bedauerlicher Verfall der einst so traditionsreichen Esskultur.

Für heute möchte ich schließen. Das stetig wachsende Bedürfnis der Menschen, überall dabei zu sein, um ja kein Ereignis zu versäumen, hat mich nachdenklich gemacht. Ruhe, ja Stille, scheint zu Schimpfwörtern zu verkommen. Damit nicht genug. Nervenkitzel ist gefragt, Rekorde werden gejagt, wie Sie in meinem nächsten Brief erfahren werden. Damit schließe ich den das Individuum betreffenden Themenkreis, ehe ich mich den Institutionen zuwende, mit denen sich der Einzelne mehr oder weniger herumschlagen muss. Ich hoffe, dass Sie meine Berichterstattung auch weiterhin mit Interesse verfolgen werden. Bis dahin leben Sie wohl!

Herzlichst Ihr
Heinrich Heine

Wer nicht wagt, der nicht gewinnt

Teuerster S.!

Seien Sie gegrüßt! Nach der Betrachtung des Individuums aus allen erdenklichen Blickwinkeln erhalten Sie heute meinen letzten Brief zu diesem Themenkreis, der sich mit den Zielen des Einzelnen befasst. Beim Streben nach Zielen – ob nachvollziehbar oder nicht – spielen Ruhm, Macht, Profit und Anerkennung die Hauptrolle. Es ist schon erstaunlich, was sich Leute so alles einfallen lassen, um ihr Ego in Szene zu setzen.

Beginnen will ich mit einer Reihe von Wissenschaftlern, die ich von dieser Kategorie Mensch ausschließen möchte, weil sie mit ihrer Forschung in erster Linie Bahnbrechendes geleistet haben. Justus Liebigs künstliche Düngung zum Beispiel fiel noch in meine Zeit. Ende des 19./Anfang des 20. Jahrhunderts folgten Robert Kochs Tuberkelbazillus, Wilhelm Conrad Röntgens nach ihm benannte Strahlen, Max Plancks Quantentheorie, Albert Einsteins Relativitätstheorie und Paul Ehrlichs Chemotherapie, um nur einige zu nennen.

Dass wissenschaftliche Errungenschaften allerdings kein Segen für die Menschheit sein müssen, zeigt der Missbrauch der Kernenergie auf anschauliche Weise. Obwohl nicht einmal die Gefahren einer friedlichen Nutzung von der Hand zu weisen sind – der Super-GAU im ukrainischen Tschernobyl hinterließ einen Sarkophag mit der unheilvollen Materie und zahllose Särge mit deren Opfern –

verfolgt der militärische Einsatz ganz offensichtlich das Ziel, den einzigen bewohnten Planeten unseres Sonnensystems endgültig zu entvölkern. Hiroschima und Nagasaki waren der Anfang, weitere Versuche werden wohl folgen. Das Netz, das die todbringende Spinne über unserem Heimatstern ausgebreitet hat, reicht mittlerweile in alle Winkel der Erde. Nicht nur, dass mancher Despot seine Macht durch das Drücken eines roten Knopfes demonstrieren kann. Auch jeder Bandit, der in der Lage ist, in seiner Küche das tödliche Gemisch zuzubereiten, kann in seinem blinden Hass eine atomare Pilzvergiftung auslösen. Wie heißt es doch so schön: die Geister, die ich rief, die werd ich nicht mehr los.

Mit einem anderen Fluch der Technik sind Sie gewiss schon in Berührung gekommen: ich spreche von den Computerviren. Eine Spezies von Informatikern setzt ihre Fähigkeiten nicht ein, um brauchbare Anwendungen zu kreieren, sondern in Form von Bits und Bytes gezüchtete Erreger in Programme einzuschleusen. Der tausend- oder gar millionenfache Crash, den die ekelhaften Würmer verursachen, löst bei ihren Erzeugern eine Orgie, bei den Geschädigten hingegen Katzenjammer aus – wobei letzterer nicht selten ein Eigentor ist, weil die Neugier auf dubiose Angebote größer war als das Sicherheitsbedürfnis.

Ein Kapitel für sich sind die Navigationsgeräte. Sinnvoll ist ein derartiges Leitsystem durchaus, wenn Mann oder Frau in einer fremden Stadt eine Straße sucht. Der Blick auf einen Stadtplan kann während der Fahrt in einem Desaster enden. Anders sieht die Sache aus, wenn eine Tour im Landesinneren unternommen wird. Die Beschilderung ist trotz des deutschen Schilderwaldes – zumindest was Autobahnen und Bundesstraßen betrifft – präzis genug, um ohne Navigation ans Ziel zu gelangen. Es sei denn, jemand meint, von München nach Berlin über Hamburg fahren zu müssen. Es gibt tatsächlich Fahrer, die ihr Oberstübchen komplett dichtmachen und sich voll und ganz auf den satellitengesteuerten Leitwolf verlassen – auch auf die Gefahr hin, in eine Sackgasse zu geraten, in einem Fluss zu landen oder einen Abhang hinabzustürzen.

Lassen Sie mich noch zur Automatentechnik etwas sagen. Nehmen wir zum Beispiel den Fahrkartenautomaten, wie er heute auf jedem Bahnhof zu finden ist. Wenn ein Fahrgast trotz aussagekräftiger Bildsymbole die falschen Tasten drückt, also eine einfache Fahrt für ein Kind statt eine Hin- und Rückfahrt für einen Erwachsenen wählt, liegt das unter Umständen an der vergessenen Brille. Bei uneingeschränkter Sehfähigkeit mag sogar mangelnde Intelligenz im Spiel sein. Wenn die Menüführung aber so übersichtlich ist wie die Wegführung in einem Irrgarten, dann sollte die Programmierung vielleicht mal in fähigere Hände gelegt werden.

Wenden wir uns jetzt der Archäologie zu, die mit Heinrich Schliemanns Aufspüren von Mykenä und Howard Carters Öffnung von Tutanchamuns Grabkammer für neue Höhepunkte gesorgt hat. Inzwischen hat sich die Suche nach verborgenen Schätzen zu einem Volkssport gemausert. Ob Profis oder Amateure auf die Jagd gehen – jeder hofft auf die größte Beute seines Lebens. Gestöbert wird überall: auf Wiesen und Äckern, in Wäldern, auf Bergen und in Tälern, in Höhlen, in Flüssen und Seen, ja sogar im Meer, in der Wüste und im ewigen Eis. Nichts ist vor den Raubrittern der Neuzeit sicher.

Die Feierabendforscher, die mit den Regularien der Archäologie so wenig vertraut sind wie der Teufel mit den zehn Geboten, stellen ein besonderes Problem dar. Sie zerstören nämlich mehr als sie unversehrt ans Tageslicht bringen: sie tasten den Boden Meter für Meter und Reihe um Reihe mit einer Sonde ab und beginnen zu graben, sobald das Gerät einen Piepton von sich gegeben hat; sie tauchen in eine Höhle ein und klopfen Wand für Wand und Stollen um Stollen ab, um auf irgendein vorzeitliches Gekritzel zu stoßen; und sie brechen das Eis eines Gletschers Stück für Stück und Abschnitt um Abschnitt auf, weil sie auf die Freilegung eines Ötzis hoffen.

Was mir auffällt, ist das zunehmende Engagement amerikanischer Spezialfirmen, die immer dann zur Stelle sind, wenn es um das ganz große Geld geht. So wurde über die Bergung eines Schiffes durch ein Unternehmen aus Florida in angeblich spanischen Hoheitsgewässern berichtet. Die Iberer vermuten, dass es sich um eine ihrer zu Hunderten auf dem Meeresgrund liegenden Galeonen handelt. Die Rede ist von einer halben Million Gold- und Silbermünzen mit einem Wert von etwa 370 Millionen Euro. Was tatsächlich an der Sache dran ist, muss abgewartet werden. Sicher ist aber, dass die aus den Sümpfen des Sonnenstaates stammenden Alligatoren alles verschlingen, was ihnen zwischen die Zähne kommt.

Kommen wir zur Raumfahrt. Über deren Sinn kann man geteilter Meinung sein. Mittlerweile löst aber der Weltraumtourismus einen regelrechten Hype aus. Wer kann heute schon sagen, ob nicht eines Tages irgendwelche Erreger aus dem All eingeschleppt werden – so wie im Mittelalter die Pest zu uns gelangte. Jedenfalls gibt es Leute, die offenbar nicht wissen, was sie mit ihrem Geld anstellen sollen und für Millionen einen Flug zur Internationalen Raumstation buchen, um sich unseren Planeten von oben anzuschauen. Noch sind es Ausnahmen, die in der Schwerelosigkeit wie Kinder Purzelbäume schlagen. Aber die Tendenz ist steigend. So mancher, der seine Dollar- oder Euro-Milliarden den in Scharen in seine Gewerbetempel strömenden Pilgern oder gutgläubigen Anlegern zu verdanken hat, wird sich künftig auf deren Kosten in höheren Sphären vergnügen, anstatt die Summen für sinnvollere Dinge auszugeben.

Der Einfallsreichtum, sich auf Abenteuer einzulassen, kennt ohnehin keine Grenzen: die einen besteigen den Gipfel eines Achttausenders und sind überrascht, wenn sie kaum noch Luft bekommen; andere ziehen den Kraterrand eines aktiven Vulkans vor und sind entsetzt, wenn sie plötzlich unter Feuer stehen; wieder andere durchstreifen den Dschungel und hoffen, dass auftauchende Raubkatzen und Reptilien ihren Hunger bereits gestillt haben; und wem das nicht reicht, der zieht die Wüste vor und betet dafür, dass es sich beim Anblick bewaffneter Freischärler nur um eine Fata Morgana handelt.

Gestatten Sie mir, dass ich jetzt auf den Drang von Architekten und Ingenieuren eingehe, immer gigantischere Bauwerke in die Welt zu setzen. Mit dem weltgrößten Sturmflutwehr im niederländischen Oosterschelde wollten die Holländer immerhin nur dem Meer trotzen. Auch mit dem fünfzig Kilometer langen Eurotunnel wollten sich Engländer und Franzosen lediglich die Fahrt über den Ärmelkanal ersparen. Und mit dem Brückenbauwerk Viaduc de Millau in Südfrankreich wollten die Franzosen dem mühseligen Weg durch das Tarntal endlich ein Ende bereiten. Was jedoch den Höhenrausch angeht, dessen Zeitintervalle immer kürzer werden, ist der Sinn als eher zweifelhaft anzusehen. Der Wolkenkratzer Burj Khalifa in Dubai ist das beste Beispiel für diesen Wahnsinn. Gegen dieses Monstrum sind Eiffelturm und Empire State Building wahre Zwerge.

Der auf die Gegenwart übertragene Turmbau zu Babel bildet nicht allein den Hang zum Größenwahn. Auch im Flugzeug- und Schiffbau ist der Blick für Maß und Ziel verlorengegangen. Die Jets werden auf Hunderte von Passagieren ausgelegt, was bei einem Absturz gleich einen ganzen Friedhof erfordert. Und die schwimmenden Ungetüme wie Tanker, Container- und Kreuzfahrtschiffe müssen Jongleure anstelle von Seeleuten anheuern, um Meerengen gefahrlos passieren zu können. Wo dieser Gigantismus enden soll, wissen wohl selbst die Erbauer dieser Riesen nicht.

Immerhin gibt es ein paar Lichtblicke, die zeigen, dass ein markantes Bauwerk nicht allein auf Meterangaben setzen muss: so zum Beispiel die Kongresshalle in der Bundeshauptstadt – von den Berlinern flapsig *Schwangere Auster* genannt; das Atomium in Brüssel als Symbol des Atomzeitalters; das New Yorker Guggenheim-Museum mit seiner Schneckenkonstruktion; die Zeltdachbauweise des Münchner Olympiastadions; die Oper in Sydney mit ihren muschelförmigen Schalen; das kunterbunte Hundertwasser-Haus in Wien; und die schlauchbootähnliche Allianz-Arena in München. Im Gegensatz dazu hat der hässliche Palast der Republik, in dem die Volkskammerabgeordneten der ehemaligen DDR ihr einstimmiges Votum abgeben durften, den endgültigen Abriss verdient.

Die Jagd nach Rekorden kennt auch sonst keine Grenzen – nicht nur in Wissenschaft und Technik. Ob in der Wirtschaft, im Verkehrswesen, im Sport oder in sonstigen Lebensbereichen – überall werden Höchstleistungen angestrebt, die sich scheinbar bis ins Unendliche steigern lassen.

Werfen wir einen Blick auf die Wirtschaft: die Manager klammern sich am Prozentzeichen fest, an dem sie ablesen können, ob der ihnen anvertraute Laden erneut zugelegt hat und sie den Sekt kaltstellen können oder ob sie damit rechnen müssen, in die Wüste geschickt zu werden; die Börsianer rennen wie aufgescheuchte Hühner über das Parkett, hoffen darauf, dass der Bulle die Eier für sie legt, und fürchten nichts mehr als den Bär, der sie ihnen wieder wegnimmt.

Oder betrachten wir das Verkehrswesen: die Autobauer locken ihre Kundschaft mit Spitzengeschwindigkeiten, ohne sich im Klaren darüber zu sein, dass auf den überfüllten Straßen funktionierende Bremsen wichtiger sind als das Gaspedal; die Bahn baut Schnelltrassen, damit der Fahrgast auf der Fahrt von A nach B eine halbe Stunde früher am Ziel ist – vorausgesetzt, dass weder der Wettergott noch kriminelle Kreaturen einen schneeweißen oder blutroten Strich durch die Rechnung machen.

Oder wenden wir uns dem Sport zu: der Gewichtheber quält sich mit der Scheibenhantel, wohl wissend, dass er nur mit der Einnahme verbotener Substanzen ganz vorn dabei sein kann – selbst auf die Gefahr hin, dass der Cocktail in Venen und Arterien Amok läuft; gleiches gilt für den Sprinter auf der Aschenbahn, wenn er vor der Konkurrenz aus dem Startblock kommen will.

Bleibt noch der alltägliche Wahnsinn: ein paar schmächtige Leute versuchen, so viele von ihnen wie möglich in einen Kleinwagen zu zwängen, um ins Guinnessbuch der Rekorde aufgenommen zu werden – das Menschenknäuel wieder zu entwirren, stellt dabei das größere Problem dar; ein junger Mann nimmt auf einem meterhohen Pfahl Platz und will dort so lange ausharren, bis auch er im selben Buch verewigt wird – vorausgesetzt, seine Verdauung spielt mit. Und so könnte man noch unzählige Beispiele anführen, die auf derart lächerlichen Rekordversuchen beruhen.

Erlauben Sie mir, dass ich noch einen Abstecher zu Preisen und sonstigen Auszeichnungen mache. Von Bedeutung sind hier vor allem die Nobelpreise, die schon einige Male an deutsche Physiker, Chemiker, Mediziner und Literaten verliehen wurden. Über die Vergabe kann man geteilter Meinung sein – nicht allein, weil die Fachwelt den Preisträger oft nicht auf der Rechnung hat, sondern auch, weil das ganze Vergabeverfahren nach einem Klüngel riecht, der sich am Proporz der Staatengemeinschaft orientiert. Und beim Friedensnobelpreis stellt sich nicht selten sogar die Frage, ob alles mit rechten Dingen zugeht – vor allem dann, wenn Politiker im Spiel sind, zu deren vorrangigen Aufgaben die Sicherung des Friedens gehört. Von Filmpreisen wie dem Oscar möchte ich gar nicht erst reden. Hier spielt Hollywood die erste Geige, was nicht unbedingt etwas über die Qualität des Orchesters – pardon! der Filme – aussagt.

Nicht nur die alten Tüftler und modernen Wissenschaftler, auch die frühen Luftfahrtpioniere bis hin zu den Astronauten und nicht zuletzt die Architekten und Bauingenieure haben immerhin zum Fortschritt beigetragen und tun es auch heute noch. Anders dagegen die Kategorie von Leuten, denen es nur um Geld, Macht, persönliche Interessen oder reine Publicity geht.

Ich möchte mit der ersten Gruppe beginnen. Hier ist der Lottospieler ein vortreffliches Beispiel. Mit einem möglichst geringen Einsatz versucht er einen maximalen Gewinn zu erzielen. Dabei geht es nicht mehr allein darum, den Höchstgewinn mit sechs Richtigen plus Zusatzzahl zu kassieren. Vielmehr lockt der Jackpot, vor allem dann, wenn er mit zig Millionen gefüllt ist. So hat zum Beispiel ein Krankenpfleger aus Westfalen fast achtunddreißig Millionen Euro für sich verbuchen können. Über Sinn und Unsinn solcher Summen, mit denen der Mann achtunddreißig Nachfolgegenerationen versorgen kann, ist vermutlich noch nie nachgedacht worden.

Oder nehmen wir diejenigen, denen es nur um Macht bzw. Machterhalt geht. Ein typisches Beispiel waren die von den Faschisten für ihre Propagandazwecke missbrauchten internationalen Sportereignisse: die Fußball-Weltmeisterschaft in Italien, bei der die Kicker des eitlen Duce den Titel holten, und die Olympischen Spiele in Berlin, bei denen die Athleten des *Führer* genannten Psychopathen die Wertung der Nationen gewannen. Die Diktatoren, die unter Sport bis dahin nur Aufmärsche verstanden, sonnten sich nun im Erfolg ihrer Landsleute, die sich ihrerseits eher vom Schatten der beiden verfolgt fühlten.

Oder wenden wir uns denjenigen zu, die persönliche Interessen verfolgen, was in Einzelfällen sogar auf Verständnis der Allgemeinheit stoßen kann. Anfang des 19. Jahrhunderts gab es einen solchen Fall, als der Berliner Droschkenkutscher Gustav Hartmann – als Eiserner Gustav bekannt – bei seiner spektakulären Protestfahrt von Berlin nach Paris auf den Niedergang seines Berufsstandes aufmerksam machen wollte. Auch ein Schweizer Graffiti-Künstler, der ein halbes Jahrhundert später Strichmännchen auf Hauswände malte, um gegen die öde Betonarchitektur zu protestieren, gehört zu dieser Gruppe.

Bleiben schließlich noch diejenigen Leute, die in erster Linie Aufmerksamkeit erregen wollen. Die Verhüllung des Berliner Reichstags durch Christo und seine Frau Jeanne-Claude Ende des 20. Jahrhunderts war ein solches Beispiel, das als reines Kunstobjekt gedacht war und mehr als fünf

Millionen Betrachter anlockte. Auch bei Kurorten wie den Seebädern geht es um Publicity. Bei all dem Tamtam, das Tourismusmanager um zahlungskräftige Badegäste veranstalten, spielt allerdings nicht selten das wirtschaftliche Überleben eine wesentliche Rolle.

(Anmerkung des Briefempfängers: Heine beschreibt in einem Teil seiner Reisebilder, der *Nordsee*, die Schattenseiten touristischen Andrangs, die er bei einem seiner Norderney-Aufenthalte erleben musste.

[...] Auf einem gewissen Standpunkte ist alles gleich groß und gleich klein, und an die großen europäischen Zeitverwandlungen werde ich erinnert, indem ich den kleinen Zustand unserer armen Insulaner betrachte. Auch diese stehen an der Grenze einer solchen neuen Zeit, und ihre alte Sinneseinheit und Einfalt wird gestört durch das Gedeihen des hiesigen Seebades, indem sie dessen Gästen täglich etwas Neues ablauschen, was sie nicht mit ihrer altherkömmlichen Lebensweise zu vereinen wissen. Stehen sie des Abends vor den erleuchteten Fenstern des Konversationshauses, und betrachten dort die Verhandlungen der Herren und Damen, die verständlichen Blicke, die begehrlichen Grimassen, das lüsterne Tanzen, das vergnügte Schmausen, das habsüchtige Spielen usw., so bleibt das für diese Menschen nicht ohne schlimme Folgen, die von dem Geldgewinn, der ihnen durch die Badeanstalt zufließt, nimmermehr aufgewogen werden. Dieses Geld reicht nicht hin für die eindringenden, neuen Bedürfnisse; daher innere Lebensstörung, schlimmer Anreiz, großer Schmerz. [...])

Nicht nur Aufmerksamkeit erregen, sondern auffallen um jeden Preis wollen Leute, die ihr Gesicht mit Piercing in eine Metallfratze, den bleichen Körper samt Gliedmaßen durch Tätowierungen in eine bemalte Wachsfigur und den Kopf mittels Punk oder Kahlschnitt in eine bunte Birne oder einen blanken Schädel verwandeln. Hierzu zählen auch Typen wie die Flitzer, die offenbar ihre Kleidung verlegt haben und aus Verzweiflung splitternackt durch die Stadt irren; ausgediente Prominenz, die im Dschungelcamp ihr persönliches Urwaldabenteuer sucht; sowie Clowns, die ihre praktische Ausbildung als Komödiant absolvieren, indem sie vorbeigehende, -hetzende und -latschende Passanten imitieren.

Damit ist nun meine erste Abhandlung über das Individuum beendet. Der Rest folgt später. Beim Thema *Forschung* vergaß ich zu erwähnen, dass hin und wieder Unsinn fabriziert wird. Zu untersuchen, ob es nachts tatsächlich dunkel wird, ist reine Verschwendung von Fördergeldern. In meinem nächsten Brief widme ich mich den Institutionen wie dem Staat, der Kirche, dem Gemeinwesen, der Wirtschaft und dem Militär. Vorher muss ich aber die Aufzeichnungen meiner Recherchen und Erlebnisse noch ordnen, um sie Ihnen in Form weiterer Briefe zukommen zu lassen. Bis dahin grüße ich Sie!

Herzlichst Ihr
Heinrich Heine

Macht und Ohnmacht

Teuerster S.!

Was habe ich nicht alles zum Individuum geschrieben. Und ich bin erstaunt, dass einem der Stoff nicht ausgeht. Interessant ist, dass selbst nach anderthalb Jahrhunderten vieles beim Alten geblieben ist: der Einzelne hat seine Eigenschaften nicht ablegen können – auch und vor allem nicht die schlechteren – und die Menschheit in ihrer Gesamtheit hat nur wenige Lehren aus der Vergangenheit gezogen – außer dass man in Europa der Kriege überdrüssig geworden ist. Selbst der technische Fortschritt und der höhere Lebensstandard konnten nicht zu mehr Glück und Zufriedenheit der Allgemeinheit beitragen.

Heute möchte ich mich den Institutionen zuwenden, mit denen die Bürger nach wie vor konfrontiert werden und mehr oder weniger in Konflikt geraten können. Beginnen will ich mit dem Staat, der sich so gern zum Vaterland erklärt und mit seiner selten glorreichen Historie vom napoleonischen Zeitalter über den Deutschen Bund, die Kaiserzeit, die Weimarer Republik und das Dritte Reich bis zur Teilung Deutschlands und der Wiedervereinigung reicht. Was mich betrifft, musste ich mich Zeit meines Lebens mit der preußischen Obrigkeit herumschlagen.

(Anmerkung des Briefempfängers: in der *Harzreise* lässt sich Heine die Freude nicht nehmen, die staatlichen Organe respektlos mit einem Ballett zu vergleichen.

[...] Am allerwenigsten begriff der junge Mensch die diplomatische Bedeutung des Balletts. Mit Mühe zeigte ich ihm, wie in Hoguets Füßen mehr Politik sitzt als in Buchholz' Kopf, wie alle seine Tanztouren diplomatische Verhandlungen bedeuten, wie jede seiner Bewegungen eine politische Beziehung habe, so z.B., daß er unser Kabinett meint, wenn er, sehnsüchtig vorgebeugt, mit den Händen weit ausgreift; daß er den Bundestag meint, wenn er sich hundertmal auf einem Fuße herumdreht, ohne vom Fleck zu kommen; daß er die kleinen Fürsten im Sinne hat, wenn er wie mit gebundenen Beinen herumtrippelt; daß er das europäische Gleichgewicht bezeichnet, wenn er wie ein Trunkener hin und her schwankt; daß er einen Kongreß andeutet, wenn er die gebogenen Arme knäuelartig in einander verschlingt, und endlich, daß er unsern allzugroßen Freund im Osten darstellt, wenn er in allmähliger Entfaltung sich in die Höhe hebt, in dieser Stellung lange ruht und plötzlich in die erschrecklichsten Sprünge ausbricht. Dem jungen Manne fielen die Schuppen von den Augen, und jetzt merkte er, warum Tänzer besser honoriert werden, als große Dichter, warum das Ballett beim diplomatischen Korps ein unerschöpflicher Gegenstand des Gesprächs ist, und warum oft eine schöne Tänzerin noch privatim von dem Minister unterhalten wird, der sich gewiß Tag und Nacht abmüht, sie für sein politisches Systemchen empfänglich zu machen. [...])

Nach meinem Ableben auf französischem Boden ging es in Deutschland zunächst rapide bergab. Wilhelm I. wurde in Versailles auf Initiative Otto von Bismarcks zum deutschen Kaiser ausgerufen. Der Deutsche Reichstag nahm Bismarcks Verfassung an und wählte ihn zum ersten Reichskanzler. Für das deutsche Volk war das alles andere als erfreulich, denn der Fürst verteidigte die Privilegien des preußischen Adels, der sich mit reichlich Landbesitz eingedeckt hatte. Insofern war es nachvollziehbar, dass die zunehmenden Arbeitermassen wie auch die liberal eingestellten Bürger diese machtbesessene Clique das Fürchten lehrten, was diese wiederum zu noch rigideren Maßnahmen greifen ließ. August Bebel und Wilhelm Liebknecht, die die Sozialdemokratische Arbeiterpartei gegründet hatten, bekamen die neue Gangart zu spüren, als sie die Annexion von Elsaß-Lothringen und die Bewilligung von Kriegskrediten ablehnten – mit einer zweijährigen Festungshaft wegen Hochverrats und Majestätsbeleidigung.

Mehr als ein Jahrzehnt später war der Appetit der Pickelhauben nicht mehr zu bändigen. Die Aufnahme von Deutsch-Ostafrika und Deutsch-Südwest in den deutschen Speiseplan war erst der Anfang. Wilhelm I. Pech war nur, dass er nicht mehr lange davon profitierte. Nach weiteren Jahren kolonialer Fresssucht hatte er sich den Magen verdorben und tat seinen letzten Atemzug.

Sein Nachfolger Wilhelm II. saß gerade erst zwei Jahre auf dem Thron, als er seinen innenpolitisch starrsinnigen, aber außenpolitisch überaus fähigen Reichskanzler aufs Altenteil schickte. Der rhetorisch unbegabte Monarch war alles andere als ein deutsches Aushängeschild und sorgte ein ums andere mal für Kopfschütteln in der ganzen Welt. In seine Zeit fiel zwar ein Tauschhandel mit Großbritannien, der die Rückgabe Helgolands an das Deutsche Reich zur Folge hatte. Der Rest aber war auf politische Aggression ausgerichtet: weitere koloniale Beutezüge in der Südsee, die Verdopplung der Hochseeflotte für kriegerische Zwecke, die Ära der militärisch genutzten Zeppeline, die Einführung der Daktyloskopie zur Identifizierung von straffällig gewordenen Personen, die Auflösung des Reichstages und ein neuer Konflikt mit Frankreich wegen Elsaß-Lothringen. Das Glanzstück seines Lebenswerks war jedoch sein Beitrag zum Ausbruch des Ersten Weltkriegs. Das Deutsche Reich verlor nicht nur den Krieg, sondern auch seinen gesamten Überseebesitz, womit der Traum vom Kolonialreich ein jähes Ende nahm. Auf den Krieg selbst komme ich an anderer Stelle noch zurück. Festzuhalten bleibt, dass Wilhelm II. lebe wohl sagen und den Gang ins holländische Exil antreten musste. Auch die Habsburger Monarchie Österreich-Ungarn hatte ausgehaucht.

Nach Wilhelms II. Abgang führten Unruhen zum Thronverzicht der verbliebenen deutschen Monarchen. Arbeiter- und Soldatenräte übernahmen im Handstreich die Macht. Karl Liebknecht und Rosa Luxemburg gründeten die Kommunistische Partei Deutschlands, die unseren Landsleuten noch lange im Magen liegen sollte. Zum Glück geriet die Ausrufung der Räterepublik nach russischem Muster zum Flop. Stattdessen proklamierte der Sozialdemokrat Philipp Scheidemann die Republik, die später als Weimarer Republik ein unrühmliches Ende fand und dem deutschen Volk die Nazis bescherte. Soweit ein Zeitraffer dieser Epoche.

Positiv zu bewerten – da werden Sie mir zustimmen – war die Einberufung einer Verfassunggebenden Nationalversammlung, in der als erstem wirklich frei gewählten

Parlament auch Frauen vertreten waren und die von den bürgerlichen Parteien beherrscht wurde. Zum ersten Reichspräsident wurde Friedrich Ebert, zum ersten Ministerpräsident Philipp Scheidemann ernannt. Zu Nationalfarben wurde Schwarz-Rot-Gold auserkoren, zur Nationalhymne das Deutschlandlied mit der Melodie von Joseph Haydn und dem Text von Hoffmann von Fallersleben. Als Erfolg darf zudem gewertet werden, dass nach dem Diktatfrieden von Versailles – Deutschland als Verlierer des Ersten Weltkriegs musste einige Gebiete abtreten und hohe Reparationszahlungen leisten – mit dem Vertrag von Locarno eine deutsch-französische Annäherung zwischen den Außenministern Gustav Stresemann und Aristide Briand erreicht wurde. Hinzu kam die Aufnahme des Deutschen Reichs in den Völkerbund.

Die negative Seite, die letztlich der Auslöser für die braune Welle war, nahm mit der Ermordung von Karl Liebknecht und Rosa Luxemburg ihren Anfang. Der Kapp-Putsch von rechts und der Ruhraufstand von links waren weitere Stolpersteine auf dem Weg zu einer funktionierenden Demokratie, ehe diese mit der ersten Versammlung der NSDAP unter Adolf Hitler im Münchner Hofbräuhaus ernsthaft ins Straucheln geriet. Danach folgten eine Kommunistenrevolte unter Ernst Thälmann; der in Bayern gescheiterte Putsch von Hitler, der zu fünf Jahren Festungshaft verurteilt, aber nach nur acht Monaten begnadigt wurde – was sich für die noch wacklige Demokratie als folgenschwerer Sturz erweisen sollte; das abrupte Ende von Gustav Stresemanns Kabinett nach nur einhundert Tagen im

Amt, dem ein mehrmaliger Regierungswechsel folgte; und die Ernennung von Generalfeldmarschall Paul von Hindenburg zum neuen Reichspräsidenten – was einer Ohrfeige für alle Demokraten im In- und Ausland gleichkam. Das Ende ist bekannt. Die Weimarer Republik erlebte eine nicht wieder gutzumachende Bauchlandung.

(Anmerkung des Briefempfängers: zum Nationalismus äußert sich Heine in der *Vorrede zur Lutetia* kritisch.

[...] Und die zweite der beiden zwingenden Stimmen, von welchen ich rede, ist noch gewaltiger, als die erste, denn sie ist die des Hasses, des Hasses den ich jenem gemeinsamen Feinde widme, der den bestimmtesten Gegensatz zu dem Kommunismus bildet, und der sich dem zürnenden Riesen schon bei seinem ersten Auftreten entgegenstellen wird – ich rede von der Partei der sogenannten Vertreter der Nationalität in Deutschland, von jenen falschen Patrioten, deren Vaterlandsliebe nur in einem blödsinnigen Widerwillen gegen das Ausland und die Nachbarvölker besteht, und die namentlich gegen Frankreich täglich ihre Galle ausgießen – Ja, die Überreste oder Nachkömmlinge der Teutomanen von 1815, die bloß das altdeutsche Narren-Kostüm gewechselt und sich die Ohren etwas verkürzen ließen, ich haßte und bekämpfte sie Zeit meines Lebens, und jetzt, wo das Schwert der Hand des Sterbenden entsinkt, erquickt ihn die Überzeugung, daß ihnen ganz sicher der Kommunismus den Garaus macht, nicht mit einem Keulenschlag, nein, mit einem bloßen Fußtritt; wie man eine Kröte zertritt, wird der Riese sie zertreten. Aus Haß gegen die Nationalisten könnte ich schier die Kommunisten lieben. [...])

Das Kaiserreich, die Weimarer Republik und das Dritte Reich haben wir beide nicht miterlebt – am Ende des letztgenannten waren Sie gerade mal vier Jahre alt. Aber Sie werden sich ebenso wie ich mit dieser Zeit und insbesondere mit dem sogenannten Tausendjährigen Reich, das selbst mit seinen zwölf Jahren viel zu lange bestand, beschäftigt haben. Dass diese Epoche des Schreckens, die das Morden von Despoten wie Caligula und Nero bei weitem übertraf, überhaupt zustande kam, hing vor allem mit der damals herrschenden Massenarbeitslosigkeit zusammen, die nicht nur für Politikverdrossenheit sorgte, sondern zunehmende Deutschtümelei, Ausländerhass und Gewaltbereitschaft schürte. Traurige Höhepunkte dieser Zeit waren die Verfolgung der Juden mit deren Vernichtung in den berüchtigten Konzentrationslagern, die im Keim erstickte Widerstandsbewegung und das Anzetteln des Zweiten Weltkriegs. Aber lassen Sie mich jetzt näher auf diese unrühmliche Periode deutscher Geschichte eingehen.

Ausgangspunkt der Tragödie war das Jahr 1933, als der ehemalige Gefreite aus Braunau zum Reichskanzler gekürt wurde. Nach einem Brand des Reichstagsgebäudes nutzten seine Vasallen die Gelegenheit, Kommunisten und Sozialdemokraten für den Vorfall verantwortlich zu machen, um danach eine Art Treibjagd veranstalten zu können. Das wiederum rief Hindenburg auf den Plan, der eine Notverordnung zum Schutz von Volk und Staat unterzeichnete. Bei den anschließend stattfindenden Neuwahlen zum Reichstag – die Gegner der NSDAP waren im Wahlkampf von den Horden der SA systematisch eingeschüchtert worden – erreichte die rechte Brut die absolute Mehrheit.

(Anmerkung des Briefempfängers: in seinem Gedicht *Die Wahl-Esel* hat Heine zwar den nationalen Flügel der Frankfurter Nationalversammlung in ihrer Endphase karikiert, doch lassen sich diese Verse auch auf die beschriebene Wahl zum Reichstag übertragen.

Die Freiheit hat man satt am End,
Und die Republik der Tiere
Begehrte, daß ein einzger Regent
Sie absolut regiere.

Jedwede Tiergattung versammelte sich,
Wahlzettel wurden geschrieben;
Parteisucht wütete fürchterlich,
Intrigen wurden getrieben.

Das Komitee der Esel ward
Von Alt-Langohren regieret;
Sie hatten die Köpfe mit einer Kokard,
Die schwarz-rot-gold, verzieret.

Es gab eine kleine Pferdepartei,
Doch wagte sie nicht zu stimmen;
Sie hatte Angst vor dem Geschrei
Der Alt-Langohren, der grimmen.

Als einer jedoch die Kandidatur
Des Rosses empfahl, mit Zeter
Ein Alt-Langohr in die Rede ihm fuhr,
Und schrie: Du bist ein Verräter!

Du bist ein Verräter, es fließt in dir
Kein Tropfen vom Eselsblute;
Du bist kein Esel, ich glaube schier,
Dich warf eine welsche Stute.

[…]

Ich bin kein Römling, ich bin kein Sklav;
Ein deutscher Esel bin ich,
Gleich meinen Vätern. Sie waren so brav,
So pflanzenwüchsig, so sinnig.

Sie spielten nicht mit Galanterei
Frivole Lasterspiele;
Sie trabten täglich, frisch-fromm-fröhlich-frei,
Mit ihren Säcken zur Mühle.

[…]

O welche Wonne, ein Esel zu sein!
Ein Enkel von solchen Langohren!
Ich möcht es von allen Dächern schrein:
Ich bin als ein Esel geboren.

Der große Esel, der mich erzeugt,
Er war von deutschem Stamme;
Mit deutscher Eselsmilch gesäugt
Hat mich die Mutter, die Mamme.

Ich bin ein Esel, und will getreu,
Wie meine Väter, die Alten,
An der alten, lieben Eselei,
Am Eseltume halten.

Und weil ich ein Esel, so rat ich Euch,
Den Esel zum König zu wählen;
Wir stiften das große Eselreich,
Wo nur die Esel befehlen.

Wir alle sind Esel! I-A! I-A!
Wir sind keine Pferdeknechte.
Fort mit den Rossen! Es lebe, hurra!
Der König vom Eselsgeschlechte!

So sprach der Patriot. Im Saal
Die Esel Beifall rufen.
Sie waren alle national,
Und stampften mit den Hufen.

Sie haben des Redners Haupt geschmückt
Mit einem Eichenkranze.
Er dankte stumm, und hochbeglückt
Wedelt' er mit dem Schwanze.)

Die Massen, die eigentlich nichts begriffen hatten, jubelten und jubelten. Die Muskelspiele ihres krakeelenden Führers, eines marionettenhaften Goebbels und des fettleibigen Göring, die mit dem Ausstrecken der Arme die magische Kraft ihrer wahnwitzigen Ideologie demonstrieren wollten – man hätte gut und gern von den drei Muskeltieren sprechen können – versetzten die vom Glanz der Uniformen geblendete Menge in einen Freudentaumel. Daran änderten auch das Inkrafttreten des Ermächtigungsgesetzes, die Gleichschaltung von Staat, Wirtschaft, Kultur und öffentlichem Leben mit den Zielen des Nationalsozialismus, die Verfolgung von Gegnern, der Boykott gegen Juden, die Festschreibung des Einparteiensystems und der Austritt aus dem Völkerbund nichts. Selbst die ersten Bücherverbrennungen ließen in den blutleer gepumpten Köpfen keine Alarmglocken schrillen. Vielleicht hielten sie die Brände für Freudenfeuer zu Ehren des Hakenkreuzes, das zum Symbol der Nazis erklärt worden war. Schon im *Almansor* habe ich davor gewarnt, dass man dort, wo man Bücher verbrennt, am Ende auch Menschen verbrennen wird.

Die Kette von Untaten, die die braunen Monster begingen, reichte bis zum Ende des Zweiten Weltkriegs, was das Volk der Arier aber nicht davon abhielt, sich an den drei Affen zu orientieren: nichts sehen, nichts hören und nichts sagen. Die Liste ist lang: die österreichischen Gefolgsleute beförderten ihren Bundeskanzler Engelbert Dollfuß in die ewigen Jagdgründe; der Röhm-Putsch endete, ehe er richtig begonnen hatte; auf dem Reichsparteitag in Nürnberg wurden die ersten großen Massenaufmärsche geübt; der Volksgerichtshof, der von Recht so viel verstand wie ein Ochse vom Dressurreiten, wurde als Erst- und Letztinstanz bei Hoch- und Landesverrat geschaffen; die allgemeine Wehrpflicht wurde wieder eingeführt – eine Ignoranz der im Versailler Vertrag festgelegten Truppenbeschränkungen; das Saargebiet kehrte nach einer Volksabstimmung ins Deutsche Reich zurück – ein Votum, bei dem viele offenbar nicht begriffen hatten, worum es eigentlich ging; die Reichs- und Nationalflagge wurde durch die Hakenkreuzfahne ersetzt; der sogenannte Nigger-Jazz wurde verboten, weil die Nazis auf Lieder von Hermann Löns setzten; und den Nürnberger Rassegesetzen lagen vermutlich die Jagdgesetze zugrunde – nur dass hier keine Karnickel gejagt wurden.

Auf die Errichtung von Fabriken, die nicht nur Vernichtungswaffen produzierten, sondern auch der Vernichtung selbst dienten, hatte sich der braune Mob besonders spezialisiert. Bei letzteren handelte es sich um Lager, in denen man sich auf die Entsorgung von Menschen wie Juden und Andersdenkenden konzentrierte. Wer nicht ins Bild der reinen Rasse passte oder sich dem rechten Spuk verweigerte, besaß den Stellenwert von Müll. Auschwitz, Treblinka und Majdanek sind die bekanntesten dieser *Müllverbrennungsanlagen*.

Nicht alle hatten ihr Hirn und die Sinnesorgane ausgeschaltet. Es gab einige Widerstandskämpfer, die den Mut hatten, aus der Reihe zu tanzen – beim Militär ebenso wie unter der Zivilbevölkerung. Das Problem war nur, dass der Feind immer und überall dabei war. So war es kein Wunder, dass Anschläge schon im Vorfeld vereitelt wurden. Mit Attentaten auf Hitler, der mehr Glück als Verstand hatte, scheiterten sowohl der Schreinergeselle Johann Georg Elser im Münchner Bürgerbräukeller als auch der Oberst Claus Graf Schenk von Stauffenberg im Hauptquartier bei Rastenburg. Die Mitglieder der Weißen Rose kamen erst gar nicht dazu, eine solche Tat zu begehen. Ihr Leben aber mussten sie alle lassen, auch diejenigen, die nur als Verschwörer im Hintergrund agierten. Sogar gegen Angehörige kam es zu blinder Rachejustiz. Auf den Zweiten Weltkrieg im Allgemeinen und die Verbrechen der Nazis im Besonderen komme ich später noch zu sprechen.

Vier Jahre nach Kriegsende folgte die Gründung der Bundesrepublik Deutschland mit ihrem föderalen System – ein Glücksfall für unser Land, wenn auch nicht alles so lief, wie es geplant war. Aber darauf komme ich noch zurück. Betrachten wir zunächst die Geburtsstunde des neuen Staates mit seinen Bemühungen um eine innerdeutsche Lösung des geteilten Landes, um ein besseres Verhältnis zu Israel und um die Einbindung in ein neues Europa.

Nachdem das Grundgesetz fertiggestellt war, schlossen sich die drei westlichen Besatzungszonen zur Bundesrepublik Deutschland zusammen. Nach Verkündigung der neuen Verfassung wurde der erste deutsche Bundestag gewählt, neben dem als weiteres gesetzgebendes Organ der Bundesrat als Vertretung der Länder geschaffen wurde. Erster Bundespräsident wurde Theodor Heuss, erster Bundeskanzler Konrad Adenauer. Zur vorläufigen Hauptstadt wurde Bonn gekürt. Die deutschen Nationalfarben schwarz-rot-gold und die dritte Strophe des Deutschland-liedes wurden übernommen.

Wie ich schon angedeutet habe, lief nicht alles wie geplant. Bestes Beispiel ist das Grundgesetz, das nach den Lehren aus der Vergangenheit vielversprechende Ansätze zeigt. An der praktischen Umsetzung hapert es aber bis heute, wie sich anhand einiger Artikel feststellen lässt: *Niemand darf wegen seines Geschlechtes benachteiligt oder bevorzugt werden* – Homosexualität wurde nach langem Hin und Her zwar für straffrei erklärt, aber Frauen werden nach wie vor für dumm verkauft, wenn es um die Bezahlung am Arbeitsplatz geht; *Jede Mutter hat Anspruch auf den Schutz und die Fürsorge der Gemeinschaft* – Frauen am Herd haben im Konkurrenzkampf mit berufstätigen Geschlechtsgenossinnen auch heute noch die schlechteren Karten; *Vereinigungen, die sich gegen die verfassungsmäßige Ordnung oder gegen den Gedanken der Völkerverständigung richten, sind verboten* – die Deutschnationalen, deren Gesinnung von Staatsfeindlichkeit und Ausländerhass geprägt ist, treiben weiterhin ihr Unwesen, ohne zur Rechenschaft gezogen zu werden; *Alle Deutschen haben das Recht, Beruf, Arbeitsplatz und Ausbildungsstätte frei zu wählen* – nur fehlen in der Praxis die Stellen, um auf dieses Recht pochen zu können; *Politisch Verfolgte genießen Asylrecht* – verzweifelte Menschen werden wie Vieh abgeschoben, während Kriminelle, die in ihrem Heimatland mit weniger Nachsicht als hierzulande rechnen müssen, mit allen rechtsstaatlichen Mitteln geschützt werden.

Die innerdeutsche Zusammenarbeit mit der DDR – auf diesen Staat gehe ich noch gesondert ein – führte nach dem

Mauerbau zum Passierscheinabkommen, das West-Berlinern das Betreten des Ostteils der Stadt ermöglichte. Bald folgte der Grundlagenvertrag, der einerseits einen Austausch ständiger Vertretungen zwischen beiden Staaten und deren Beitritt zur UNO vorsah. Andererseits versprach er Erleichterungen im Kleinen Grenzverkehr der Zonenrandgebiete, bei Reisen und Familienzusammenführungen. Auf letzteres hatte man jedoch vergeblich gehofft: Reisen – selbst im Kleinen Grenzverkehr – durften nur die Westdeutschen, während ihre Brüder und Schwestern hinter dem Stacheldraht nicht mal aus der Ferne nach drüben schauen konnten, weil der Grenzstreifen systematisch entvölkert worden war. Und die Zusammenführung von Familien klappte schon gar nicht – allenfalls Rentner durften übersiedeln, deren Altersbezüge sich der Arbeiter- und Bauernstaat sparen wollte.

Das Verhältnis zu Israel war nach den Gräueltaten der Nazis verständlicherweise gespannt. Und dass an den jüdischen Staat eine Wiedergutmachung in Milliardenhöhe gezahlt wurde, nützte den meisten Opfern herzlich wenig, weil sie in den Vernichtungslagern umgekommen waren. So wurden die diplomatischen Beziehungen zwischen beiden Staaten erst zwanzig Jahre nach Kriegsende aufgenommen. Dass nach ersten Hakenkreuz-Schmierereien an Synagogen die Erben der braunen Folterknechte und Gaskammerjäger in Gestalt der NPD in die Landtage von Hessen und Bayern einziehen durften, war nicht nur ein Affront gegenüber Israel, sondern spiegelt vor allem die Lernfähigkeit der Deutschen wider.

Die europäische Eingliederung verlief da schon reibungsloser, was vermuten lässt, dass die Staatsmänner des alten Kontinents kein allzu gutes Gedächtnis hatten. Zumindest waren sie nicht nachtragend. Den Anfang machte die Aufnahme der BRD in den Europarat, ehe die Montanunion mit den westlichen Nachbarn Frankreich, Belgien, Niederlande und Luxemburg und bald darauf – erweitert um Italien – die Europäische Wirtschaftsgemeinschaft gegründet wurde. Das Saarland, das die Franzosen nach dem Krieg wieder unter der Trikolore angesiedelt hatten, wechselte nach einer Volksabstimmung erneut die Seiten und wurde damit zum elften Bundesland. Das hinderte Adenauer und de Gaulle jedoch nicht daran, einen Vertrag über die deutsch-französische Zusammenarbeit zu unterzeichnen. Auch die deutsch-polnische Versöhnung wurde in Gang gesetzt, nachdem Willy Brandt am Denkmal für die Opfer des Warschauer Ghettos auf die Knie gefallen war.

Die sechziger und siebziger Jahre der Bundesrepublik zeichneten sich vor allem durch Terrorakte aus. Die schweren Unruhen beim Besuch des Schah von Persien, in deren Verlauf der Student Benno Ohnesorg sein Leben verlor, lösten eine Radikalisierung der Studentenrevolten unter der Führung von Rudi Dutschke aus. Wie immer in solchen Fällen gab es auch damals zwei unterschiedliche Sichtweisen: die einen, die den friedlichen Protest bevorzugten, wollten zum Beispiel auf Menschenrechtsverletzungen hinweisen, wie sie damals in Persien begangen wurden; die anderen, die stattdessen der Gewalt frönten, waren auf nichts anderes als auf Randale aus und zogen es vor, selbst Menschenrechtsverletzungen zu begehen. Weshalb auch noch Fahrzeuge und Schaufensterscheiben völlig unbeteiligter Leute darunter leiden mussten – eine Unsitte, die auch heute noch gepflegt wird – war und ist wohl nur den Vermummten geläufig. Hier bietet sich generell eine Methode an, die früher bei der Jagd Anwendung fand: die Böcke wurden zusammengetrieben und umzäunt, damit sie nicht durch die Lappen gehen konnten; und wenn es einer dennoch versuchte, wurde ihm das Fell über die Ohren gezogen.

Für einen Höhepunkt sorgte die RAF, die sich Blutrache auf ihre Fahnen geschrieben hatte – sinnigerweise an Personen, die nach dem Zufallsprinzip ausgewählt und auf einer Todesliste geführt wurden, die nur noch abgehakt werden musste. Genützt hat es den Wirrköpfen am Ende nichts. Aus dem heroischen Denkmal, das sie sich zu Lebzeiten setzen wollten, ist ein armseliger Grabstein geworden, vor dem selbst die Blumen aus lauter Scham ihre Köpfe einziehen.

So positiv, wie sich der neue Staat nach außen hin zeigte, so negativ waren einige Erscheinungen, die sich in seinem Innern abspielten und dies auch heute noch tun. Die Bürokratie wuchert wie das Unkraut im Garten. Ob es sich um Baugenehmigungen, Sicherheitsauflagen, Hygienevorschriften, Gewerbeanmeldungen, Arbeitserlaubnisse, Steuererklärungen oder sonstige behördliche Geistesblitze handelt – die Folge ist ein amtliches Gewitter, bei dem es unzählige Formulare vom Himmel regnet. Beim Bürger zieht das unweigerlich ein Grollen nach sich.

Oder denken wir an die vielen Lobbys, von denen sich jede für so wichtig hielt und noch immer hält, dass sie auf keinen Fall ein Stück vom gewohnten Kuchen abzugeben bereit ist. Wahrung des Besitzstandes lautet die Devise: die Industrie fordert Zugeständnisse – bei Weigerung wird mit Abwanderung gedroht; die Verbände bestehen auf ihrem Recht – bei Ablehnung wird auf spürbare Leistungskürzungen hingewiesen; die Bildungseinrichtungen verlangen ihren Anteil – bei Zurückweisung wird eine geistige Verelendung an die Wand gemalt. Und so dreht sich das Karussell immer weiter, bis alle ihre Runden absolviert haben. Am Ende bleibt alles beim Alten.

Ein spezielles Problem stellte die Korruption und Verschwendung in Behörden dar, woran sich bis heute nichts geändert hat: die eine Sorte von Staatsdienern schanzt bestimmten Firmen Aufträge zu, für die sie Schmiergelder kassiert; die andere verteilt großzügig Steuereinnahmen für eine Saat, deren Ernte nur selten aufgeht und bei den Prüfern der Rechnungshöfe Jahr für Jahr ungläubiges Staunen hervorruft. Doch den hoheitlichen Gutsherren sei Dank! Konsequenzen haben die wurmstichigen Früchtchen nicht zu erwarten. Sie faulen einfach still vor sich hin.

Die Teilung Deutschlands brachte zwangsläufig die DDR als Gegenstück zur BRD hervor. Der zeitgleich gegründete Staat besaß eine eigene Verfassung, die vom sogenannten Volksrat gebilligt wurde. Bald darauf wurde dieser durch die Volkskammer ersetzt, in der die SED den

Ton angab. Erster Präsident wurde Wilhelm Pieck, erster Ministerpräsident Otto Grotewohl. Als Hauptstadt fungierte Ost-Berlin. Die Nationalfarben waren auch hier schwarz-rot-gold, die allerdings durch das Emblem mit Hammer und Zirkel verunstaltet wurden. Zur Nationalhymne wurde *Auferstanden aus Ruinen* mit der Musik von Hanns Eisler und dem Text von Johannes R. Becher auserkoren.

Die Rolle des Dirigenten im DDR-Orchester spielte jedoch weder Pieck noch Grotewohl, sondern Walter Ulbricht, der Erste Sekretär des Zentralkomitees der Sozialistischen Einheitspartei Deutschlands, zu der sich zuvor SPD und KPD zusammengeschlossen hatten. Das Ensemble dieses Orchesters, bestehend aus den Abgeordneten der Volkskammer, gehörte größtenteils dieser Partei an und stimmte stets geschlossen ab, wie es sich für einen harmonischen Klangkörper gehört. Selten benutzte Instrumente wie die kleinen Splitterparteien nahmen allenfalls eine Statistenrolle ein. Nach gut zwanzig Jahren musste der beim Volk unbeliebte Dirigent allerdings seinen Taktstock an Erich Honecker übergeben.

Schon kurz nach Gründung der DDR wurde das Ministerium für Staatssicherheit ins Leben gerufen, das sich als *Stasi* einen unrühmlichen Namen gemacht hatte. Es folgte der Bau der Mauer als Reaktion auf den ständig anschwellenden Flüchtlingsstrom. Ulbricht's Aussage *Niemand hat die Absicht, eine Mauer zu errichten* resultierte wohl eher aus dessen mangelndem Sprachschatz. Vielleicht hatte er den Wall des Orchestergrabens vor Augen. Fest steht, dass beim

Versuch, dieses Bollwerk zu überwinden, eine Vielzahl von Menschen ihr Leben lassen musste. Der Einfallsreichtum derer, die im Westen unversehrt ankamen, war hingegen nicht zu überbieten: die einen gruben einen Tunnel, andere spannten ein Seil und wieder andere benutzten einen Fesselballon oder ein Kleinflugzeug.

Die SED-Bonzen hatten noch ein paar Schikanen parat – diesmal für Besucher aus dem Westen. Der Zwangsumtausch wurde eingeführt, um die gähnend leeren Kassen mit Devisen zu füllen. Auf Autobahnen wurden die Reisenden an Stellen geblitzt, an denen keine Verkehrsgefährdung zu erwarten war – wieder ging es nur um Westgeld. An den Grenzübergängen wurden ausländische Fahrzeuge gründlicher untersucht als das eigene Volk in den Polikliniken. Und die Transitstrecken durften nicht verlassen werden, um die heruntergekommene Bausubstanz jenseits der Fernverkehrsrouten verbergen zu können. Die Errungenschaften des Kommunismus waren alles andere als nachahmenswert. Mir schwante schon zu meiner Zeit nichts Gutes, wenn ich nur ansatzweise an die möglichen Folgen dieser ideologischen Hypnose denken musste.

(Anmerkung des Briefempfängers: in seinen *Geständnissen* setzt sich Heine mit dem Phänomen des Kommunismus auseinander.

[...] Um die Wahrheit zu sagen, es mochte nicht bloß der Ekel sein, was mir die Grundsätze der Gottlosen verleidete und meinen Rücktritt veranlaßte. Es war hier auch eine gewisse weltliche Besorg-

nis im Spiel, die ich nicht überwinden konnte; ich sah nämlich, daß
der Atheismus ein mehr oder minder geheimes Bündnis geschlossen
mit dem schauderhaft nacktesten, ganz feigenblattlosen, kommunen
Kommunismus. Meine Scheu vor dem letztern hat wahrlich nichts
gemein mit der Furcht des Glückspilzes, der für seine Kapitalien
zittert, oder mit dem Verdruß der wohlhabenden Gewerbsleute, die in
ihren Ausbeutungsgeschäften gehemmt zu werden fürchten: nein, mich
beklemmt vielmehr die geheime Angst des Künstlers und des Gelehr-
ten, die wir unsre ganze moderne Zivilisation, die mühselige Errun-
genschaft so vieler Jahrhunderte, die Frucht der edelsten Arbeiten
unsrer Vorgänger, durch den Sieg des Kommunismus bedroht sehen.
[…])

Dem eigenen Volk wiederum blieben Versuche der Ma-
nipulation nicht erspart. So fand in den Straßen und an
öffentlichen Plätzen eine ständige Berieselung mit sozialistischen Parolen über Lautsprecher statt. Und um dem
Ganzen noch den letzten Schliff zu geben, plärrte Karl
Eduard von Schnitzler seinen TV-Zuschauern im *Schwarzen*
Kanal die Ohren mit Hasstiraden gegen den kapitalistischen
Feind voll. Alles Übrige war im *Neuen Deutschland* nachzulesen.

Was das tägliche Leben anging, musste aus westlicher
Sicht nicht jede Maßnahme mit dem Rotstift markiert werden. Frauen konnten am Arbeitsprozess teilnehmen, ohne
sich Sorgen um die Erziehung ihrer Kinder machen zu
müssen: die Kleinen tobten sich im Kindergarten aus; die
Größeren lernten in den Jugendheimen der FDJ, wie man
zum Beispiel Segelflugmodelle baut. Nur die blauen und

roten Halstücher waren überflüssig. Im Straßenverkehr, der zunehmend vom Trabant beherrscht wurde, sorgte der grüne Pfeil an den Ampeln für zügiges Abbiegen. Und die Grundversorgung war mit relativ niedrigen Lebensmittelpreisen in den HO-Läden, Wohnungsmieten in Plattenbauten und Tarifen im öffentlichen Nahverkehr weitgehend gesichert. Nur wenn es um Luxus ging, waren die Enkel von Marx und Engels gegenüber den Profiteuren der Marktwirtschaft im Nachteil. In Intershop-Geschäften, die jede Menge Westwaren im Angebot hatten, konnte nur mit Devisen eingekauft werden. Und Reisen in die Ferne waren nur in die sozialistischen Bruderländer möglich.

Diese beiden Mängel waren es wohl auch, die das Fass zum Überlaufen brachten. Und dennoch lag dem endgültigen Fall der Mauer eine ganz andere Ursache zugrunde, die dem Druck des Fassinhalts nicht mehr lange standgehalten hätte: Hammer und Zirkel waren längst vom Pleitegeier verdrängt worden. Die Montagsdemonstrationen in Leipzig, die Massenkundgebungen in Ost-Berlin und die Ausreisewelle über Ungarn nach Österreich sowie über Prag in die BRD waren nur der vorzeitige Auslöser für das schäumende Gebräu, das sich nach dem Anzapfen über das ganze Land ergoss. Nebenbei bemerkt, hatten auch die Braumeister der Stasi nichts mehr zu lachen. Aufgebrachte Bürger drangen in die Sudhäuser ein und verhinderten den Abtransport beziehungsweise die Vernichtung des Trebers.

Ich weiß, dass Sie die Wiedervereinigung Deutschlands angesichts Ihrer grenznahen Lage hautnah miterleben durften. Bald folgten die Rückkehr von Regierung und Parlament in die alte Hauptstadt Berlin und der geordnete Abzug der Alliierten. Die im Vertrag von Maastricht ins Leben gerufene Europäische Union wuchs derweil auf achtundzwanzig Mitgliedsstaaten an.

Doch wie jede Demokratie verfügt auch das vereinte Deutschland über Schwachstellen, die manchem Bürger Kopfschmerzen bereiten. Ich denke an das Rechtssystem. Den häufig anzutreffenden Drahtseilakt zwischen Gesetzgebung und Rechtsprechung konnte ich in vielen Fällen nicht nachvollziehen. Wären die Gesetze in der Sprache klar und in der Sache eindeutig formuliert – etwa wie die zehn Gebote – wäre es für die Justiz reine Routine, die Waage nach Recht und Unrecht auszurichten. So aber können Paragrafen miteinander vermengt werden wie die Zutaten in einer Gaspacho. Das heißt, wenn die Qualität eines Urteils nur eine Frage des Rezepts ist, artet die Suche nach Schuld und Unschuld zum Wettstreit unter Köchen aus. Und wenn dann noch nach Fehlern bei der Zubereitung gesucht wird, anstatt die Ausgewogenheit der Zutaten unter die Lupe zu nehmen, verkommt die anspruchsvolle Küche zu einem frugalen Schnellimbiss.

Auch was den Vollzug betrifft, werde ich den Eindruck nicht los, dass das rechtsstaatliche Gefasel von Menschenwürde und Persönlichkeitsrecht, das die Betroffenen nicht mal vom Hörensagen kennen, regelrechte Kapriolen schlägt. Die Zelle im Knast wird zum Zimmer einer staatlichen Pension umfunktioniert – nur dass der Zimmerschlüssel in der Rezeption verbleibt. Der Insasse avanciert zum gern gesehenen Gast, der vom Steuerzahler gesponsert wird – mit der Möglichkeit, dem Wirt auch schon mal ein Trinkgeld zukommen zu lassen. Bei solchen Privilegien erübrigt sich das, was als Resozialisierung bezeichnet wird. Der verabschiedete Gast kann und will nicht verstehen, warum er seinen Aufenthalt vorzeitig abbrechen soll. So kommt es nicht von ungefähr, dass dies der häufigste Grund ist, schnellstmöglich wieder an den Ort der Erholung zurückzukehren.

Der Vollständigkeit halber will ich nicht unerwähnt lassen, dass es bei Justitia in den USA umso grotesker zugeht. Während Inhaftierte wie Legehennen in Käfigen gehalten werden, dienen aberwitzige Gerichtsverfahren der Bereicherung skrupelloser Anwälte, die für ihre fragwürdigen Mandanten astronomische Schadenersatzsummen erstreiten. Selbst vor Klagen gegen Gott oder Tote schreckt man im Land der begrenzten Unmöglichkeiten nicht zurück.

Lassen Sie mich abschließend noch auf einige Schriften eingehen, die sich mit den Ideologien beschäftigen. Karl Marx, den ich seit Paris kannte, und Friedrich Engels verfassten das Kommunistische Manifest, das die revolutionären Ziele dieser Bewegung unmissverständlich zum Besten gab, und die ich auf die Menschheit längst zukommen sah – mit dem am Ende dieser Schrift dokumentierten Aufruf *Proletarier aller Länder, vereinigt euch!* Fataler noch war Adolf Hitlers *Mein Kampf*, in dem er seine wirren Gedanken formulierte, die das Dritte Reich begründeten, letztendlich aber zu dessen Untergang führten. Beeindruckt hat mich hingegen George Orwells Roman *1984* mit dem düsteren Bild eines totalen Überwachungsstaates – der in vielen

Ländern, nicht nur in Diktaturen, längst Wirklichkeit geworden ist und heute mehr denn je Bestand hat.

Für heute möchte ich schließen. Entgegen meinen ursprünglichen Annahmen nimmt der Umfang meiner Korrespondenz inzwischen derartige Dimensionen an, dass ich ein schlechtes Gewissen habe und inständig hoffe, Sie mit meiner Papierflut nicht zu langweilen. Ich hege allerdings den Verdacht, dass mein nächster Brief, in dem ich mich mit den Religionen befassen werde, nicht viel geringer ausfallen wird. Sehen Sie mir dies bitte nach! Bis dahin grüße ich Sie!

Herzlichst Ihr
Heinrich Heine

Der Teufel und der liebe Gott

Teuerster S.!

Seien Sie von mir gegrüßt! Nun ist wieder der Zeitpunkt gekommen, dass ich mich bei Ihnen melde. Wie in meinem letzten Brief bereits angekündigt, werde ich mich mit den Religionen im einzelnen beschäftigen: mit der Katholischen Kirche, auf die ich schon zu Lebzeiten nicht gut zu sprechen war; mit dem Protestantismus, zu dem ich später übergetreten bin; mit dem Judentum, dem ich meine Wurzeln zu verdanken habe; mit dem Islam, der zu meiner Zeit noch nicht die Rolle gespielt hat, die ihm heute zuteil wird; mit den verschiedenen Sekten; und mit dem Atheismus. Auf andere Glaubensrichtungen wie den Buddhismus oder den Hinduismus will ich verzichten, weil diese hierzulande kaum ins Gewicht fallen.

Beginnen möchte ich mit der Katholischen Kirche. Betrachtet man das Papsttum in den letzten zweihundert Jahren, muss man ernüchtert feststellen, dass Monsignore Fortschritt an dieser vom Mittelalter geprägten Einrichtung vorübergezogen ist, ohne auch nur einen einzigen Blick verschwendet zu haben – wie der Wanderer eine Ruine am Wegesrand liegen lässt, die es wegen der von Unkraut überwucherten Steine nicht wert ist, eine Rast einzulegen. Schon zu meiner Zeit beherrschten die Päpste jenen Tanz, bei dem ein Schritt vor und zwei zurück gemacht wurden: Pius VII. hatte nichts Besseres zu tun, als die Inquisition im Kirchenstaat wieder herzustellen; Leo XII. hetzte gegen die Freimaurer; Gregor XVI. betonierte das Papsttum weiter zu anstatt die Versiegelung aufzubrechen; und der streng antiliberale Pius IX. streute die Dogmen der unbefleckten Empfängnis Mariä und der Unfehlbarkeit des Papstes – letzteres eher eine Wunschvorstellung – sowie die päpstliche Enzyklika unters Volk, die gegen die hauptsächlichsten Irrtümer der Zeit wie Pantheismus, Naturalismus, Rationalismus und Liberalismus gerichtet war. Ziel dieser Kampagnen war es stets, die Gläubigen der Macht der Kirche zu unterwerfen.

(Anmerkung des Briefempfängers: zur Kirchenherrschaft bezieht Heine in der *Nordsee* Stellung.

[…] Auf jeden Fall war jene Kirchenherrschaft eine Unterjochung der schlimmsten Art. Wer bürgte uns für die gute Absicht, wie ich sie eben ausgesprochen? Wer kann beweisen, daß sich nicht zuweilen eine schlimme Absicht beimischte? Rom wollte immer herrschen, und als seine Legionen fielen, sandte es Dogmen in die Provinzen. Wie eine Riesenspinne saß Rom im Mittelpunkte der lateinischen Welt und überzog sie mit seinem unendlichen Gewebe. […] Die Tage der Geistesknechtschaft sind vorüber; alterschwach, zwischen den gebrochenen Pfeilern ihres Colisäums, sitzt die alte Kreuzspinne, und spinnt noch immer das alte Gewebe, aber es ist matt und morsch, und es verfangen sich darin nur Schmetterlinge und Fledermäuse, und nicht mehr die Steinadler des Nordens. […])

Gewiss war es ehrenrührig, soziale Einrichtungen wie das Kolpinghaus und den Caritasverband zu gründen. Aber nach wie vor hatten die machtbesessenen Hirten nichts anderes im Sinn, als über ihre leichtgläubige Herde zu wachen, damit sie nicht vom vorgegebenen Pfad abkam. Noch zu meiner Zeit lagen sich der Erzbischof und die preußische Regierung im Kölner Kirchenstreit wegen der Anerkennung gemischter Ehen in den Haaren – ein Thema, dass auch heute noch die scheinheiligen Gemüter erhitzt. Und gut einhundertdreißig Jahre später sprach sich Papst Paul VI., der dem bisher einzigen Reformer Johannes XXIII. folgte, in der Enzyklika *Humanae vitae* gegen eine künstliche Geburtenregelung und Einnahme der Antibabypille aus. Die vorerst letzten Vertreter ihrer Zunft, die ersten Nichtitaliener seit über vierhundertfünfzig Jahren, der Pole Johannes Paul II., der Deutsche Benedikt XVI. und, mit Abstrichen, der Argentinier Franziskus, blieben der Linie ihrer Vorgänger weitgehend treu und bewahrten das mittelalterliche Erbe. So beschränken sich die naiven Schäfchen bis heute darauf, dass sie ihre Sakramente empfangen, von denen in erster Linie die Kirche profitiert.

(Anmerkung des Briefempfängers: in seinem Gedicht *Erleuchtung* kommentiert Heine die Einflussnahme dieses Machtapparates auf die Gutgläubigen kritisch.

Michel! fallen dir die Schuppen
Von den Augen? Merkst du itzt,
Daß man dir die besten Suppen
Vor dem Maule wegstibitzt?

Als Ersatz ward dir versprochen
Reinverklärte Himmelsfreud
Droben, wo die Engel kochen
Ohne Fleisch die Seligkeit!

Michel! wird dein Glaube schwächer
Oder stärker dein Apptit?
Du ergreifst den Lebensbecher,
Und du singst ein Heidenlied!

Michel! fürchte nichts und labe
Schon hienieden deinen Wanst,
Später liegen wir im Grabe,
Wo du still verdauen kannst.)

Erlauben Sie mir, dass ich, bevor ich der Katholischen Kirche weiter die Leviten lese, auf Papst Pius XI. hinweise, der im Gegensatz zu seinem Nachfolger Pius XII. den Mut aufbrachte, in seiner Sozialenzyklika *Mit brennender Sorge* den Terror der braunen Horden, den Rassenwahn, den Führerkult und die Entchristlichung anzuprangern. Aber hier handelte es sich lediglich um eine Sternstunde des Vatikans. Der Rest gibt auch heute noch wenig Anlass zur Freude.

Eines der zahlreichen Relikte aus alten Zeiten ist zum Beispiel das Zölibat, das einem Priester die Ehe verweigert. Warum das in anderen Religionen kein Problem darstellt, weiß wohl nur die Kurie. Wen wundert es da, wenn der Pfaffe in seiner Vereinsamung auf sexuelle Abwege gerät – sei es durch das Techtelmechtel mit einer Frau, sei es durch eine homosexuelle Beziehung oder sei es durch Unzucht mit Kindern. Dass die Kirchenführung stets entsetzt reagiert, weil solche Vorfälle nicht in ihr Weltbild passen, mutet so kurios an wie die Reaktion der Verantwortlichen im Radsport, die immer noch nicht glauben wollen, dass man bei der Tour de France einen Berg der höchsten Kategorie nur mit Doping erklimmen kann. Auch dass Frauen als Priesterinnen nach wie vor unerwünscht sind, zeigt, wie weit es um die Emanzipation der Frau unter dem Kreuz Christi bestellt ist. Die Rolle der Eva im Verhältnis zu Adam scheint in den vernagelten Köpfen fortzubestehen.

Mit den Sakramenten ist das auch so eine Sache. Beim Abendmahl zeichnen sich für Partner aus Mischehen zwar erste Fortschritte ab, nicht hingegen für Christen verschiedener Konfessionen ganz allgemein. Hier ist die Ökumene offenbar noch nicht bis zu den Kirchenfürsten vorgedrungen. Und dass mit der Beichte selbst den größten Ganoven alle Sünden mit einem Schlag vergeben werden sollen, löst ein Kopfschütteln bei mir aus.

Was die liturgischen Handlungen angeht, kann man geteilter Meinung sein. Womit ich nicht verhehlen möchte, dass das Schwenken des Weihrauchkessels dank der Verbreitung des Inhalts Übelkeit bei mir erzeugt hätte, und dass mit der Tortur des Niederkniens bei jedem Gebet meinen Gelenken dauerhafter Schaden zugefügt worden wäre.

Es gibt noch ein paar andere Dinge, mit denen ich herzlich wenig anfangen kann. Der Marienkult widerspricht nach meiner Auffassung dem Glauben an Gott. Nur der

Allmächtige kann angebetet werden. Bei der Jungfrau Maria sollte sich das wie bei Jesus Christus auf deren allgemeine Verehrung beschränken. Und der Exorzismus, dieses Überbleibsel des Mittelalters, sollte auf dem Scheiterhaufen landen, wo die ach so christliche Kirche unter dem Banner des Papstes unzählige Frauen als Hexen verteufelt und dem lodernden Feuer überlassen hat.

(Anmerkung des Briefempfängers: in Caput IV seines Versepos *Deutschland. Ein Wintermärchen* verspottet Heine die einstmals angewandten Praktiken der Katholischen Kirche.

[...]

Die steinernen Häuser schauten mich an,
Als wollten sie mir berichten
Legenden aus altverschollener Zeit,
Der heil'gen Stadt Köllen Geschichten.

Ja, hier hat einst die Klerisei
Ihr frommes Wesen getrieben,
Hier haben die Dunkelmänner geherrscht,
Die Ulrich von Hutten beschrieben.

Der Cancan des Mittelalters ward hier
Getanzt von Nonnen und Mönchen;
Hier schrieb Hochstraaten, der Menzel von Köln,
Die gift'gen Denunziatiönchen.

Die Flamme des Scheiterhaufens hat hier
Bücher und Menschen verschlungen;
Die Glocken wurden geläutet dabei
Und Kyrie eleison gesungen.

Dummheit und Bosheit buhlten hier
Gleich Hunden auf freier Gasse;
Die Enkelbrut erkennt man noch heut
An ihrem Glaubenshasse. –

[...])

Im Gegensatz zum Katholizismus ist der Protestantismus ein Stück moderner und liberaler, was weitgehend auf die Ernte von Luthers Saat zurückzuführen ist. Die Beschränkung im Gottesdienst auf Predigt, Gesang und Gebet ist für viele Gläubige das Nonplusultra. Und dass sie die Worte des Alten und Neuen Testaments verstehen können, gehört zu den Selbstverständlichkeiten ihrer Religion. Dass manche aber das Weite suchen und sich lieber der römisch-katholischen Kirche anschließen, hat vermutlich damit zu tun, dass sie gerade diese Schlichtheit des Gottesdienstes nicht für das Gelbe vom Ei halten. Für sie ergibt erst die Mischung aus Kulisse, Gewändern und Ritualen das Salz in der Suppe. Ich selbst hatte für den ganzen Firlefanz nie viel übrig. Und selbst dem schlichten Protestantismus, zu dem ich einst konvertierte, kehrte ich lange den Rücken. Erst spät fand ich wieder zum Glauben an Gott zurück.

(Anmerkung des Briefempfängers: hierzu äußert sich Heine im Nachwort zum *Romanzero*.

[...] Was mich betrifft, so kann ich mich in der Politik keines sonderlichen Fortschritts rühmen; ich verharrte bei denselben demokratischen Prinzipien, denen meine früheste Jugend huldigte und für die ich seitdem immer flammender erglühte. In der Theologie hingegen muß ich mich des Rückschreitens beschuldigen, indem ich, was ich bereits oben gestanden, zu dem alten Aberglauben, zu einem persönlichen Gotte, zurückkehrte. Das läßt sich nun einmal nicht vertuschen, wie es mancher aufgeklärte und wohlmeinende Freund versuchte. Ausdrücklich widersprechen muß ich jedoch dem Gerüchte, als hätten mich meine Rückschritte bis zur Schwelle irgendeiner Kirche oder gar in ihren Schoß geführt. Nein, meine religiösen Überzeugungen und Ansichten sind frei geblieben von jeder Kirchlichkeit; kein Glockenklang hat mich verlockt, keine Altarkerze hat mich geblendet. Ich habe mit keiner Symbolik gespielt und meiner Vernunft nicht ganz entsagt. Ich habe nichts abgeschworen, nicht einmal meine alten Heidengötter, von denen ich mich zwar abgewendet, aber scheidend in Liebe und Freundschaft. [...])

Dass der Vatikan inzwischen bemüht ist, Liturgie und Predigt wieder verstärkt auf Lateinisch zu zelebrieren, zeigt, dass ihm am Verständnis der breiten, dieser Sprache unkundigen Masse nicht gelegen ist. Der Gläubige soll einfach glauben, was ihm die Kirche vorgaukelt. Ich denke, die Übersetzung der Bibel durch Martin Luther liegt den Verfechtern der katholischen Glaubenslehre noch heute schwer im Magen. Dabei ist es eben dieses Buch der Bücher, dessen geschriebenes Wort man erst verstehen wird, wenn man es selbst gelesen hat.

(Anmerkung des Briefempfängers: in seinen *Geständnissen* äußert sich Heine näher zu diesem Thema.

[...] Nach der Stelle, welche ich hier zitiert, folgen Geständnisse über den Einfluß, den die Lektüre der Bibel auf meine spätere Geistesevolution ausübte. Die Wiedererweckung meines religiösen Gefühls verdanke ich jenem heiligen Buche, und dasselbe ward für mich ebensosehr eine Quelle des Heils, als ein Gegenstand der frömmigsten Bewunderung. Sonderbar! Nachdem ich mein ganzes Leben hindurch mich auf allen Tanzböden der Philosophie herumgetrieben, allen Orgien des Geistes mich hingegeben, mit allen möglichen Systemen gebuhlt, ohne befriedigt worden zu sein, wie Messaline nach einer lüderlichen Nacht – jetzt befinde ich mich plötzlich auf demselben Standpunkt, worauf auch der Onkel Tom steht, auf dem der Bibel, und ich knie neben dem schwarzen Betbruder nieder in derselben Andacht –

Welche Demütigung! mit all meiner Wissenschaft habe ich es nicht weiter gebracht, als der arme unwissende Neger, der kaum buchstabieren gelernt! Der arme Tom scheint freilich in dem heiligen Buche noch tiefere Dinge zu sehen, als ich, dem besonders die letzte Partie noch nicht ganz klar geworden. Tom versteht sie vielleicht besser, weil mehr Prügel darin vorkommen, nämlich jene unaufhörlichen Peitschenhiebe, die mich manchmal bei der Lektüre der Evangelien und der Apostelgeschichte sehr unästhetisch anwiderten. So ein armer Negersklave liest zugleich mit dem Rücken, und begreift daher viel besser als wir. [...])

Was heute allerdings auffällt, ist, dass die Beschäftigung mit der Heiligen Schrift Seltenheitswert hat. Und auch der Kirchgang hat eine andere Bedeutung bekommen: sowohl evangelische Gottesdienste als auch katholische Messen – mehr noch die Kirchentage beider Konfessionen – werden zu regelrechten Events umfunktioniert. Vor allem viele junge Leute nehmen an solchen Veranstaltungen weniger wegen ihres Glaubens an Gott als vielmehr wegen des Hoffens auf ein Spektakel teil. Wo sich Tausende von Leuten versammeln, geht sicher die Post ab.

Ich möchte jetzt auf das Judentum zu sprechen kommen. Seit meiner Geburt gehörte ich zu dieser Fakultät, bis ich später die Seiten wechselte. Dabei befand ich mich in einem Zwiespalt mit dem Leid meiner einstigen Glaubensgenossen und ihrer Gier nach steter Geldvermehrung. Ersteres konnte ich im Frankfurter Ghetto als Augenzeuge miterleben, letzteres begleitete mich im Kampf mit Onkel und Vetter in Hamburg zeit meines Lebens.

Dass den Juden in Preußen mit dem Zugeständnis weitgehender bürgerlicher Rechte eine Art Almosen gewährt wurde, ehe ihnen zwölf Jahre später mit dem Verbot jeglicher Lehrtätigkeit an deutschen Universitäten dasselbe wieder geraubt wurde, habe ich noch mitbekommen. Es war reine Willkür, dass sie schon damals keine öffentlichen Ämter bekleiden und ebensowenig freiberufliche Tätigkeiten wie die eines Anwalts ausüben durften. Ihre Rolle wurde auf den Handel mit Waren und das Jonglieren mit Geld reduziert.

(Anmerkung des Briefempfängers: Heine geht auf diesen Zustand in einer Nachlese zur *Harzreise* ein.

[...] Was verdankt man nicht alles den Juden! Daß man ihnen das Christentum selbst verdankt, will ich nicht erwähnen, da noch wenig Gebrauch davon gemacht worden ist. Aber die Erfindung der Wechsel, des Agio und des Kreuzes! Ist man ihnen nicht den größten Dank schuldig? Und doch will ihr deutsches Stiefvaterland ihnen nicht mal gewähren statt des Handels mit alten Hosen auch mal zur Abwechslung königlich preußische Referendarien oder Advokaten zu werden! [...])

Die Zeit nach meinem Ableben brachte keine Besserung. Im Gegenteil: wo sie auch lebten, wurden sie diskriminiert oder gar verfolgt. Das war aber nur die Spitze des Eisbergs. Das dicke Ende sollte noch kommen. Viel tiefer, im Innern dieser gefrorenen Masse, hielt sich der Satan verborgen, der mit seiner hässlichen Fratze nur darauf wartete, bis das Eis um ihn herum geschmolzen war, damit er sein teuflisches Werk vollenden konnte. Zahllose Anhänger Jehovas mussten dies am eigenen Leib erfahren.

Den ersten Höhepunkt bildete die Reichskristallnacht. Die Verzweiflungstat eines siebzehnjährigen Pariser Juden, der einem Gesandten des Dritten Reichs ans braune Leder wollte, lieferte einen willkommenen Anlass zu landesweiten Pogromen. Etliche jüdische Bürger wurden brutal aus ihren Betten gezerrt, auf übelste Weise misshandelt und anschließend liquidiert oder in Konzentrationslager deportiert, wo sie am Ende das gleiche Schicksal ereilte. Um zu guter Letzt ganze Arbeit geleistet zu haben, wurden noch ihre Synagogen, Geschäfte und Wohnhäuser geplündert und danach in Schutt und Asche gelegt.

Jahre später erhielten diejenigen, die bis dahin verschont geblieben waren, als besonderes Erkennungsmerkmal den Judenstern – wie man Tieren ein Brandzeichen verpasst. Kurz darauf rollten die ersten Deportationszüge über Europas Schienennetz, die Juden aus allen Teilen des Kontinents in die KZ brachten – natürlich in Viehwaggons, was den Wert der Fracht symbolisieren sollte.

Gegen Ende des Krieges regte sich noch einmal Widerstand im Warschauer Ghetto, der erst nach vier Wochen gebrochen wurde, aber weit über fünfzigtausend getötete Juden hinterließ – all die nicht mitgerechnet, die auf der Flucht über die Kanalisation durch Granaten oder durch Suizid ums Leben gekommen waren.

Umso unbegreiflicher ist die Tatsache, dass es immer noch Leute gibt, die den Holocaust leugnen und beim Anblick von Fotos mit Bergen von Leichen behaupten, dass die Bilder getürkt sind. Und selbst dann, wenn ihnen an originalen Schauplätzen gedrehte Filme gezeigt werden, auf denen bis auf die Knochen abgemagerte Gestalten ihre Befreier begrüßen, halten sie die Szenen für Aufnahmen aus dem hungernden Afrika. Dass dort überwiegend Dunkelhäutige leben, die sogar mit einer aufgetragenen Kalkschicht von Weißen zu unterscheiden sind, ist bei dieser Spezies offenbar noch nicht angekommen.

Ein Trauerspiel ist auch die von Zeit zu Zeit wiederkehrende Schändung jüdischer Friedhöfe. Nicht einmal in den

Gräbern finden die Toten ihre wohlverdiente Ruhe. Das Herausreißen von Grabsteinen mit hebräischen Inschriften kann nur bedeuten, dass bei den Bewunderern der Todesschwadronen die Angst umgeht – die Angst davor, die längst zu Staub Zerfallenen könnten sie für die Gräueltaten ihrer Idole zur Rechenschaft ziehen. Anders lässt sich dieser Vandalismus nicht erklären.

Allerdings muss ich an dieser Stelle ebenso heftig gegen die auferlegte Kollektivschuld protestieren. Alle Deutschen pauschal für die Verbrechen der Nazis verantwortlich zu machen – insbesondere diejenigen Generationen, die den Krieg als Kinder erlebt haben, erst danach geboren wurden oder in Zukunft das Licht der Welt erblicken werden – halte ich nicht nur für fatal, sondern vor allem für unmoralisch. Die Italiener können auch nicht bis in alle Ewigkeit für die Untaten der alten Römer ihren Kopf hinhalten.

Ohne meine jüdischen Wurzeln verleugnen und den Übertritt zum Protestantismus bereuen zu wollen, war ich generell nicht immer auf Christen und Juden gut zu sprechen.

(Anmerkung des Briefempfängers: Aussagen hierzu sind Caput XXII von Heines Versepos *Deutschland. Ein Wintermärchen* zu entnehmen.

[...]

Die Population des Hamburger Staats
Besteht, seit Menschengedenken,
Aus Juden und Christen; es pflegen auch
Die letztren nicht viel zu verschenken.

Die Christen sind alle ziemlich gut,
Auch essen sie gut zu Mittag,
Und ihre Wechsel bezahlen sie prompt,
Noch vor dem letzten Respittag.

Die Juden teilen sich wieder ein
In zwei verschiedne Parteien;
Die Alten gehn in die Synagog,
Und in den Tempel die Neuen.

Die Neuen essen Schweinefleisch,
Zeigen sich widersetzig,
Sind Demokraten; die Alten sind
Vielmehr aristokrätzig.

Ich liebe die Alten, ich liebe die Neu'n –
Doch schwör ich, beim ewigen Gotte,
Ich liebe gewisse Fischchen noch mehr,
Man heißt sie geräucherte Sprotte.)

Mit dem Islam wurde ich zu Lebzeiten nicht konfrontiert. Zumindest ist mir nichts Negatives zu Ohren gekommen. Und auch im 20. Jahrhundert herrschte weitgehend Ruhe zwischen Moslems und Angehörigen anderer

Religionen, was auf ein friedliches Nebeneinander schließen ließ. Die Eskalation mit der westlichen Welt setzte, wie Sie wissen, erst mit Beginn des dritten Jahrtausends ein.

Die Liste der Untaten ist lang, wenn sie auch vorrangig in fernen Ländern begangen wurden. So sollte zum Beispiel ein im Iran inhaftierter, nach mehr als zwei Jahren aber freigelassener Hamburger Kaufmann ursprünglich mit dem Tode büßen, weil er es gewagt hatte, mit einer Muslimin das Bett zu teilen. In Afghanistan nahm die Religionspolizei Mitarbeiter einer internationalen Hilfsorganisation fest, weil ihnen statt humanitärer Gesinnung christliche Missionierung vorgeworfen wurde. Und im selben Land wurden sogar fünf Mitglieder von *Ärzte ohne Grenzen* aus dem Weg geräumt, weil sie die Kühnheit besaßen, Menschen medizinisch versorgen zu wollen.

Doch Vorsicht! Diese Auswüchse können nicht pauschal allen Moslems angelastet werden, zumal es auch innerhalb des Islam Konflikte gibt: zum Beispiel zwischen Sunniten und Schiiten. Und dass die breite Masse eher friedlich eingestellt ist, zeigte eine Demonstration von Muslimen in Köln, die dem Frieden gewidmet war und sich gegen den islamischen Terrorismus richtete.

Man muss sich generell die Frage stellen, warum die sonst so gastfreundlichen Menschen in der arabischen Welt dem Westen derart kritisch, bisweilen sogar feindlich gesinnt gegenüberstehen. Eine Ursache mag das Land sein, das mir selbst nie geheuer war: die Vereinigten Staaten von Amerika. Der weltweite Machtanspruch, dass gefälligst alle nach der Pfeife von Onkel Sam zu tanzen haben, schafft nicht gerade Vertrauen. Und wenn dann auch noch die Kultur der Herumkommandierten mit Füßen getreten wird, verliert das Vielvölkergemisch auf unserem Planeten schnell die Balance.

Sie werden mir sicher recht geben, dass es wenig hilfreich ist, wenn das, was Moslems heilig ist, verspottet wird: weil die Suren des Koran als Grundlagen des Glaubens bitterernst genommen werden; weil sowohl Allah als auch der Prophet Mohammed glühend verehrt werden; weil der Muezzin fünfmal am Tag vom Minarett zum Gebet aufruft; weil das gen Mekka gerichtete Ritualgebet in für uns ungewohnter Haltung erfolgt; weil der Monat Ramadan dazu dient, tagsüber streng zu fasten, das heißt auf die Freuden des täglichen Lebens zu verzichten; und weil Massen von Gläubigen nach Mekka pilgern, um die Kaaba zu umrunden.

Wer meint, seinen Spott darüber ausschütten zu müssen, sollte sich lieber an die eigene Nase fassen und darüber nachdenken, was an den Zeremonien seiner Religion so viel anders ist. Als Vergleich möchte ich mich auf das Judentum und die Katholische Kirche beschränken.

Die Juden halten sich streng an die Traktate des Talmud als dem grundlegenden Werk der jüdischen Glaubenslehre: sie beten ehrfürchtig zu Jehova und seinem Messias; sie stehen an der Klagemauer, nicken ständig mit dem Kopf auf und ab und legen Zettel mit Wünschen in die Mauerspalten; sie feiern ihren Sabbat, an dem Nichtstun angesagt ist, und ihr Passah-Fest, bei dem sie eine Woche lang gegorenen Genüssen aus dem Weg gehen; und sie tragen bei der

Bar-Mizwa die Thorarollen umher, ehe sie diese öffnen und daraus vorlesen.

Die Katholiken pflegen ihre eigenen Rituale: sie lesen in der Bibel als ihrer Heiligen Schrift; sie preisen Gott, Jesus Christus und die Jungfrau Maria, von allen möglichen Heiligen einmal abgesehen; sie bekreuzigen sich ständig und lassen sich durch die Beichte Absolution ihrer Sünden erteilen; ihre vierzigtägige Fastenzeit beginnt mit dem Aschermittwoch; und an Fronleichnam ziehen sie in einer Prozession durch die Gemeinde, um in der geweihten Hostie der leiblichen Gegenwart des Herrn zu gedenken.

Lassen Sie mich noch einmal auf den Islam und den Propheten Mohammed zurückkommen. Der Karikaturenstreit hat mit Recht die Gemüter erregt. Ein von Millionen verehrter Heiliger muss gewiss nicht ins Lächerliche gezogen werden. Ich möchte die Reaktion der Christen einmal sehen, wenn Jesus mit seinen Jüngern beim Abendmahl als saufende Stammtischrunde dargestellt werden würde. Es gäbe mit Sicherheit einen Aufschrei der Empörung.

Was mich an Andersgläubigen wie den Moslems stört, ist die mangelnde Integrationsbereitschaft hierzulande. Noch größere Sorgen bereitet mir aber ihre Passivität – nicht nur in Europa, sondern vor allem in den islamischen Ländern. Der durch die ganze Welt rasende Zug des Fundamentalismus, dessen Lokführer überall ihre Lunte legen, um ganze Stationen in die Luft zu jagen, kann nur aufs tote Gleis geschoben werden, wenn das Zugpersonal nicht die Rolle der Sympathisanten einnimmt.

Zu anderen Religionen möchte ich mich nicht äußern, weil sie bei uns in Deutschland und Europa keine dominierende, erst recht keine bedrohliche Rolle spielen. Stattdessen will ich mich den Sekten widmen, die nach außen hin alle einen friedlichen Eindruck machen, bei denen aber hinter den Fassaden – zumindest trifft das bei einigen von ihnen zu – alles andere als eitel Sonnenschein herrscht. Ich denke hier vor allem an die undurchsichtigen Machenschaften von Scientology. Die Heilsarmee, die ihre Lieder trällert, ehe die Spendenbüchse herumgereicht wird, sowie die Zeugen Jehovas, die mit dem *Wachturm* in der Hand um Mitglieder buhlen, halte ich für vergleichsweise harmlos. Eines aber haben alle mit religiösem Schnickschnack lockenden Fischer gemeinsam: die ahnungslosen Fische fallen auf den Köder herein und beißen gutgläubig an, ohne zu ahnen, dass sie bald in der Pfanne landen.

Die Atheisten haben es leichter. Sie schätzen sich glücklich, dass sie sich keiner Organisation anschließen müssen. Ihnen genügt es, an nichts und niemanden zu glauben. Ob sie auf Dauer damit leben können, ist zumindest ungewiss. Ich selbst musste während meiner Matratzengruft erfahren, wie sehr mir Gott fehlte, was letztlich zu meiner Umkehr führte. Mit meinem Gedicht *Belsazar* habe ich vor der Gottlosigkeit sogar warnen wollen.

Es ist erstaunlich, dass viele mit Waffengewalt ausgetragene Konflikte aus religiösen Gründen angezettelt werden. Auf die Kriege mit politischem Hintergrund komme ich an anderer Stelle zu sprechen. Ob sich Christen oder Moslems untereinander bekämpfen oder dieselben einschließlich der

Juden gegeneinander zu Felde ziehen – jede Variante ist in diesem Räuber-und-Gendarm-Spiel denkbar.

Beginnen wir mit den Gewaltakten zwischen Katholiken und Protestanten, die sich bisher auf Nordirland beschränken. Der Auslöser ist wohl eher bei letzteren zu suchen. Dass der kostümierte Oranier-Orden ausgerechnet durch katholische Wohngebiete marschieren muss, gehört gewiss nicht zu den Thesen Martin Luthers. Insofern wird nicht nur die Katholische, sondern auch die Anglikanische Kirche brüskiert, deren eine Bewegung sich gleichfalls am Katholizismus orientiert, während die andere den Lehren von Luther und Calvin folgt.

Auch zwischen Sunniten und Schiiten – vorrangig im Bereich zwischen Euphrat und Tigris – kracht es bisweilen. Den eigentlichen Grund kennen die Hitzköpfe wahrscheinlich selbst nicht. Dabei verehren doch alle denselben Allah und denselben Propheten Mohammed.

Paradoxerweise finden sogar Kämpfe innerhalb einer moslemischen Glaubensgemeinschaft statt. Bei den Palästinensern schlagen die radikalen Hamas-Horden auf die gemäßigten Fatah-Anhänger ein. Kein Regisseur schafft es, ein absurderes Theater zu inszenieren.

Gestatten Sie mir, dass ich noch etwas zu den Auseinandersetzungen zwischen Juden und Moslems im Heiligen Land anmerke. Dass dem Staat Israel ein Existenzrecht zusteht, bedarf keiner Frage. Aber dass die Palästinenser Anspruch auf eine dauerhafte Ansiedlung haben, ist ebenso unbestreitbar. Ich würde sagen, dass beide Seiten an der nach wie vor eskalierenden Lage beteiligt sind. Einerseits hat Israel mit seiner Siedlungspolitik auf fremdem Boden erheblich zur Intifada beigetragen, bei der etliche Araber, darunter auch Kinder, dran glauben mussten oder, wenn sie heil davongekommen waren, auf einem Trümmerhaufen sitzen blieben. Andererseits haben palästinensische Selbstmordattentäter mit ihrer wahllosen Opferauslese an der endlos scheinenden Gewaltspirale weitergedreht. Die jüdischen Siedler werden sich dafür ebenso vor Gott verantworten müssen wie die Islamisten, die wohl – statt mit einem Lorbeerkranz für ihre angebliche Märtyrertat – mit einem Reisigbündel zum Anheizen des Höllenkessels belohnt werden.

Religionen treiben mitunter seltsame Blüten, die zwar kein Blut kosten, dieses aber durchaus zum Kochen bringen können. Beispiele sind der Kruzifix- und der Kopftuchstreit. Dabei ist es doch egal, ob in einem Klassenzimmer ein Kruzifix hängt oder eine Lehrerin ein Kopftuch trägt. Seltsam ist nur, dass sich ausgerechnet die Eltern daran stören. Dem Nachwuchs ist es nämlich völlig wurscht, ob ein Kruzifix oder das Portrait des Bundespräsidenten an der Wand hängt bzw. ob die Pädagogin ein Kopftuch oder eine Schwesterntracht trägt.

Abschließend möchte ich auch hier auf das Schrifttum eingehen, das teils Grundlage einer Religion ist, teils zu speziellen Ereignissen Stellung nimmt. Beginnen möchte ich mit einem Vergleich zum Thema *Scheidung* zwischen Bibel, Talmud und Koran.

In der Bibel heißt es unter 5. Mose 24: *Wenn jemand ein Weib nimmt und ehelicht sie und sie nicht Gnade findet vor seinen*

Augen, weil er etwas Schändliches an ihr gefunden hat, so soll er einen Scheidebrief schreiben und ihr in die Hand geben und sie aus seinem Hause entlassen. Wenn sie dann aus seinem Hause gegangen ist und hingeht und wird eines andern Weib und der andere Mann ihr auch gram wird und einen Scheidebrief schreibt und ihr in die Hand gibt und sie aus seinem Hause läßt, oder so der andere Mann stirbt, der sie sich zum Weibe genommen hatte: so kann sie ihr erster Mann, der sie entließ, nicht wiederum nehmen, daß sie sein Weib sei, nachdem sie unrein ist – denn solches ist ein Greuel vor dem HErrn –, auf daß du nicht eine Sünde über das Land bringst, das dir der HErr, Dein Gott, zum Erbe gegeben hat.

Im Talmud steht unter Mischna Ketubbot VII, 6 folgendes: *Und diese werden ohne ihre Eheverschreibung entlassen: Eine, die sich über mosaischen und jüdischen Religionsbrauch hinwegsetzt. Und was ist: sich über mosaischen Religionsbrauch hinwegsetzen? Wenn sie ihm zu essen gibt, was nicht verzehntet ist; wenn sie ihm als Menstruierende beischläft; wenn sie die Teighebe nicht absondert; wenn sie gelobt und nicht erfüllt. Und was ist: sich über jüdischen Religionsbrauch hinwegsetzen? Wenn sie entblößten Hauptes ausgeht; wenn sie auf dem Markt Faden spinnt; wenn sie mit jedermann schwätzt. Abba Schaul sagt: Auch eine, die in seiner Gegenwart geringschätzig von seinen Eltern redet. Rabbi Tarphon sagt: Auch die eine Schreierin ist. Was ist eine Schreierin? Wenn sie in ihrem Haus so schwätzt, daß ihre Nachbarn ihr Geschrei hören.*

Und im Koran lautet es in der zweiten Sure, Verse 227 bis 229: *Die unter Eidschwur beabsichtigen, sich von ihren Frauen zu trennen, die sollten es vier Monate bedenken; treten sie von ihrer Absicht dann zurück, so ist Allah versöhnlich und barmherzig. Bestehen sie aber schließlich durchaus auf Ehescheidung, hört und weiß Allah es auch. Die geschiedene Frau muß dann, ehe sie über sich verfügt, noch so lange warten, bis sie dreimal ihre Reinigung hatte; sie darf nicht verheimlichen, was Allah in ihrem Leibe geschaffen hat, sofern sie an Allah und den Jüngsten Tag glaubt. Es ist billiger, daß der Mann, ist sie schwanger, sich ihrer wieder annimmt und sie sich miteinander in verständnisvoller Güte – beide guten Willens – versöhnen; dem Manne steht hierbei jedoch das Vorrecht vor ihr zu. Allah ist mächtig und weise.*

Selbst wenn in allen drei Schriften betont wird, dass die Frau in Ehren zu halten ist, so werden ihre Rechte dennoch beschnitten, wie dies ebenfalls aus allen drei Schriften hervorgeht. Das heißt, dem Islam allein eine geringwertigere Stellung der Frau gegenüber dem Mann vorzuwerfen, geschieht zu Unrecht und trifft eindeutig für alle drei Religionen zu.

Über religiöse Themen wurden etliche Werke veröffentlicht. Die Katholiken brachte Rolf Hochhuths Schauspiel *Der Stellvertreter* auf die Palme, worin Papst Pius XII. wegen seiner Haltung zur nationalsozialistischen Judenverfolgung kritisiert wurde. Die Juden wurden in Veit Harlans Film *Jud Süß* verunglimpft. Und Salman Rushdies Roman *Satanische Verse* empörte die islamische Welt, was Khomeini zu einem weltweit verabscheuten Mordbefehl verleitete und zwei Übersetzer das Leben kostete.

Für heute bin ich wieder einmal am Ende eines Briefes angelangt. Dass Religionen, die im Sinne des Schöpfers dem Frieden dienen sollen anstatt sich mit dem Bösen zu verbünden, den Ideologien keineswegs nachstehen, ist bedauerlich genug und zeigt die Blindheit und Verbohrtheit der Menschen, die Lenin zu Recht zu der Aussage verleitet hat: *Religion ist Opium fürs Volk.* Und ich denke guten Gewissens sagen zu können, dass sich daran wohl niemals etwas ändern wird. Das nächste Mal werde ich mich mit den Auswüchsen der Entwicklung in unserer Gesellschaft befassen. Auch das ist ein Thema, das schon jetzt ein Kopfschütteln bei mir auslöst. Und dabei habe ich immer geglaubt, der Götterkult sei eine Denkweise der Antike gewesen. Bis dahin leben Sie wohl!

Herzlichst Ihr
Heinrich Heine

Träume, Trends, Tragödien

Teuerster S.!

Ich habe mich ein wenig verspätet. Aber ich denke, die Verschnaufpause wird Ihnen gut getan haben. Immerhin habe ich Sie in den letzten Wochen und Monaten mit reichlich Korrespondenz bombardiert. Gestatten Sie mir nun, dass ich mit der Gesellschaft fortfahre, wobei ich diese wie eine Institution betrachten möchte. Beginnen möchte ich mit der Begeisterungsfähigkeit der Bevölkerung, soweit sie nicht auf rein ideologischen, religiösen, ökonomischen oder ökologischen Motiven beruht. Denken Sie nur an den Mythos, die Legendenbildung, den Kult.

Wenn ich in meine Zeit zurückblicke, dann war Napoleon I. schon zu Lebzeiten eine Legende, die, ähnlich wie sechzig Jahre zuvor Friedrich der Große, dank vorbildlicher Reformen und eines außergewöhnlichen Charismas verehrt wurde. Auch um den bayerischen König Ludwig II. entstand ein Mythos, der allerdings eher aus seiner aufwändigen Lebensweise und mehr noch aus seinem mysteriösen Tod resultierte. Der Alte Fritz und Napoleon hingegen gingen trotz einiger Kratzer an ihrem Image als große Staatsmänner in die Geschichte ein. Die Bayern mögen mir verzeihen, wenn ich diesen Unterschied so deutlich hervorhebe!

Doch auch im 20. Jahrhundert bildeten sich Legenden, die allerdings ein ungläubiges Staunen in mir hervorrufen.

Ich denke hier an die Idealisierung Verblichener, die, in welcher Form auch immer, zwar Aufsehen erregt, aber nichts Besonderes geleistet haben, als dass die Menschheit davon profitieren könnte. Mir fallen Namen wie Evita Perón, Marilyn Monroe und Prinzessin Diana ein, deren Huldigung samt Wunsch nach Unsterblichkeit längst ein zumutbares Maß überschritten hat. Ich sage das beileibe nicht aus gekränkter Eitelkeit. Ein Spötter wie ich weiß, dass er nicht mit Verehrung, sondern eher mit Verachtung rechnen muss.

Auch der Klamauk, dem manche Meister ihres Fachs zu Lebzeiten ausgesetzt waren – mir fallen der Schauspieler Curd Jürgens, der Künstler Joseph Beuys, die Operndiva Maria Callas und der Dirigent Herbert von Karajan ein – und dem andere heute ausgeliefert sind, bewegt sich in Dimensionen, wo es manchem Normalsterblichen die Sprache verschlägt. Das Spektrum, dem die Prominenten zugeordnet werden, reicht dabei vom Shooting-Star über den Star und den Superstar bis hin zum Mega-Star. Fragt sich nur, wann der Giga-Star geboren wird. Für mich ist ein Star immer noch ein Augenleiden oder ein Vogel, womit ich nicht ausschließen möchte, dass der eine oder andere dieser sogenannten Stars ein Augenleiden oder gar einen Vogel hat. Schon zu meiner Zeit gab es Fälle, in denen für derartige, nicht selten schräge Vögel eine Art Vogelschie-ßen veranstaltet wurde.

(Anmerkung des Briefempfängers: ein Fall dieser Art kann Heines *Drittem Brief aus Berlin* entnommen werden.

[...] Aber was soll ich von der Neumann sagen, die alle Berliner bezaubert, und sogar die Rezensenten? Was nicht alles ein schönes Gesicht tut! Es ist ein Glück, daß ich kurzsichtig bin, sonst hätte diese Circe mich eben so in ein graues Tierlein verwandelt, wie einen meiner Freunde. Dieser Unglückliche hat jetzt so lange Ohren, daß das eine in der Vossischen Zeitung, und das andre in der Haude- und Spenerschen zum Vorschein kömmt. Einige Jünglinge hat diese Dame schon toll gemacht; einer derselben ist schon wasserscheu, und macht keine Verse mehr. Jeder fühlt sich glücklich, wenn er der schönen Frau näher kommen kann. Ein Gymnasiast hat sich in dieselbe platonisch verliebt, und hat ihr eine kalligraphische Probe seiner Handschrift zugeschickt. [...] Die gute Frau muß gewiß vom vielen Zuspruch ihrer Bewunderer belästigt werden. Man erzählt: ein kranker Mann, der neben ihr wohnt, habe keine Ruhe gehabt vor all den Menschen, die jeden Augenblick sein Zimmer aufrissen und fragten: "Wohnt hier Madame Neumann?" und er habe endlich auf seine Türe schreiben lassen: "Hier wohnt Madame Neumann nicht."

Man hat sogar die schöne Frau in Eisen gegossen, und verkauft kleine, eiserne Medaillen, worauf ihr Bildnis geprägt ist. Ich sage Ihnen, der Enthusiasmus für die Neumann grassiert hier wie eine Viehseuche. [...])

Hollywood ist ebenfalls zu einem Mythos geworden – als wären die Filmstudios andernorts nur peanuts, um einen weiteren Anglizismus zu gebrauchen. Dabei ist das Gros der heute produzierten Streifen nicht einmal die Dollars wert, die sie verschlungen haben. Ich denke, dass dieser Fleck auf der Landkarte Kaliforniens einzig und allein von der Größe einstiger Schauspieler und Regisseure zehrt. Die meisten – wohlgemerkt nicht alle – der gegenwärtig vor der Kamera stehenden Gestalten, für die Mimik und Gestik ganz offensichtlich kräftezehrende Leibesübungen sind, und die zigmal eine nur Sekunden dauernde Szene wiederholen müssen, bis sie endlich gezeigt werden kann, fallen in erster Linie durch ihre astronomisch hohen Gagen und ihren teils exzessiven Lebenswandel auf.

Erlauben Sie mir, dass ich in diesem Zusammenhang auf das Schönheitsideal zu sprechen komme, das eben diese Leute zu verkörpern glauben, und an dem sich ganze Scharen von Männlein und Weiblein zu orientieren versuchen. Sollte das Idol aus geliftetem Gesicht oder aufgerüstetem Körper bestehen – der Mann also über Muskelpakete, die Frau über einen Silikonbusen verfügen – schreckt das den Fan keineswegs ab, sondern spornt ihn eher zur Nachahmung an.

Zum Kult wurden und werden auch gewisse Ensembles hochstilisiert: Bands, die für die meisten Schwächeanfälle weiblicher Fans sorgen, aber oft nur Randnotizen wert sind; Tanzgruppen wie die Sambatänzer, deren ständiges Trommeln manchem Musikbegeisterten auf die Nerven geht; Chöre, deren größter zweifellos die Fischer-Chöre sind, weil sie fast in Heeresstärke auftreten. Die Reihe könnte beliebig fortgesetzt werden.

Auch an Zeremonien hatten und haben die Menschen immer noch einen Narren gefressen. Insbesondere, wenn in einer Monarchie eine Vermählung oder eine Geburt gefeiert wird, sind die Anhänger der Blaublütigen schier aus dem Häuschen. Die Sucht nach Heile-Welt-Märchen wie die Hochzeiten in Persien mit Soraya, in Monaco mit Grace Kelly, in Schweden mit Silvia Sommerlath und in England mit Lady Diana Spencer sorgte bei den bürgerlichen Romantikern für eine erhöhte Herzfrequenz.

(Anmerkung des Briefempfängers: eine persönlich miterlebte Adelshochzeit beschreibt Heine ebenfalls im *Dritten Brief aus Berlin.*

[...] Es war ein furchtbares Menschengewühl auf dem Schloßhofe. Das muß man sagen, die Berlinerinnen sind nicht neugierig. Die zartesten Mägdlein gaben mir Stöße in die Seiten, die ich noch heute fühle. Es war ein Glück, daß ich keine schwangere Frau bin. Ich quetschte mich aber ehrlich durch, und gelangte glücklich ins Portal des Schlosses. [...] Ich konnte jetzt ganz gut die hohen Herren und Damen aussteigen sehen, und mich amüsierten recht sehr die vornehmen Hofkleider und Hofgesichter. [...]

Ich [...] begab mich nach dem Lustgarten. Da standen wirklich zwölf Kanonen aufgepflanzt, die dreimal losgeschossen werden sollten, in dem Augenblick, wo das fürstliche Brautpaar die Ringe wechseln würde. An einem Fenster des Schlosses stand ein Offizier, der den Kanonieren im Lustgarten das Zeichen zum Abfeuern geben sollte. Hier hatte sich eine Menge Menschen versammelt. Auf ihren Gesichtern waren ganz eigne, fast sich widersprechende Gedanken zu lesen.

Es ist einer der schönsten Züge im Charakter der Berliner, daß sie den König und das königliche Haus ganz unbeschreiblich lieben. Die Prinzen und Prinzessinnen sind hier ein Hauptgegenstand der Unterhaltung in den geringsten Bürgerhäusern. Ein echter Berliner wird auch nie anders sprechen, als "unsre" Charlotte, "unsre" Ale-

xandrine, "unser" Prinz Karl usw. Der Berliner lebt gleichsam in die königl. Familie hinein, alle Glieder derselben kommen ihm wie gute Bekannte vor, er kennt den besondern Charakter eines jeden, und ist immer entzückt, neue schöne Seiten desselben zu bemerken. [...] Da donnerten plötzlich die Kanonen, die Damen zuckten zusammen, die Glocken läuteten, Staub- und Dampfwolken erhoben sich, die Jungen schrieen, die Leute trabten nach Hause, und die Sonne ging blutrot unter hinter Monbijou. [...])

Gegen den adligen Pomp kommen Hochzeiten der bürgerlichen Prominenz nur bedingt an – selbst wenn die Zaungäste in Scharen zur Stelle sind, um ihre Neugier zu befriedigen. Wenn es bei Ereignissen dieser Art traditionell die mehrspännigen Kutschen sind, die die Aufmerksamkeit auf sich ziehen und in den Gesichtern der Zuschauer zu erhöhtem Wasserverbrauch führen, dann sind dies bei Siegerehrungen zum Beispiel Olympischer Spiele das Besteigen des Olymp – pardon! des Podests – und das Hissen der Flaggen in Verbindung mit dem Abspielen der Nationalhymnen.

Wir beide wissen natürlich, dass die Gesellschaft nicht nur dem einen oder anderen Kult frönt oder sich an diversen Mythen und Legenden ergötzt. Auch gegen Ereignisse, die viel Leid über sie gebracht haben und immer wieder über sie bringen werden, wird sie niemals gefeit sein – egal, ob eigenes Verschulden vorliegt oder nicht. Das ist der ewig stattfindende Wechsel zwischen Träumen und Tragödien. Umso bedauerlicher ist die Wallfahrt von Gaffern, die wie Maulwürfe aus dem Boden kriechen, den jeweiligen

Schauplatz belagern und die Rettungskräfte bei ihren Hilfs-aktionen obendrein noch behindern.

Auch von Seuchen sind die Menschen hierzulande nicht verschont geblieben. Bereits zu meiner Zeit wurden sie von einer Cholera-Epidemie, von Missernten und Hungersnot heimgesucht. Viele wanderten nach Amerika aus. Nach meinem Ableben rissen die Hiobsbotschaften keineswegs ab: erst wütete die Spanische Grippe mit zig Millionen Toten allein in Europa; dann sorgte die Einnahme des Schlafmittels *Contergan* während der Schwangerschaft für Missbildungen bei Neugeborenen; und schließlich machte die Kinderlähmung viele junge Menschen zu Krüppeln. Über die Verbreitung von Aids hatte ich bereits berichtet. Trotz der Möglichkeit, sich heutzutage gegen verschiedene Krankheiten vorbeugend impfen zu lassen, sind Epidemien auch künftig nicht vollends auszuschließen, zumal viele von Impfmüdigkeit übermannt werden. Zu weiteren, von Tie-ren stammenden Erregern, werde ich mich später noch äußern.

Ergänzend möchte ich ein Thema aufgreifen, das Deutschland, ja ganz Europa zunehmend in Atem halten wird: die Zu- und Abwanderung. Politisch, ökonomisch und ökologisch bedingte Krisen – vorrangig in den Ent-wicklungsländern ausgelöst – werden den Gezeiten glei-chen. Während bei Flut eine Einwanderungswelle nach der anderen an Land gespült wird, die allmählich zu einem Tsunami anschwillt, zieht sich bei Ebbe die Elite – allen voran die deutsche – mehr und mehr zurück, weil sie in ihrer Heimat wegen bürokratischer Hürden und staatlicher

Überregulierung keine Zukunft mehr sieht. Tolle Aussichten sind das!

Lassen Sie mich noch ein paar Worte zu Trends sagen. Stellvertretend für andere möchte ich speziell zum Aufkommen der Burschenschaften, zur Herabsetzung der Volljährigkeit sowie zur Einführung des Kabel- und Satellitenempfangs etwas hinzufügen.

Die Burschenschaften stellen nach wie vor ein fragwürdiges Spektakel dar: wenn die Korporationen – Aktive und Alte Herren der Schlagenden Verbindungen – beim Coburger Convent aufmarschieren; wenn sie sich im Stadion bei Leichtathletik-Wettkämpfen messen (immerhin besser, als ihre Gesichter mit Mensuren zu verzieren); wenn sie auf dem Schlossplatz – mit Mütze und Schärpe ausgestattet – ihre Fahnen schwenken und mit den Säbeln rasseln; wenn sie am Ehrenmal im Hofgarten Kränze niederlegen und Mahnwachen zu Ehren der Kriegstoten halten (die besser die Finger von Wilhelms und Adolfs Gemetzel gelassen hätten); und wenn sie auf dem Marktplatz nach Einbruch der Dunkelheit mit Fackeln herumfuchteln, ehe sie am Tag danach den ganzen Spuk mit einem Besäufnis beenden. Auf diesen Verein war ich noch nie gut zu sprechen.

(Anmerkung des Briefempfängers: über die Göttinger Burschenschaften lässt sich Heine in der *Harzreise* aus.

[...] Einige behaupten sogar, die Stadt sei zur Zeit der Völkerwanderung erbaut worden, jeder deutsche Stamm habe damals ein ungebundenes Exemplar seiner Mitglieder darin zurückgelassen, und

davon stammten all die Vandalen, Friesen, Schwaben, Teutonen,
Sachsen, Thüringer usw., die noch heut zu Tage in Göttingen,
hordenweis, und geschieden durch Farben der Mützen und der
Pfeifenquäste, über die Weenderstraße einherziehen, auf den blutigen
Walstätten der Rasenmühle, des Ritschenkrugs und Bovdens sich
ewig unter einander herumschlagen, in Sitten und Gebräuchen noch
immer wie zur Zeit der Völkerwanderung dahinleben, und teils durch
ihre Duces, welche Haupthähne heißen, teils durch ihr uraltes Ge-
setzbuch, welches Comment heißt und in den legibus barbarorum eine
Stelle verdient, regiert werden. [...])

Die Volljährigkeit ist ein Kapitel für sich. Ich vermag
nicht nachzuvollziehen, warum ein junger Mensch, der
früher erst mit einundzwanzig Jahren den Verstand eines
Erwachsenen hatte, diesen nun schon mit achtzehn Jahren
haben soll – zumal das Bildungsniveau eher gesunken ist.
Doch hege ich einen Verdacht, was es mit der unterschiedlichen Auslegung auf sich haben könnte. Ein Kreuz auf
einem Wahlzettel zu hinterlassen, stellt keine allzu hohen
Anforderungen an den Jungwähler, zumal die Politiker
austauschbar geworden sind – wie die Gesichter der Innenstädte, auf die ich bereits an anderer Stelle eingegangen bin.
Nicht kriminell zu werden, bedarf hingegen der Vertraut-
heit mit dem Strafgesetzbuch, was wiederum Lesekenntnis-
se voraussetzt. Also wird der Jungtäter erst mit einundzwanzig voll straffähig. Fazit: mit achtzehn Jahren
reicht der Verstand für den Urnengang aus, für den Gang
hinter Gitter eher nicht.

Kommen wir noch zum Kabel- und Satellitenempfang von Fernsehsendungen. Diese neue Errungenschaft, die als eine der Krönungen des Medienzeitalters gepriesen wurde, soll wahrscheinlich den biologischen Abgang beschleunigen. Schon die Ausstrahlung von Beiträgen eines einzigen Senders bleibt längst nicht so lange im Gedächtnis haften wie der Besuch einer Theateraufführung oder eines Konzerts. Schaltet der Fernsehfreak aber ständig zwischen zig Kanälen hin und her, weiß er am nächsten Tag nicht einmal mehr, was er überhaupt gesehen hat – vom Inhalt ganz zu schweigen. Neben der Verkümmerung des Geistes kommt schließlich die des Körpers hinzu. Denn zum Zappen genügt die Betätigung der Fernbedienung, die ein Verlassen des Platzes erübrigt und somit zu noch mehr Trägheit verleitet. Ach ja, für die Ernährung ist auch gesorgt. Mit Erdnüssen, Salzstangen und einer Flasche Bier lässt es sich vor der Flimmerkiste lange aushalten.

Interessant ist ohnehin, was einer Gesellschaft so alles einfällt. Ich denke vor allem an die typisch deutsche Vereinsmeierei und die Inanspruchnahme zweifelhafter Dienste. Beginnen möchte ich mit den Vereinen. Prinzipiell ist nichts dagegen einzuwenden, wenn sich jemand einer solchen Interessengemeinschaft anschließt, um ein bestimmtes Hobby zu pflegen. Ich denke an sportliche Betätigung; an die Mitwirkung als Laie in einem Theater, einem Chor oder einem Orchester; an ehrenamtliche Arbeit im sozialen Bereich; an die Mitgliedschaft in einer politischen Partei – auch wenn diese für mich niemals in Frage gekommen wäre; und an die Pflege von Traditionen. Insbesondere

Jugendliche ohne berufliche Perspektive, vor allem aber diejenigen mit einem Hang zur Gewalt, könnten damit auf andere Gedanken gebracht werden. Hingegen vermag ich mit Züchtern von irgendwelchen Tieren – zum Beispiel Tauben, deren monotones Gurren mein Gemüt strapaziert – oder mit Schützen in Uniform, die mit ihren Orden am Revers an Veteranen vergangener Kriege erinnern, nichts anzufangen.

Was die Inanspruchnahme mancher Dienste betrifft, kann ich mich nur wundern, an welchen Zinnober die Leute glauben: an die Wahrsagerin, die in ihrer Glaskugel alles sieht, nur nicht die Wahrheit; an den Heilpraktiker, der sein medizinisches Fachwissen in Wochenendkursen erworben hat und die gutgläubigen Patienten mit eigenhändig zusammengebrauten Heilwässerchen versorgt; an den Wünschelrutengänger, der Wasseradern im Boden zu finden glaubt; oder an den Anlageberater, der andere zu Geldanlagen überredet, die er selbst niemals tätigen würde. Und so könnte man noch weitere Scharlatane nennen, die ihre naiven Opfer nur übers Ohr hauen wollen.

Abschließend will ich an einige Bündnisse und Bewegungen erinnern, die auf kultureller Ebene eingegangen beziehungsweise in Gang gesetzt wurden. Anfang des 20. Jahrhunderts wurde die Künstlervereinigung *Die Brücke* gegründet, die sich vom Impressionismus abwandte. Neben den Malern schlossen sich über vierzig Jahre später auch die Schriftsteller zur *Gruppe 47* zusammen, die großen Einfluss auf die neue deutsche Literatur ausübte. Dem wollten die Musiker natürlich nicht nachstehen, als sie die

Neue Deutsche Welle mit Rockmusik experimentierfreudiger Bands aus der Taufe hoben, was der Qualität der Musik aber nicht immer dienlich war. Viele werden sich noch an ein Trio erinnern, das den geistreichen Song *Da, da, da* kreierte. Letztlich wurde auch die aus den USA stammende Pop-Art-Kunst, die die Grenze zwischen Kunst, Reklame und Comic aufhob, in Europa populär. Wie immer in sämtlichen Sparten der Kultur spielt nicht nur der Geschmack, sondern auch der Zeitgeist eine wesentliche Rolle.

(Anmerkung des Briefempfängers: auf die neueste Musikwelle der damaligen Zeit geht Heine im *Zweiten Brief aus Berlin* näher ein.

[...] Haben Sie noch nicht Maria von Webers "Freischütz" gehört? Nein? Unglücklicher Mann! Aber haben Sie nicht wenigstens aus dieser Oper "das Lied der Brautjungfern" oder "den Jungfernkranz" gehört? Nein? Glücklicher Mann!

Wenn Sie vom Hallischen nach dem Oranienburger Tore, und vom Brandenburger nach dem Königs-Tore, ja selbst, wenn Sie vom Unterbaum nach dem Köpnicker Tore gehen, hören Sie jetzt immer und ewig dieselbe Melodie, das Lied aller Lieder – "den Jungfernkranz".

[...] Bin ich mit noch so guter Laune des Morgens aufgestanden, so wird doch gleich alle meine Heiterkeit fortgeärgert, wenn schon früh die Schuljugend, den "Jungfernkranz" zwitschernd, meinem Fenster vorbeizieht. Es dauert keine Stunde, und die Tochter meiner Wirtin steht auf mit ihrem "Jungfernkranz". Ich höre meinen Barbier "den Jungfernkranz" die Treppe heraufsingen. Die kleine Wäscherin

kommt "mit Lavendel, Myrt und Thymian". So gehts fort. Mein Kopf dröhnt. Ich kanns nicht aushalten, eile aus dem Hause und werfe mich mit meinem Ärger in eine Droschke. Gut, daß ich durch das Rädergerassel nicht singen höre. [...]

Und nun den ganzen Tag verläßt mich nicht das vermaledeite Lied. Die schönsten Momente verbittert es mir. Sogar wenn ich bei Tisch sitze, wird es mir vom Sänger Heinsius als Dessert vorgedudelt. Den ganzen Nachmittag werde ich mit "veilchenblauer Seide" gewürgt. Dort wird der Jungfernkranz von einem Lahmen abgeorgelt, hier wird er von einem Blinden heruntergefiedelt. Am Abend geht der Spuk erst recht los. Das ist ein Flöten, und ein Gröhlen, und ein Fistulieren, und ein Gurgeln, und immer die alte Melodie. Das Kasparlied und der Jägerchor wird wohl dann und wann von einem illuminierten Studenten oder Fähndrich, zur Abwechslung, in das Gesumme hineingebrüllt, aber der Jungfernkranz ist permanent; wenn der eine ihn beendigt hat, fängt ihn der andere wieder von vorn an; aus allen Häusern klingt er mir entgegen; jeder pfeift ihn mit eigenen Variationen; ja, ich glaube fast, die Hunde auf der Straße bellen ihn. [...]

Auch zur neuesten Literaturwelle dieser Zeit bezieht Heine im *Zweiten Brief aus Berlin* Stellung.

[...] Wie komme ich aber [...] zu den Werken von Sir Walter Scott? Denn von diesen muß ich jetzt sprechen, weil ganz Berlin davon spricht, weil sie "der Jungfernkranz" der Lesewelt sind, weil man sie überall liest, bewundert, bekritelt, herunterreißt und wiederliest. Von der Gräfin bis zum Nähmädchen, vom Grafen bis zum Laufjungen, liest alles die Romane des großen Schotten; besonders

unsre gefühlvollen Damen. Diese legen sich nieder mit "Waverley",
stehen auf mit "Robin dem Roten", und haben den ganzen Tag den
"Zwerg" in den Fingern. Der Roman "Kenilworth" hat gar beson-
ders furore gemacht. Da hier sehr wenige mit vollkommner Kenntnis
des Englischen gesegnet sind, so muß sich der größte Teil unserer
Lesewelt mit französischen und deutschen Übersetzungen behelfen.
Daran fehlt es auch nicht. Von dem letzten Scottischen Roman: Der
Pirat sind vier Übersetzungen auf einmal angekündigt. [...])

Was die Gesellschaft angeht, sind ebenfalls eine Reihe
von Werken in Kunst und Literatur erschienen. Bereits zu
meiner Zeit stellte der Maler Carl Spitzweg mit seinem Bild
Der arme Poet auf ironische Weise die Situation eines mittel-
losen Künstlers dar. Siebzig Jahre danach geißelte Käthe
Kollwitz mit dem Zyklus *Bilder vom Elend* die Anfang des
20. Jahrhunderts grassierende Armut im Deutschen Reich.
Nach dem Zweiten Weltkrieg schilderte Wolfgang Borchert
in seinem Bühnenwerk *Draußen vor der Tür* die Hoffnungs-
losigkeit eines heimkehrenden Kriegsgefangenen – der
Schriftsteller starb einen Tag vor der Uraufführung. Und
auch in Romanen wurden der Krieg und die Jahre danach
behandelt: die Kriegswirren in *Die Blechtrommel* von Günter
Grass, die Spaltung Deutschlands in *Mutmaßungen über Jakob*
von Uwe Johnson sowie die Verquickung von Vergangen-
heitsbewältigung und Gegenwartskritik in *Billard um
halbzehn* von Heinrich Böll.

Für heute soll es genug sein. Ich hoffe, Sie auch diesmal gut unterhalten zu haben. Was ich zu erwähnen vergaß, ist, dass auch heutzutage gewisse Vorlieben geradezu zelebriert werden. Bei Romanen sind es bevorzugt Krimis, die in endlosen Serien verschlungen werden und mit deren Protagonisten man eine ganze Armee aufstellen könnte, die, anstatt feindliche Heere zu bekämpfen, auf die Jagd nach Verbrecherbanden geht. Nur beim Gedudel irgendwelcher Melodien, die gerade *in* sind, wird heute seltener das Umfeld, dafür umso mehr das eigene Gehör malträtiert, indem fast jeder Heranwachsende mit Kopfhörern durch die Gegend rennt und, wenn er Pech hat, mit anderen Verkehrsteilnehmern kollidiert. Aber was soll ich mich darüber echauffieren. Bevor ich Sie in meinem nächsten Brief mit der Wirtschaft konfrontiere, grüße ich Sie für diesen Moment!

Herzlichst Ihr
Heinrich Heine

Soll und Haben

Teuerster S.!

Mein Gott, ist das ein Desaster. Die Wirtschaft, die ich jetzt als nächste Institution ins Visier nehmen werde, und von der ich geglaubt habe, sie sei mit der damaligen Zeit nicht mehr vergleichbar, hat mich bitter enttäuscht. Mehr noch: sie hat mich eines Besseren belehrt. Dass sich Staat und Religion, ja selbst die Gesellschaft ganz allgemein kaum ändern würden, habe ich nie in Frage gestellt. Aber dass sich die Arbeitswelt mehr denn je die Ausbeutung der Menschen auf die Fahnen geschrieben hat, sich dem mit Recht so bezeichneten Turbokapitalismus widerstandslos hingibt, den das verfluchte Amerika mit seinen zähnefletschenden Spekulanten und Vermögensdieben über die ganze Welt gestreut hat, hat mich im wahrsten Sinn des Wortes schockiert. Die Auswirkungen auf die Menschen, die das Humankapital darstellen, sind gewaltig – im positiven wie im negativen Sinn. Technische Errungenschaften, die wie früher zu Firmengründungen führen können, stellen die positive Seite dar; die negative jedoch zeigt sich in den geografischen Verlagerungen des Anlagekapitals, das einen zunehmenden Kampf um Arbeitsplätze geradezu provoziert. Aber lassen Sie mich etwas weiter ausholen.

Beginnen möchte ich mit dem Pioniergeist von Menschen, die mit ihren Ideen nicht nur zur Steigerung der Lebensqualität, sondern auch zu deren Finanzierung beigetragen haben, indem sie Unternehmen aufbauten und somit für Beschäftigung sorgten. Otto Normalverbraucher, für den es schon immer selbstverständlich war, dass sich andere um die Sicherung seiner Existenz Gedanken machen sollten, hat bis heute nicht begriffen, wie viel Engagement und Risikobereitschaft hinter einem Unternehmerdasein steckt. Dass dies in jüngster Zeit nur noch für Mittelständler zutrifft, weil sich die angestellten Manager in den Vorstandsetagen der Großunternehmen lieber die eigenen Taschen vollstopfen, anstatt soziale Verantwortung zu übernehmen, steht auf einem ganz anderen Blatt. Doch auch der in Lohn und Brot stehende Beschäftigte sollte nicht das Unschuldslamm spielen. Kapitalanlagen mit unrealistischen Renditeversprechen machen ihn gierig und blind zugleich gegen das hohe Risiko eines Totalverlusts.

Dampfmaschine und Gasbeleuchtung waren bereits zu meiner Zeit bekannt – auch Namen von Fabrikanten wie Friedrich Krupp, August Borsig, Carl Zeiss und Werner von Siemens. Erst später folgten die elektrische Lokomotive, der Automotor, der Kraftwagen, die Lochkarten-Zählmaschine und der Dreifarbendruck, um einige Neuerungen zu nennen. Die große Technik-Ära setzte im 20. Jahrhundert ein, als unter anderen das Fließband, der Volkswagen, der Computer, der Wankel-Motor, die Magnetschwebebahn und der Airbus Aufsehen erregten.

Die Gegenwart wird von der Globalisierung der Märkte beherrscht, wobei die biblische Geschichte von David und Goliath auf den Kopf gestellt wird: dort besiegte David den Goliath, während hier die Kleinen von den Großen gefressen werden – ähnlich der Nahrungskette in der Tierwelt.

Dass in dieser Geschichte nicht die Moral, sondern der Profit das Kernthema der Handlung ist, wird von den Hauptdarstellern gern unter den Teppich gekehrt. Die Folge ist, dass die Komparsen zunehmend an den Rand gedrängt und schließlich nach Hause geschickt werden. Damit jedoch nicht genug: die verbliebenen Betriebsstätten werden, wie früher die Festungen, geschleift und das Inventar außer Landes geschafft.

Diejenigen, die mit Hilfe der eroberten Schätze nach einem besseren Leben streben, werden eines Tages aber aus ihrem Traum erwachen und feststellen, dass auch sie nur zum Wohl anderer missbraucht wurden. Und weil sie nun gleichfalls unzufrieden sind und mehr fordern, wird man auch ihre Festungen nach und nach schleifen und das Inventar in andere Winkel der Welt schaffen, bis die letzte Bastion gefallen ist. Am Ende beginnt der Kreislauf wieder von vorn – mit dem Nachteil, dass der Mensch inzwischen müde geworden und das Inventar heruntergekommen ist.

Ein typisches Beispiel für diese Entwicklung ist das Zechensterben, das Sie ja noch selbst miterlebt haben. Die Kohle, die nicht mehr abgebaut wird, muss aus anderen Ländern importiert werden, was – bedingt durch den internationalen Preiswettkampf – auf Dauer teurer kommt. Ein Zahlenspiel, das wohl nur diplomierte Ökonomen verstehen. Dass die Arbeitsbedingungen in den Gruben nicht paradiesisch sind, steht außer Frage. Doch zu meiner Zeit waren sie weitaus schlechter, wie ich beim Besuch der Klausthaler Grube *Carolina* am eigenen Leib erfahren musste.

(Anmerkung des Briefempfängers: Heines Erlebnis ist in der *Harzreise* nachzulesen.

[...] Ich war zuerst in die Carolina gestiegen. Das ist die schmutzigste und unerfreulichste Carolina, die ich je kennen gelernt habe. Die Leitersprossen sind kotig naß. Und von einer Leiter zur andern gehts hinab, und der Steiger voran, und dieser beteuert immer: es sei gar nicht gefährlich, nur müsse man sich mit den Händen fest an den Sprossen halten, und nicht nach den Füßen sehen, und nicht schwindlicht werden, und nur bei Leibe nicht auf das Seitenbrett treten, wo jetzt das schnurrende Tonnenseil heraufgeht, und wo, vor vierzehn Tagen, ein unvorsichtiger Mensch hinunter gestürzt und leider den Hals gebrochen. Da unten ist ein verworrenes Rauschen und Summen, man stößt beständig an Balken und Seile, die in Bewegung sind, um die Tonnen mit geklopften Erzen, oder das hervorgesinterte Wasser, herauf zu winden. Zuweilen gelangt man auch in durchgehauene Gänge, Stollen genannt, wo man das Erz wachsen sieht, und wo der einsame Bergmann den ganzen Tag sitzt und mühsam mit dem Hammer die Erzstücke aus der Wand heraus klopft. [...] unter uns gesagt, dort, bis wohin ich kam, schien es mir bereits tief genug: – immerwährendes Brausen und Sausen, unheimliche Maschinenbewegung, unterirdisches Quellengeriesel, von allen Seiten herabtriefendes Wasser, qualmig aufsteigende Erddünste, und das Grubenlicht immer bleicher hinein flimmernd in die einsame Nacht. Wirklich, es war betäubend, das Atmen wurde mir schwer, und mit Mühe hielt ich mich an den glitschrigen Leitersprossen. [...])

Auch die findigsten Unternehmer wussten schon damals, dass für ihre Produkte, wenn sie an den Mann oder die Frau gebracht werden sollten, einerseits Werbung betrieben und andererseits ein Verkehrswegenetz geschaffen werden musste. Kurz vor meinem Tod wurden in Berlin zwar die ersten Litfaß-Säulen aufgestellt, doch die Plakate, die darauf geklebt wurden, dienten in erster Linie der Bekanntmachung von Veranstaltungen. Erst Jahre danach begann das Anpreisen von Produkten und Dienstleistungen – in erster Linie auf Messen und Ausstellungen. Den Anfang machte die Leipziger Mustermesse, ehe im Verlauf der ersten Hälfte des 20. Jahrhunderts die Funkausstellung in Berlin und die Hannover-Messe folgten.

In den siebziger Jahren wurde bei Sportveranstaltungen die Banden- und Trikotwerbung eingeführt, wobei letztere die Athleten in mobile Litfaß-Säulen verwandelt. Man kann sogar sagen, der menschliche Körper wird – ähnlich den Kälbern, Rindern, Schafen und Schweinen – in Stücke gegliedert, von denen jedes zwar nicht auf einem Teller landet, aber einem anderen Sponsor zugeteilt wird. Weitere Einsatzmöglichkeiten bieten die Fernsehanstalten mit ihren Werbespots, wobei die Privatsender besonders penetrant sind, indem sie jede Sendung mehrmals unterbrechen.

Was die Infrastruktur angeht, wurde schon früh – allerdings erst nach meiner Zeit – der gesamte Verkehrsverbund aus Straße, Schiene und Wasserweg ins Kalkül gezogen. Auch Tunnel und Brücken flossen in die Planungen ein. Nur der Luftweg kam erst später hinzu. Das Straßennetz wurde um die Autobahnen erweitert – einer der wenigen geistreichen Einfälle der Nazis. Auf der Schiene startete die Deutsche Bundesbahn den Schnellverkehr – zunächst mit Intercity-Zügen, dann mit dem ICE. Und der Kaiser-Wilhelm-Kanal wurde bereits Ende des 19. Jahrhunderts als Wasserweg zwischen Nord- und Ostsee eröffnet. Mit der U-Bahn in Berlin ging man sogar unter die Erde – gefolgt vom Alten und Neuen Elbtunnel für Kraftfahrzeuge. Schließlich wurden noch zwei Meerengen zwischen dem Festland und den Inseln Sylt und Fehmarn überbrückt.

Weil aus den Fernverkehrsstraßen im Laufe von Jahren Schleichwege geworden sind, werden Lastkraftwagen mittlerweile mit Maut-Gebühren zur Kasse gebeten. Ein Bravourstück des Transportwesens ist das Herankarren von Obst, Gemüse, Fisch und Fleisch aus anderen Ländern – nur um den Gaumenfreuden von Millionen von Landsleuten nachzukommen, die partout nicht abwarten können oder wollen, bis bestimmte Früchte oder Gemüsesorten hierzulande reif sind, und, was Fisch und Fleisch angeht, nicht einsehen können oder wollen, dass bestimmte Fische nicht in unseren Gewässern und bestimmte Tiere nicht auf unseren Bauernhöfen zu finden sind.

Da ich mich in betriebswirtschaftlichen und volkswirtschaftlichen Dingen nicht sonderlich auskenne, weiß ich auch nicht, welche staatlichen Regulierungsmaßnahmen für die Wirtschaft gut sind und welche nicht. Ich erinnere mich noch, dass die Preußen während meiner Jugend die Gewerbefreiheit einführten und das Zollgesetz schufen. Seit meinen Recherchen weiß ich, dass nach dem Ersten Weltkrieg der Hyperinflation im Deutschen Reich durch den Austausch der Papiermark gegen die Rentenmark ein Ende bereitet wurde und nach dem Zweiten Weltkrieg der Marshallplan Hilfe beim wirtschaftlichen Wiederaufbau anbot – eine der positiven Seiten der Amerikaner. Zugleich sorgte die Währungsreform in Westdeutschland für einen Wechsel von der Reichsmark zur D-Mark. Die DDR verabschiedete indes ihren ersten Fünf-Jahres-Plan, der – wie alle nachfolgenden Pläne – in einer Mangelwirtschaft endete. Das heißt: es gab vieles zu kaufen, was weniger benötigt wurde und umgekehrt. Nach der Wende wurde zunächst die D-Mark Zahlungsmittel für alle Deutschen, ehe der Euro in der Europäischen Union eingeführt wurde.

(Anmerkung des Briefempfängers: ebenfalls in Heines *Harzreise* ist nachzulesen, dass er im Umgang mit Geld nicht sehr geübt war.

[...] In den Silberhütten habe ich, wie oft im Leben, den Silberblick verfehlt. In der Münze traf ich es schon besser, und konnte zusehen, wie das Geld gemacht wird. Freilich, weiter hab ich es auch nie bringen können. Ich hatte bei solcher Gelegenheit immer das Zusehen, und ich glaube, wenn mal die Taler vom Himmel herunter regneten, so bekäme ich davon nur Löcher in den Kopf, während die Kinder Israel die silberne Manna mit lustigem Mute einsammeln würden. Mit einem Gefühle, worin gar komisch Ehrfurcht und Rührung gemischt waren, betrachtete ich die neugebornen, blanken Taler, nahm einen, der eben vom Prägstocke kam, in die Hand, und sprach zu ihm: junger Taler! welche Schicksale erwarten dich! wie viel Gutes und wie viel Böses wirst du stiften! wie wirst du das Laster beschützen und die Tugend flicken, wie wirst du geliebt und dann wieder ver-

wünscht werden! wie wirst du schwelgen, kuppeln, lügen und morden helfen! wie wirst du rastlos umherirren, durch reine und schmutzige Hände, jahrhundertelang, bis du endlich, schuldbeladen und sündenmüd, versammelt wirst zu den Deinen im Schoße Abrahams, der dich einschmelzt und läutert und umbildet zu einem neuen besseren Sein. [...])

Zur Finanzierung der deutschen Einheit sollte der Solidaritätszuschlag beitragen, was teilweise gelungen ist. Aus der maroden DDR ist tatsächlich ein ansehnliches Land geworden – selbst wenn in den blühenden Landschaften hier und da noch Unkraut und Ungeziefer gedeihen. Zu erwähnen bleibt, dass die Treuhandanstalt manche ehemals volkseigene Bruchbude aus dem Verkehr gezogen oder wieder in Schwung gebracht hat. Bisweilen wurde mancher im Arbeiter- und Bauernstaat künstlich am Leben gehaltene Laden sogar vollständig übernommen. Die Kehrseite der Medaille zeigt, dass die Erhaltung der Infrastruktur im Westen Deutschlands dank der verplemperten Milliarden mehr und mehr auf der Strecke blieb. Sie offenbart aber auch, dass Massen von Werktätigen im Osten unsanft auf der Straße landeten und über Nacht vor dem Nichts standen.

Ich denke, Sie werden mir recht geben, dass der Kampf um Arbeitsplätze so alt ist wie die Menschheit – nur dass die Leute in grauer Vorzeit für sich und ihre Familie selbst sorgen mussten. Der Jäger, Fischer und Sammler war quasi sein eigener Herr. Erst als sich die Lebensformen änderten und gesellschaftliche Strukturen entstanden, begann das Spiel mit der Ausbeutung Schwächerer.

Schon in jungen Jahren erfuhr ich von einem Seidenweberstreik in Krefeld, der erbarmungslos niedergeschlagen wurde. Und noch zu Beginn meiner Matratzengruft mussten die Menschen – auch Jugendliche – vierzehn bis sechzehn Stunden am Tag schuften, was Unruhen mit Forderungen nach dem Zwölf-Stunden-Tag zur Folge hatte.

(Anmerkung des Briefempfängers: Heine prangert dieses Übel in seinem Gedicht *Die schlesischen Weber* an.

Im düstern Auge keine Träne,
Sie sitzen am Webstuhl und fletschen die Zähne:
"Deutschland, wir weben dein Leichentuch,
Wir weben hinein den dreifachen Fluch –
    Wir weben, wir weben!

Ein Fluch dem Gotte, zu dem wir gebeten
In Winterskälte und Hungersnöten;
Wir haben vergebens gehofft und geharrt,
Er hat uns geäfft und gefoppt und genarrt –
    Wir weben, wir weben!

Ein Fluch dem König, dem König der Reichen,
Den unser Elend nicht konnte erweichen,
Der den letzten Groschen von uns erpreßt,
Und uns wie Hunde erschießen läßt –
    Wir weben, wir weben!

Ein Fluch dem falschen Vaterlande,
Wo nur gedeihen Schmach und Schande,
Wo jede Blume früh geknickt,
Wo Fäulnis und Moder den Wurm erquickt –
 Wir weben, wir weben!

Das Schiffchen fliegt, der Webstuhl kracht,
Wir weben emsig Tag und Nacht –
Altdeutschland, wir weben dein Leichentuch,
Wir weben hinein den dreifachen Fluch,
 Wir weben, wir weben!"

In England herrschten damals ähnliche Zustände, wie Heines *Englischen Fragmenten* zu entnehmen ist.

[...] Der Übel größtes ist die Schuld. Sie bewirkt zwar, daß der englische Staat sich erhält, und daß sogar dessen ärgste Teufel ihn nicht zu Grunde richten; aber sie bewirkt auch, daß ganz England eine große Tretmühle geworden, wo das Volk Tag und Nacht arbeiten muß, um seine Gläubiger zu füttern, daß England vor lauter Zahlungssorgen alt und grau und aller heiteren Jugendgefühle entwöhnt wird, daß England, wie bei starkverschuldeten Menschen zu geschehen pflegt, zur stumpfsten Resignation niedergedrückt ist, und sich nicht zu helfen weiß – obgleich 900000 Flinten und eben so viel Säbel und Bajonette im Tower zu London aufbewahrt liegen.)

Einige Jahre nach meinem Tod besserten sich die Arbeitsbedingungen allmählich. Ferdinand Lasalle gründete den Allgemeinen deutschen Arbeiterverein in Leipzig, dem kurz darauf die deutsche Gewerkschaftsbewegung folgte. Seit Anfang des 20. Jahrhunderts drehten sich die Räder des Fortschritts immer schneller: auf der Zeche Bruchstraße in Bochum-Langendreer wurde im bis dahin größten Arbeitskampf im Ruhrbergbau die Achteinhalb-Stunden-Schicht mit Ein- und Ausfahrt durchgesetzt; die Arbeitslosenpflichtversicherung wurde eingeführt; das Gesetz über die Mitbestimmung der Arbeitnehmer in der eisenschaffenden Industrie und im Kohlebergbau wurde verabschiedet; bei Krankheit während der ersten sechs Wochen wurde Lohnfortzahlung gewährt; und in mehreren Wirtschaftszweigen wurde die Vierzig-Stunden-Grenze pro Woche deutlich unterschritten.

Aber beim Streben nach immer mehr Zugeständnissen ist irgendwann eine Grenze erreicht, ab der es im ungünstigsten Fall wieder bergab geht – wie bei einem Radsportler, der seine Kräfte total überschätzt hat. Mit der Zeit werden die Füße in den Pedalen müder, so dass die Räder des Fortschritts an Fahrt verlieren. Und wenn der an der Tour der Forderungen teilnehmende Fahrer vor lauter Ehrgeiz dann auch noch brenzlige Situationen heraufbeschwört, werden bei all dem Gerangel um Vorteile unnötige Strafen kassiert, die sich auf die Platzierung im Gesamtklassement negativ auswirken. So war es schließlich nicht verwunderlich, dass das Interesse der Massen an solchen Extratouren spürbar abnahm. Dazwischen allerdings, in den fünfziger Jahren, war genau das Gegenteil der Fall: eigene und fremde Radprofis, die als Gastfahrer in die Bresche sprangen, traten gemeinsam in die Pedale und lösten damit einen regelrechten Wirtschaftsboom aus.

Inzwischen hat sich der Abwärtstrend bestätigt. Zu Beginn des dritten Jahrtausends ist nur noch von Stellenabbau die Rede. Selbst traditionsreichen Unternehmen fällt nichts Besseres ein, als bewährte Mitarbeiter in die Frührente zu schicken. Dabei kommt es nicht selten vor, dass der Arbeitsplatzvernichtung – gerade bei den Wirtschaftsgiganten – Missmanagement zugrunde liegt.

Um die vom Goldfieber befallenen Anteilseigner der Goldminen nicht zu verprellen und den eigenen vergoldeten Sessel nicht aufs Spiel zu setzen, werden die Indianer von den Häuptlingen kurzerhand aus ihrem angestammten Reservat vertrieben. Ist bei einigen Anteilseignern der Goldrausch verflogen, weil sich die Goldadern in Goldesel verwandelt haben, drohen die Goldminen durch Goldhamster aufgekauft und das verbliebene Gold außer Landes geschafft zu werden. Die Häuptlinge dürfen sich über genügend Goldbarren für ein Leben in Saus und Braus freuen, während den Indianern nicht einmal Goldkronen als Ersatz für ihre desolaten Zähne bleiben.

(Anmerkung des Briefempfängers: Heine geht auf dieses Thema in seinem Gedicht *Weltlauf* ein.

Hat man viel, so wird man bald
Noch viel mehr dazubekommen.
Wer nur wenig hat, dem wird
Auch das wenige genommen.

Wenn du aber gar nichts hast,
Ach, so lasse dich begraben –
Denn ein Recht zum Leben, Lump,
Haben nur, die etwas haben.)

Ihnen sind sicher manche Krisen im Gedächtnis haften geblieben. Ich selbst erinnere mich noch gut an die erste zyklische Wirtschaftskrise knapp zehn Jahre vor meinem Ableben, unter der alle europäischen Länder zu leiden hatten. Mehr als achtzig Jahre später löste am sogenannten Schwarzen Freitag der Börsensturz an der Wall Street in New York sogar eine Weltwirtschaftskrise aus, die einen sprunghaften Anstieg der Konkurse nach sich zog. Nach dem Zweiten Weltkrieg traten die Sowjets als Bösewichte auf, als sie eine Wirtschaftsblockade über West-Berlin verhängten, worauf das US-Militär prompt mit der Errichtung einer Luftbrücke antwortete – zweifellos eine weitere Großtat der Amerikaner. In dasselbe Jahr fiel aber auch die Demontage der als Reparationsleistung bestimmten deutschen Industrieanlagen. Dass die westlichen Alliierten nach und nach davon abließen, um Deutschland nicht ganz auszubluten, hatte eher mit den Geschäftsinteressen vor allem der USA zu tun. Unsere Gönner auf der anderen Seite des Atlantiks waren sich dessen bewusst, dass sie nur an einem zahlungskräftigen Partner auf Dauer gut verdienten. Die erst kürzlich ausgebrochene Finanzkrise war hingegen das Werk des Teufels, der – in das Sternenbanner gehüllt und mit dem Dollar-Zeichen auf der Iris – seine Forke dazu benutzt hat, den weltweit betrogenen Anlegern den Todesstoß zu versetzen.

Es gab noch andere Ereignisse, die unsere Wirtschaft, wenn nicht gleich in die Krise, so doch wenigstens in ein Desaster führten. Ich denke nur an den Untergang des Schneider-Imperiums, dessen Vermögen durch Betrug und Urkundenfälschung angehäuft wurde und das letztlich mit einem riesigen Schuldenberg vor die Hunde ging – mit der Folge, dass zahllose Handwerksbetriebe Insolvenz anmelden mussten. Die bei der Vergabe von Krediten sonst eher knauserigen Herren in Nadelstreifen hatten dem stets im feinen Zwirn auftretenden Immobilienzar großzügig Darlehen ohne ausreichende Prüfung gewährt, während die im Blaumann steckenden Handwerker reihenweise abblitzten. Offen bleibt die Antwort auf die Frage, ob die Banken bei derartigen Geschäften nach dem Motto *Kleider machen Leute* oder *Hast du was, kriegst du was* verfahren.

(Anmerkung des Briefempfängers: Heine schreibt – erneut in seiner *Harzreise* – über einen auffälligen Handlungsreisenden.

[...] Nur der Kaffee nach Tische wurde mir verleidet, indem sich ein junger Mensch diskursierend zu mir setzte und so entsetzlich schwadronierte, daß die Milch auf dem Tische sauer wurde. Es war

ein junger Handlungsbeflissener mit fünfundzwanzig bunten Westen und eben so viel goldenen Petschaften, Ringen, Brustnadeln usw. Er sah aus wie ein Affe, der eine rote Jacke angezogen hat und nun zu sich selber sagt: Kleider machen Leute. Eine ganze Menge Charaden wußte er auswendig, so wie auch Anekdoten, die er immer da anbrachte, wo sie am wenigsten paßten. [...])

Nicht nur die Amerikaner, auch die Schweizer haben es faustdick hinter den Ohren, wenn es um die Moneten geht. Während erstere ihrem Gott *money* vertrauen, setzen die Eidgenossen auf die Devise *Geld stinkt nicht.* Insofern ist es durchaus nachvollziehbar, dass ihre Banken sowohl mit dem angelegten Geld als auch mit dem von den Nazis geraubten Gold der Holocaust-Opfer jahrzehntelang Geschäfte gemacht und sich dabei gesundgestoßen haben. Ein in Deutschland agierender Banker der Helvetier scheint dort eine vortreffliche Ausbildung genossen zu haben.

Überhaupt ist es mit der Ethik in manchen Vorstandsetagen nicht weit her. Die Bürosuiten werden als Selbstbedienungsläden missbraucht, deren mit Millionen gefüllte Regale schamlos geplündert werden. Und weil diese Leute den Hals nicht voll bekommen, greifen sie auch noch in die Kassen und manipulieren am Ende gar die Bücher. Die Aufsichtsräte, die als Hausdetektive eigentlich darauf achten sollten, dass die geklauten Gelder nicht aus den Läden geschmuggelt werden, schenken ihren Zöglingen stattdessen noch den verbliebenen Rest – als Dank für die miserable Leistung.

(Anmerkung des Briefempfängers: was Heine von Kaufleuten allgemein hielt, gibt er im *Zweiten Brief aus Berlin* zum Besten.

[...] Der Kaufmann hat in der ganzen Welt dieselbe Religion. Sein Comptoir ist seine Kirche, sein Schreibpult ist sein Betstuhl, sein Memorial ist seine Bibel, sein Warenlager ist sein Allerheiligstes, die Börsenglocke ist seine Betglocke, sein Gold ist sein Gott, der Kredit ist sein Glauben. [...])

Ob die Mitte des 19. Jahrhunderts aufgekommene industrielle Massenerzeugung als uneingeschränkt positive Errungenschaft bezeichnet werden darf, ist sicher Ansichtssache: einerseits können die billiger produzierten Güter von jedermann erworben werden; andererseits nimmt die Ausbeutung der Menschen deutlich zu. Während die Arbeit im Akkord immer mehr Leistung erfordert, schreiten die Knauserei bei der Entlohnung und die Monotonie des Fertigungsprozesses unaufhörlich voran.

Was Veröffentlichungen zu wirtschaftlichen Themen betrifft, möchte ich vor allem diejenigen hervorheben, die dem Kapitalismus in seinen hässlichsten Zügen, wie er sich leider mehr und mehr bei uns ausbreitet, ein schlechtes Zeugnis ausstellen. Hierzu gehört *Das Kapital* meines einstigen Freundes Karl Marx, das Theaterstück *Tod eines Handlungsreisenden* des amerikanischen Dramatikers Arthur Miller und das Buch *Ganz unten* des Enthüllungsjournalisten Günter Wallraff. Sie alle ließen an diesem menschenverachtenden System, das unserer bewährten Sozialen Marktwirtschaft – nach den Vorstellungen Ludwig Erhards – einen schleichenden Tod beschert, kein gutes Haar.

Damit bin ich nun fast am Ende meiner Abhandlungen über die Institutionen angelangt. Den Schlusspunkt bildet das Militär, auf das ich in meinem nächsten Brief eingehen werde. Ich denke, eine neuerliche Pause wird Ihnen guttun. Dass ich mich über den Staat, die Kirche, die Gesellschaft und die Wirtschaft in besonderem Maße ausgelassen habe, hängt mit meinen persönlichen Erfahrungen zusammen. Aber dass sich die Zeiten grundlegend geändert haben, kann ich nicht erkennen. Die Bürokratie treibt weiterhin ihr Unwesen. Die Religionen fürchten nach wie vor jegliche Erneuerung. Das Volk huldigt noch immer seinen Göttern. Und das Kapital sitzt unverändert am längeren Hebel. Ich denke, dass sich daran wohl nie etwas ändern wird. Leben Sie also wohl!

Herzlichst Ihr
Heinrich Heine

Krieg und Frieden

Teuerster S.!

Seien Sie vielmals gegrüßt! Ich hoffe, Sie sehen mir nach, dass ich heute um einleitende Worte wenig Aufhebens mache. Wie ich in meinem letzten Brief angedeutet habe, möchte ich abschließend auf die Institution Militär eingehen, ehe ich mich in den letzten Kapiteln erneut dem Individuum zuwende. Beginnen möchte ich mit den Schlachten in der Zeit Napoleons, die in meine Jugendjahre fielen, ehe ich mich mit weiteren kriegerischen Auseinandersetzungen bis in die Gegenwart hinein beschäftige.

Die verheerenden Niederlagen der preußischen Truppen gegen Napoleon bei Jena und Auerstedt führten zur Gründung des Rheinbundes. Das napoleonische Zeitalter, das auf jeden Fall mehr Annehmlichkeiten bot als die Epoche des Deutschen Bundes, die mich letztlich ins Pariser Exil trieb, hätte von längerer Dauer sein können, wenn der Korse nicht allzu übermütig geworden wäre. Sein Ende wurde in der Völkerschlacht bei Leipzig eingeläutet, als seine Truppen von alliierten Verbänden entscheidend geschlagen wurden. Damit musste er nicht nur seinen Expansionsgelüsten Tribut zollen, was zugleich die Auflösung des Rheinbundes zur Folge hatte. Auch mit der Herrlichkeit der Kaiserwürde war es nun vorbei. Ein Jahr später musste er mit der Insel Elba vorliebnehmen.

Während des Wiener Kongresses, auf dem eine Neuordnung Europas angestrebt wurde, kehrte er zwar durch einen Staatsstreich noch einmal nach Frankreich zurück, um sein ramponiertes Image aufzupolieren. Doch in der Schlacht bei Waterloo wurde sein endgültiges Aus besiegelt, landete er auf der einsam im Atlantik gelegenen Insel St. Helena, wo er sechs Jahre später starb. Erst nachdem zwei Jahrzehnte vergangen waren, erinnerten sich die Franzosen an ihren einst ruhmreichen Landsmann und wiesen ihm einen Ehrenplatz im Pariser Invalidendom zu.

In die Zeit des Deutschen Bundes fielen die deutschen Einigungskriege, von denen die Schlachten bei den Düppeler Schanzen und bei Königgrätz in die deutsche Geschichte eingingen. Ansonsten wurde diese Epoche von inneren Unruhen geprägt, die in demokratischer Hinsicht keinerlei Fortschritte brachten. Das preußische Militär hingegen blieb allgegenwärtig.

(Anmerkung des Briefempfängers: über das preußische Militär macht sich Heine in Caput III seines Versepos *Deutschland. Ein Wintermärchen* lustig.

[...]

Ich bin in diesem langweil'gen Nest
Ein Stündchen herumgeschlendert.
Sah wieder preußisches Militär,
Hat sich nicht sehr verändert.

Es sind die grauen Mäntel noch
Mit dem hohen, roten Kragen —
(Das Rot bedeutet Franzosenblut,
Sang Körner in früheren Tagen.)

Noch immer das hölzern pedantische Volk,
Noch immer ein rechter Winkel
In jeder Bewegung, und im Gesicht
Der eingefrorene Dünkel.

Sie stelzen noch immer so steif herum,
So kerzengrade geschniegelt,
Als hätten sie verschluckt den Stock,
Womit man sie einst geprügelt.

Ja, ganz verschwand die Fuchtel nie,
Sie tragen sie jetzt im Innern;
Das trauliche Du wird immer noch
An das alte Er erinnern.

Der lange Schnurrbart ist eigentlich nur
Des Zopftums neuere Phase:
Der Zopf, der ehmals hinten hing,
Der hängt jetzt unter der Nase.

Nicht übel gefiel mir das neue Kostüm
Der Reuter, das muß ich loben,
Besonders die Pickelhaube, den Helm
Mit der stählernen Spitze nach oben.

[...])

Wer nun glaubte, im Kaiserreich würde Ruhe und Ordnung einkehren, hatte sich gründlich getäuscht. Bis zum Ende des 19. Jahrhunderts wüteten der Araberaufstand in Deutsch-Ostafrika, der Hottentotten-Aufstand in Deutsch-Südwest und der Boxeraufstand in China, die von den Pickelhauben allesamt niedergeschlagen wurden. Und bevor der Dreibund aus Deutschem Reich, Italien und Österreich-Ungarn seine Lust auf weitere Kriege gegen Frankreich, Großbritannien und Russland in die Tat umzusetzen vermochte, was letzten Endes zum Ersten Weltkrieg führte, machte ein Schildbürgerstreich in Berlin Furore, über den die ganze Welt lachte. Der arbeitslose Schuster Wilhelm Voigt, der in Hauptmannsuniform und in Begleitung von zehn zufällig vorbeigekommenen Gardesoldaten den Bürgermeister von Köpenick verhaftete und die Stadtkasse einzog, um mit dem Geld das Land verlassen und eine neue Existenz aufbauen zu können, sorgte für eine Blamage des wilhelminischen Militärs mit seinem blinden Gehorsam – ein gefundenes Fressen für den Dramatiker Carl Zuckmayer, der das kuriose Ereignis in seinem Schauspiel *Der Hauptmann von Köpenick* verewigte.

Nach dem Attentat von Sarajevo auf das österreichisch-ungarische Thronfolgerpaar zeigte die Donaumonarchie Serbien die Rote Karte. Und wie ich bereits angedeutet hatte, fiel Wilhelm II. nichts Besseres ein, als die Gelegenheit für eine Kriegserklärung an Russland und Frankreich zu nutzen. Damit stand dem Ersten Weltkrieg nichts mehr im Wege.

Es war nicht nur ein sinnloser, sondern auch ein scheußlicher Krieg. Und ausgerechnet die Deutschen setzten an der Westfront in Belgien gegen die Schützengräben der Alliierten Giftgas ein, an dem fünftausend Soldaten zu Grunde gingen und zehntausend schwerste Vergiftungen erlitten – eine Art ungeahnter Probelauf für die Nazis, die im Dritten Reich mit Gas umzugehen wussten wie gewisse dunkle Mächte heutzutage mit Atom. Und weil der deutsche Kaiser von alledem noch nicht genug hatte, wurden Luftschiffe für Bombardements auf britische Hafenanlagen und befestigte Küstenstädte sowie U-Boote gegen die Handels- und sogar Zivilschifffahrt eingesetzt. Von den Gräueltaten der Deutschen angewidert, klinkte sich Italien aus dem Dreibund aus und wechselte die Seiten.

Es sollte aber noch schlimmer kommen. In der Hölle von Verdun mussten 364000 französische und 338000 deutsche Soldaten das Zeitliche segnen. Des Blutbades überdrüssig, setzten die Briten gepanzerte Kettenfahrzeuge ein, um den Pickelhauben so schnell wie möglich das Handwerk zu legen. Auch der Luftkrieg wurde ausgeweitet, indem Langstreckenbomber und mit Maschinengewehren bestückte Jagdflieger das Hauptkontingent an Kampfflugzeugen stellten. Mittlerweile wollten die USA nicht mehr tatenlos zusehen und griffen ebenfalls in das Gemetzel ein, während die Waffen an der Ostfront vorerst ruhten. Wie hirnrissig Wilhelm II., oder besser gesagt, sein oberster Heeresleiter Hindenburg agierte, zeigt der Einsatz des Balkan-Express von Berlin nach Konstantinopel, der keineswegs Touristen zur Hagia Sophia bringen sollte, sondern einzig und allein der kriegspolitischen Nutzung diente. Das Osmanische Reich war nämlich inzwischen zum Kriegsverbündeten aufgestiegen.

Wie in jedem Krieg gibt es am Ende Sieger und Besiegte. Und wenn es halbwegs gerecht zugeht, haben diejenigen, die den Streit vom Zaun gebrochen haben, die Konsequenzen zu tragen. So geschah es auch in diesem Fall. Den Deutschen und ihren Verbündeten, die wie begossene Pudel dastanden, wurden von den Alliierten die Waffenstillstandsbedingungen aufs Auge gedrückt, womit die vollständige politische und militärische Niederlage besiegelt war. Die Bilanz dieses ersten modernen Vernichtungskriegs, der ganz Europa ins Elend gestürzt hatte, fiel erschreckend aus: acht Millionen Gefallene, einundzwanzig Millionen Verwundete, sechseinhalb Millionen Kriegsgefangene; dazu allein im Deutschen Reich 763000 Zivilisten, die infolge der alliierten Hungerblockade an Unterernährung starben. War es das wirklich wert?

Wenn jetzt jemand glauben würde, die Verantwortlichen wären zur Besinnung gekommen und hätten Reue gezeigt, der unterläge einem gewaltigen Irrtum. Hindenburg, dessen graue Zellen sich denen seines ins Exil gegangenen Kaisers längst angepasst hatten, verbreitete stattdessen die sogenannte Dolchstoßlegende, indem er allen Ernstes behauptete, die deutsche Armee sei nicht besiegt, sondern von revolutionären Bestrebungen heimlich zersetzt worden.

Wen wundert es da, wenn alle Welt von heftigem Kopf-schütteln befallen wurde.

Schließlich blieb den Siegermächten gar nichts anderes übrig, als drei Jahre nach Kriegsende wegen Nichterfüllung von Reparationsleistungen einzelne Städte im Ruhrgebiet zu besetzen, um auf ihre Kosten zu kommen – was später sogar zur Beschlagnahme von Kohle führte. Erst Mitte der zwanziger Jahre zogen die Alliierten aus dem Ruhrgebiet ab, bald darauf die Franzosen aus dem Rheinland. Die Deutschen sollten die Chance zur Neuorientierung erhal-ten.

Was sie daraus gemacht haben, ist hinlänglich bekannt. Schon drei Jahre nach der Machtergreifung durch die Nazis marschierten dreißigtausend Soldaten der Wehrmacht in das entmilitarisierte Rheinland ein – eine Provokation ge-genüber den Siegermächten. Doch das war erst der Anfang. Weitere drei Jahre später zettelten sie den Zweiten Welt-krieg an, der den Ersten bei weitem übertreffen sollte.

Begonnen hatte alles mit dem Angriff auf Polen. Als Vorwand diente die seit dem Versailler Vertrag nicht erfüll-te Forderung nach Rückgliederung der Freien Stadt Danzig – verbunden mit dem Bau einer Straßen- und Eisenbahn-verbindung durch den Korridor. Es folgte der Einmarsch in Prag. Und weil die Hakenkreuzträger inzwischen auf den Geschmack gekommen waren, bedienten sie sich auf dem Büffet kontinentaler Begehrlichkeiten: sie flogen Angriffe auf Großbritannien und warfen Bomben auf London; sie landeten an der Küste Norwegens; sie machten sich in Dänemark breit und waren stinksauer, weil die dortige

Bevölkerung jegliche Gastfreundschaft vermissen ließ; und sie rissen sich die Benelux-Länder und Teile Frankreichs unter den Nagel. Der Gefreite aus Braunau hielt sich für den größten Feldherrn aller Zeiten.

Der Appetit der Nazis war damit noch längst nicht gestillt. Während die verbündeten Japaner ihre Kamikaze-Angriffe auf Pearl Harbor starteten, wurde der Rest des europäischen Büffets geplündert: erst überfielen sie Jugoslawien und Griechenland wie einst die Hunnen Europa; und dann zogen sie gemütlich bis vor die Tore Moskaus, bis der russische Winter zum ungemütlichsten aller Gegner wurde. Auch Rommels Panzer hatten in Afrikas Wüste reichlich Sand im Getriebe.

Schließlich kam es, wie es kommen musste: die feindlichen Bomben verwandelten die ersten deutschen Städte in Ruinen; im Kessel von Stalingrad erlebte die sechste Armee ihr Waterloo mit 146000 Gefallenen – nur dass die 118000 Überlebenden nicht nach St. Helena, sondern nach Sibirien verbannt wurden, wo die meisten von ihnen buchstäblich krepierten; an der Westfront bezogen sie von den Alliierten nach deren erfolgreicher Invasion in der Normandie reichlich Prügel; und die noch halbwegs intakten Großstädte gingen jetzt ebenfalls im Bombenhagel unter. Am Ende war fast das ganze Land ein einziger Trümmerhaufen.

Während die Japaner mit den Atombombenabwürfen der USA auf Hiroschima und Nagasaki die Quittung für ihre Kamikaze-Angriffe auf Pearl Harbor erhielten, wurden den Deutschen die längst lahm gewordenen Flügel gestutzt: die Rote Armee hisste als Zeichen des Sieges die Rote Fahne auf dem Dach des demolierten Reichstagsgebäudes in Berlin; die Amerikaner besetzten in Remagen die einzige intakte Rheinbrücke, ehe sie sieben Wochen später an der Elbe bei Torgau auf die Sowjets trafen; und der verbliebene Rest der Nazi-Führung, der sich aus dem Staub machen wollte, wurde in Flensburg in Empfang genommen und hinter schwedischen Gardinen einquartiert – die Feiglinge Hitler und Goebbels hatten sich der Verantwortung durch Suizid entzogen. Das Ergebnis dieses kollektiven Wahnsinns übertraf das Gemetzel des Ersten Weltkriegs deutlich: über zwanzig Millionen Soldaten und mehr als fünfzehn Millionen Zivilisten verloren ihr Leben.

Mit der Gründung der Bundesrepublik und der DDR nach dem Krieg hatten die Menschen vom Griff zur Waffe vorerst die Nase voll. Realität wurde dieser Wunsch nach Frieden aber nur im Westen Deutschlands und Europas. Im Osten begann es nach und nach zu gären: erst gingen unsere Landsleute jenseits der Demarkationslinie auf die Barrikaden, drei Jahre später folgten die Ungarn und weitere zwölf Jahre danach wehrten sich Tschechen und Slowaken im Prager Frühling gegen die kommunistischen Machthaber und den großen Bruder Sowjetunion, der bei der Niederschlagung aller drei Aufstände federführend war.

Allen Friedensbekundungen zum Trotz zeigte sich sehr bald, dass auf Dauer niemand auf beiden Seiten des Eisernen Vorhangs, wie Churchill die Grenze zwischen Ost und West treffend nannte, von militärischer Aufrüstung die Finger lassen wollte. Der Westen rief den Nordatlantikpakt, der Osten den Warschauer Pakt ins Leben. Und weil alle aus der Geschichte gelernt hatten, dass sie nichts gelernt haben, setzte ein regelrechtes Wettrüsten ein. In der BRD wurde die Bundeswehr, in der DDR die Nationale Volksarmee unter Waffen gestellt. Und um das Ganze noch ein bisschen mehr aufzuheizen, drohten Onkel Sam und Väterchen Frost damit, sich gegenseitig mit Atombomben die Hölle heiß zu machen.

Die Bundeswehr spielte bei diesem Zähnefletschen keineswegs nur die Rolle des abwartenden Beobachters: der Atombeschluss zur atomaren Aufrüstung brachte die Opposition zur Weißglut – Kundgebungen, Arbeitsniederlegungen und Schweigemärsche waren die Folge; der erste Zerstörer lief im Hamburger Hafen vom Stapel; die ersten Starfighter donnerten über bewohnte Gebiete und nervten die Anwohner – bis in die sechziger Jahre hatten sechsundzwanzig Maschinen nur noch Schrottwert und kosteten fünfzehn Piloten das Leben; und der NATO-Doppelbeschluss, dem auch die Bundesrepublik zustimmte, zielte auf die Modernisierung der in Westeuropa stationierten Mittelstreckenwaffen.

Auch mit anderweitigen Ereignissen sorgte die Bundeswehr für Schlagzeilen, die Führungsquartier und Kasernenmauern gleichermaßen ins Wanken brachten: der Untergang des Segelschulschiffs *Pamir* mit achtzig im Atlantik zurückgebliebenen Kadetten; der Fall *Kießling* des gleichnamigen Vier-Sterne-Generals, dem fälschlicherweise – wie sich später herausstellte – homosexuelle Kontakte unterstellt wurden; und – das hatte gerade noch gefehlt – der Vorwurf des Rechtsextremismus, nachdem ein Video mit simulierten Hinrichtungen und Vergewaltigungen bei der Vorbereitung auf den Bosnien-Einsatz aufgetaucht war, und ein als Rechtsradikaler entlarvter früherer Anwalt einen Vortrag vor Offizieren der Führungsakademie gehalten hatte. Gestatten Sie mir, dass ich angesichts von so viel Dummheit auf einen Kommentar verzichte. Verschweigen möchte ich allerdings nicht, dass die Bundeswehr mit ihren Einsätzen bei Naturkatastrophen und in internationalen Krisengebieten auch hervorragende Arbeit geleistet hat.

Was das Ende des Kalten Krieges angeht, hatte wenigstens Michail Gorbatschow seinen Verstand walten lassen, der anderen Machthabern abhanden gekommen war, als er mit Glasnost und Perestroika den Fall des Eisernen Vorhangs vorantrieb. Und plötzlich besannen sich auch die um die Sowjetunion kreisenden Satellitenstaaten, dass man außer mit Kalaschnikows auch mit Wasserpistolen spielen kann, die sich bestens dafür eignen, die erhitzten Gemüter ein wenig abzukühlen.

Militär und Krieg waren in Literatur und Malerei immer wieder ein Thema. Nach dem Ersten Weltkrieg avancierte der Antikriegsroman *Im Westen nichts Neues* von Erich Maria Remarque zum Millionen-Bestseller. Zehn Jahre später malte Pablo Picasso das riesige Bild *Guernica*, das die durch deutsche Bomber zerstörte spanische Stadt gleichen Namens zeigt. Und nach dem Zweiten Weltkrieg wurde Carl Zuckmayers Bühnenstück *Des Teufels General* von Helmut Käutner verfilmt.

Damit bin ich am Ende des Themenbereichs angelangt, der sich mit den Institutionen auseinandersetzt. Ich hoffe, dass Ihnen meine Briefe Freude bereitet haben. Nichts ist erquicklicher, als die närrische Dummheit mit Waffen zu bekämpfen – nicht mit Pistolen oder Gewehren, die körperliche Schäden hinterlassen, sondern mit Hohn und Spott, mit Ironie und Sarkasmus, die die abgeschalteten Hirne zum Glühen bringen. Das nächste Mal werde ich mit dem Sündenregister des Individuums fortfahren, ehe die Verbrechen am Menschen, an den Tieren und an der Umwelt zur Sprache kommen. Bis dahin leben Sie wohl!

Herzlichst Ihr
Heinrich Heine

Denn sie wissen nicht, was sie tun

Teuerster S.!

Der Zeitpunkt ist wieder einmal gekommen, dass ich mich bei Ihnen melde. Ich hoffe, dass ich Sie mit meinen letzten Briefen nicht zu langweilen beginne. Lassen Sie mich also mit meinen Ausführungen fortfahren. Sie wissen so gut wie ich, dass jedes Individuum nicht nur zu Beginn seines irdischen Daseins mit dem Geburtenregister und am Ende mit dem Sterberegister konfrontiert wird, sondern im Laufe seines Lebens auch über ein mehr oder weniger langes Sündenregister verfügt – wobei ich unter Sünden nicht Straftaten, sondern Macken, Leidenschaften, Süchte, Mutproben und Exzesse verstehe.

Macken hat jeder Mensch: der eine ist eitel, der andere eher nachlässig; dieser pflegt die Körpersprache, jener das Phlegma; manch einer kaut an den Fingernägeln, manch anderer auf einem Zahnstocher. Die Reihe ließe sich beliebig fortsetzen. Wer beispielsweise die Utensilien auf seinem Schreibtisch anhand eines Lineals ausrichtet, sollte nicht über denjenigen lästern, dessen Arbeitsplatz einem Altpapiercontainer gleicht. Wer seinen Gästen zumutet, sich still zu verhalten, um keinen Staub aufzuwirbeln, sollte sich nicht über denjenigen mokieren, dessen Gäste sich der Gefahr einer Staublunge aussetzen. Und wer meint, immer der erste sein zu müssen, sollte sich nicht darüber beschweren, wenn ein anderer es vorzieht, stets der letzte zu sein.

Auch über Leidenschaften sollte man sich nicht ereifern, sondern sie allenfalls schmunzelnd zur Kenntnis nehmen: der eine häuft Kronkorken an, der andere hält seine Fossilien-Sammlung für aufregender; dieser faltet Schiffchen aus Papier, jener macht beim Bau eines maßstabgetreuen Modells höhere Ansprüche geltend; manch einer begnügt sich mit dem Würfelspiel, manch anderer setzt lieber seine Gegner schachmatt.

Anders sieht es mit den Süchten aus, die zunächst mal denen schaden, die ihnen verfallen sind. Machen wir die Probe aufs Exempel: der oder die eine stopft sich den Magen voll und wundert sich, wenn die Waage verrückt spielt; der oder die andere betrachtet die Nahrungsaufnahme als sinnlose Völlerei und muss sich unter der Dusche hin und her bewegen, um nass zu werden; dieser oder diese versorgt sich mit Drogen und steht plötzlich unter Schock, wenn der Wechsel zwischen Traum und Realität zum Alptraum wird; jenem oder jener geschieht ähnliches, nur dass es sich diesmal um Medikamentenmissbrauch handelt. Allerdings geht jede Sucht auch zu Lasten des Gesundheitswesens, für das die Allgemeinheit bluten muss. Und nicht zuletzt führt sie im äußersten Fall zum Exitus des Betroffenen: die Fettsucht zum Herzinfarkt oder Schlaganfall; die Magersucht zum körperlichen Verfall und größerer Anfälligkeit für Krankheiten; der Drogen- bzw. Medikamentenkonsum wegen der Nebenwirkungen zu Organschäden bis hin zum Organversagen.

Doch auch Kauf- und Spielsucht sowie das Wetten und Spekulieren können für den Abhängigen tödlich sein –

nicht aus klinischer, aber aus finanzieller Sicht. Ob beim Leerräumen von Geschäften oder beim Abräumen in Spielbanken, ob beim Wetten – zum Beispiel auf das falsche Pferd – oder beim Verspekulieren an der Börse: überall lauert der pekuniäre Tod, der den leiblichen nicht selten nach sich zieht – ähnlich dem Russischen Roulette.

(Anmerkung des Briefempfängers: über die Begegnung mit einem Herrn – in Begleitung einer dicken und einer hageren Dame – in einem Wirtshaus zu Nordheim lässt sich Heine in der *Harzreise* aus.

[...] Nachdem ich meinen Magen etwas beschwichtigt hatte, bemerkte ich in derselben Wirtsstube einen Herrn mit zwei Damen, die im Begriff waren abzureisen. [...] Die eine Dame war die Frau Gemahlin, eine gar große, weitläufige Dame, ein rotes Quadratmeilen-Gesicht mit Grübchen in den Wangen, die wie Spucknäpfe für Liebesgötter aussahen, ein langfleischig herabhängendes Unterkinn, das eine schlechte Fortsetzung des Gesichtes zu sein schien, und ein hochaufgestapelter Busen, der mit steifen Spitzen und vielzackig festonierten Krägen, wie mit Türmchen und Bastionen umbaut war. Die andere Dame, die Frau Schwester, bildete ganz den Gegensatz der eben beschriebenen. Stammte jene von Pharaos fetten Kühen, so stammte diese von den magern. Das Gesicht nur ein Mund zwischen zwei Ohren, die Brust trostlos öde, wie die Lüneburger Heide; die ganze ausgekochte Gestalt glich einem Freitisch für arme Theologen. [...])

Die größten Übel sind diejenigen Süchte, die zu Belästigungen anderer führen. Wenn jemand Schwaden von Fisch oder Knoblauch hinter sich her zieht, mag das bei gewissen Leuten ein Naserümpfen hervorrufen. Geschädigt wird dadurch aber niemand. Wenn hingegen jemand mit Zigarettenqualm seine Umgebung in Nebel hüllt – und das ist in zunehmendem Maße das weibliche Geschlecht – verräuchert der oder die Betreffende nicht nur die eigene Lunge, die durch das Inhalieren von Nikotin zusätzlich geteert wird, sondern auch die der Nichtraucher – ausgenommen diejenigen, die zufällig mit einer Gasmaske ausgerüstet sind. Inzwischen gilt wenigstens in geschlossenen Räumen vielerorts ein Rauchverbot. Auch wer alkoholische Getränke in sich hineinschüttet, tut seiner Leber keinen Gefallen – abgesehen davon, dass er plötzlich doppelt sieht. Aber außer seiner Fahne haben die anderen nichts zu befürchten – es sei denn, der Trunkenbold kotzt die Bude voll.

(Anmerkung des Briefempfängers: ein auf dem Brocken erlebtes Saufgelage beschreibt Heine ebenfalls in der *Harzreise*.

[...] An unserem Tische wurde es immer lauter und traulicher, der Wein verdrängte das Bier, die Punschbowlen dampften, es wurde getrunken, smolliert und gesungen. [...] Und draußen brauste es, als ob der alte Berg mitsänge, und einige schwankende Freunde behaupteten sogar, er schüttle freudig sein kahles Haupt und unser Zimmer werde dadurch hin und her bewegt. Die Flaschen wurden leerer und die Köpfe voller. Der eine brüllte, der andere fistulierte, ein dritter

deklamierte aus der 'Schuld', ein vierter sprach Latein, ein fünfter predigte von der Mäßigkeit, und ein sechster stellte sich auf den Stuhl und dozierte [...] Und so gings weiter mit Sinn und Unsinn.

Ein gemütlicher Mecklenburger, der seine Nase im Punschglase hatte, und selig lächelnd den Dampf einschnupfte, machte die Bemerkung: es sei ihm zu Mute, als stände er wieder vor dem Theaterbüffet in Schwerin! Ein anderer hielt sein Weinglas wie ein Perspektiv vor die Augen und schien uns aufmerksam damit zu betrachten, während ihm der rote Wein über die Backen ins hervortretende Maul hinablief. [...])

Lassen Sie mich jetzt auf die Mutproben eingehen, zu denen ich unter anderem die Raserei auf Deutschlands Straßen zähle – übrigens dem einzigen Land weltweit, in dem noch private Autorennen erlaubt sind. In diesem Zusammenhang möchte ich das erwähnte Sündenregister ansprechen. Eigens für die Verkehrssünder wurde bald nach dem Krieg die sogenannte Verkehrssünderkartei eingeführt, bei der die Autofahrer bis heute Punkte sammeln können – keine Plus-, sondern Minuspunkte. Wer die Höchstpunktzahl erreicht hat, erhält nicht etwa ein Reifezeugnis wie beim Abitur. Ihm wird vielmehr die Unreife im Straßenverkehr bescheinigt, was eine Einladung zum Idiotentest zur Folge hat. Bedenkt man, dass fast jeder zehnte dort seine Automarke hinterlassen hat, wird einem bewusst, wie weit es um die einst deutsche Tugend Disziplin bestellt ist. Interessant ist, dass es mit der Geschicklichkeit und dem Reaktionsvermögen der Fahrer nicht so weit her ist. Ich denke, das liegt daran, dass – im Gegensatz zur

Raserei – das Punktekonto in diesen Fällen nicht ausgebaut werden kann. Deshalb bleibt der Geschwindigkeitsrausch der große Favorit unter den Verstößen. Die Straße wird zur Piste und der Vordermann zur Konkurrenz. Dass bei diesen Rennen überwiegend junge Leute ins Gras – pardon! in den Asphalt – beißen, erkennt man an den Kreuzen, die am Rande vieler Landstraßen zu finden sind und die Verkehrswege in Pilgerwege verwandeln.

Auch andere Mutproben werden gern abgeliefert: manch einer verschätzt sich beim Drachenfliegen derart, dass aus seinem Flugobjekt ein Stuka wird; manch anderer gerät während einer Wildwasserfahrt mit seinem Kajak in einen Strudel, der sein Boot zur Zentrifuge werden lässt; und wieder ein anderer fliegt mit seinem Motorrad aus der Kurve und unterzieht die Leitplanke einer Belastungsprobe. Bezeichnend ist, dass diejenigen, die bei solchen Unfällen Gevatter Tod noch mal von der Schippe gesprungen sind, von ihren Crash-Tests partout nicht ablassen können. Zu groß ist der Nervenkitzel, der – in der Überzeugung, dass das Paradies im Jenseits liegt – über die besseren Karten verfügt.

Von harmlosem Sex kann indes keine Rede sein, wenn sich der Freier unter die Fittiche einer Dirne begibt. Wenn er von Aids hört, denkt er vielleicht an einen Beistand – die Franzosen sprechen von Aide – den er auch nötig haben wird. Erstaunlich ist die Angebotspalette, die mitunter an das US-Gefangenenlager Guantanamo erinnert. Nur dass hier nicht der Colonel, sondern die Domina den Ton angibt. Zur Auswahl stehen neben anderen Foltermethoden das in Ketten legen und die Züchtigung mit der Peitsche. Der Unterschied zwischen beiden Anstalten besteht lediglich darin, dass im Bordell gelöhnt werden muss. Immer, wenn ich von Freudenhäusern spreche, muss ich an Hamburg denken, das am Tage eine große Rechenstube und in der Nacht ein großes Bordell war.

Exzesse hat es schon zu meiner Zeit gegeben, aber die Auswüchse waren nicht so gravierend: neben dem Kettenrauchen, das schon im Krieg dazu diente, die Moral der Truppe zu stärken, werden immer häufiger alkoholische Exzesse inszeniert – gelegentlich mit einem prominenten Mimen in der Hauptrolle. Rauschzustände, gleich welcher Art, gehören einfach zum Drehbuch. Dass es in letzter Zeit vor allem Jugendliche sind, die sich ins Koma saufen, sollte die Gesellschaft allerdings in Alarmbereitschaft versetzen.

In den sechziger Jahren erregte ein ganz anderer Fall Aufsehen, bei dem man den Eindruck haben musste, dass die Hungerjahre der Nachkriegszeit noch längst nicht vorüber waren. Das magersüchtige, einer Bohnenstange ähnelnde Mannequin Twiggy wurde zum gesuchtesten Model der Welt und damit zum Vorbild einer ganzen Mädchengeneration. In den folgenden Jahren entstand weltweit ein ganzer Stangenwald, der, wenn alle gemeinsam aufgetreten wären, an die Hopfengärten der Hallertau vor oder nach der Ernte erinnert hätte.

Wieder einmal bringe ich einen an Sie gerichteten Brief zu Ende. Es war schon höchst amüsant, dem Individuum bei seinen absurden Gewohnheiten zuzuschauen. Beim nächsten Mal wird es gar noch eine Steigerung menschlicher Unzulänglichkeiten geben. Dann befasse ich mich mit einem der übelsten Themen: den Verbrechen an den Mitmenschen. Hier läuft es mir schon jetzt kalt über den Rücken. Aber auch diesen Brief werde ich abschließen, in der Hoffnung, dass Sie sich den wenig delikaten Stoff antun. Bis dahin leben Sie wohl!

Herzlichst Ihr
Heinrich Heine

Schuld und Sühne

Teuerster S.!

Seien Sie gegrüßt! Nach den kleinen Sünden möchte ich heute diejenigen Sünden des Individuums behandeln, die als Todsünden zu bezeichnen sind: die Verbrechen an den Menschen. Wobei ich natürlich auch auf Taten eingehen werde, die nicht unbedingt in Mord oder Totschlag enden.

Beginnen wir mit den aufsehenerregendsten Mordfällen hierzulande. In Hannover sorgte der homosexuell veranlagte Friedrich Haarmann weltweit für Aufsehen, dem siebenundzwanzig Morde an vorwiegend obdachlosen jungen Männern vom Schwulenstrich nachgewiesen wurden. Weil damals kein juristisches Tamtam um einen Serienmörder veranstaltet wurde, gab es für ihn auch keine Gnade: er wurde zum Tode verurteilt und schließlich mit dem Fallbeil hingerichtet. In Frankfurt am Main machte ein Mord im Rotlicht-Milieu Schlagzeilen, dem die Prostituierte Rosemarie Nitribitt zum Opfer fiel. Zu ihren Freiern gehörten etliche bekannte Persönlichkeiten aus Politik und Wirtschaft, wodurch sie ein ansehnliches Vermögen anhäufen konnte. Das Verbrechen wurde allerdings nie aufgeklärt und der Täter bis heute nicht gefasst. In Gladbeck ging ein Geiseldrama in die Kriminalgeschichte ein: nach dem Überfall auf eine Bankfiliale kaperten die Gangster nach mehreren Fahrzeugwechseln sogar einen Bus – eine Geisel erschossen sie selbst, während eine zweite angeblich im Kugelhagel der Polizei starb. Zu einem handfesten Skandal geriet dabei das Verhalten der Medien: sensationsgeile Reporter der Boulevardpresse sowie Kamerateams der Privatsender führten Interviews mit den Tätern, die sich mühsam einen Weg durch die Horden von Paparazzi bahnen mussten, um der Polizei zu entkommen – was ihnen am Ende glücklicherweise nicht gelungen ist. Und in Erfurt lief erst vor ein paar Jahren ein 19-jähriger ehemaliger Schüler eines Gymnasiums Amok und erschoss erst vierzehn Lehrer und zwei Schüler, ehe er sich selbst richtete.

Auch wenn im ersten und letzten Fall davon ausgegangen werden kann, dass die beiden Serienmörder unter einem psychischen Defekt litten, muss man ihnen keine Träne nachweinen – wobei der Amoklauf des letzten Täters die Frage aufwirft, ob unsere gleichgültige Gesellschaft die Tat nicht mit zu verantworten hat. Bei den Killern von Gladbeck hingegen kann man nur bedauern, dass die Kugeln der Polizei ihr Ziel verfehlt haben. Und dass der Mörder der Frankfurter Dirne noch frei herumläuft, legt den Verdacht nahe, dass der Täter einflussreichen prominenten Kreisen angehört und aus Angst vor Enthüllung Spuren beseitigt haben könnte.

Der abgeschlossene Strafprozess, bei dem es um die Ermordung eines Bankier-Sohnes ging, geriet im Nachhinein zu einer Farce. Auslöser war das Affentheater, das Deutschlands Justiz veranstaltet hatte. Weil dem Täter die Androhung von Folter – wohlgemerkt die Androhung! – seelischen Schaden zugefügt hatte, wurde ihm Schmerzensgeld zugesprochen. Zu meiner Zeit hätte dieser Lump mit dem Schwert des Scharfrichters Bekanntschaft gemacht.

Die Tötung des Jungen und das, was er den Eltern angetan hat, konnte seiner Seele nichts anhaben. Hier muss die Frage erlaubt sein, ob die Rechtsausleger noch bei Sinnen waren, als sie diese Richtung einschlugen.

Zu den übelsten Verbrechen zählten zweifellos die der Nazis, die nicht nur willkürlich, sondern auch systematisch mordeten – nach einem fein säuberlich ausgearbeiteten Plan, der, wie die Produktionspläne in der Industrie, nach Sparten unterteilt war. So enthielt die erste Sparte das sogenannte Euthanasieprogramm, das sich mit der Beseitigung von Behinderten und angeblich unheilbar Kranken befasste, die in Heil- und Pflegeanstalten untergebracht waren und zum Beispiel an Schizophrenie und Schwachsinn litten – ein Posten, der mit dem kalkulierten Ausschuss in den Fabriken vergleichbar ist. In die zweite Sparte fiel die Vergasung von Juden, Zigeunern und Andersdenkenden, die sich beim Genuss der braunen Soße den Magen verdorben hatten – ein Posten, der bei industrieller Fertigung der eigenen Energieerzeugung durch Wärmerückgewinnung entspricht. Und die dritte Sparte beinhaltete Versuche an Zwillingen und anderen menschlichen Versuchskaninchen, um Rassenmerkmale wie beispielsweise Riesen- oder Zwergwuchs herauszufinden – ein Posten, der in Produktionsbetrieben dem Bereich Forschung und Entwicklung zuzuordnen ist.

Neben dem Produktionsplan wurde ein Personalplan für den Arbeitseinsatz außer Haus aufgestellt. In der ersten Rubrik wurden die arbeitstauglichen KZ-Insassen geführt, die für Zwangsarbeiten, unter anderem beim Ernteeinsatz, in Frage kamen – ähnlich den Akkordarbeitern in der Industrie, nur dass diese am Ende ihrer Schicht abgelöst und angemessen entlohnt werden. Die zweite Rubrik sah die Zwangsverpflichtung von Fremdarbeitern aus den besetzten Gebieten Osteuropas vorrangig für die Rüstungswirtschaft vor – entsprechend den heute illegal Beschäftigten, die zum Beispiel auf dem Bau für einen Hungerlohn malochen müssen. Die dritte Rubrik hingegen galt den besonders zuverlässigen KZ-Aufsehern, die bei Bedarf für Auslandseinsätze abgestellt werden konnten, um Vergeltungsmaßnahmen an Zivilisten durchzuführen – vergleichbar mit den von Betrieben abgestellten Monteuren, nur dass diese sich nicht an Menschen, sondern an Maschinen und Anlagen vergreifen, um sie wieder flott zu machen. Hier ist das Attentat auf Reinhard Heydrich in Lidice bei Prag noch in guter Erinnerung. Aus Rache wurde das ganze Dorf ausgerottet.

Viele Verbrechen kamen allerdings erst nach Denunziationen zustande – ein Thema, das ich bereits angesprochen habe. Ein solcher Fall war der von Anne Frank, die sich mit ihrer Familie in einem Amsterdamer Hinterhaus versteckt hielt und durch das krankhafte Mitteilungsbedürfnis von Nachbarn in die Hände der Gestapo geriet. Bekannt wurde sie später durch ihr Tagebuch, das von niederländischen Freunden aufbewahrt und von ihrem Vater, der als einziger der Familie in Auschwitz überlebt hatte, veröffentlicht wurde.

Immerhin gab es für einige Nazi-Schergen so etwas wie eine Gerechtigkeit: im Nürnberger Kriegsverbrecherprozess wurden insgesamt zwölf Todesurteile verhängt, unter anderen gegen Göring, von Ribbentrop, Kaltenbrunner, Keitel, Jodl und Streicher, die bis auf eines auch vollstreckt wurden – der selbstherrliche, aber feige Göring entzog sich dem Strang durch Selbstmord; zu den lebenslänglich Verurteilten zählte Rudolf Heß, dem der Knast bis ins Greisenalter erhalten blieb, wo er auch das Zeitliche segnete – was einem Haufen Unbelehrbarer stetigen Anlass für Gedenkmärsche gibt; schließlich schickte ein israelisches Gericht Adolf Eichmann, den der Geheimdienst in Argentinien aufgespürt hatte, in die Tiefen der Hölle. Bedauerlich ist, dass anderen derartige Strafen erspart blieben: im Frankfurter Auschwitz-Prozess wurden sechs SS-Leute nur mit lebenslanger, der Rest mit mehrjähriger Haft bestraft – bei Massenmördern dieser Kategorie eine Ohrfeige für die Opfer. Begrüßenswert war hingegen, dass die Alliierten viele Deutsche dazu zwangen, sich sowohl die von den Siegermächten in den KZ gedrehten Dokumentarfilme als auch die Lager vor Ort im Originalzustand anzusehen.

Von einem folgenschweren Terrorakt wurden die Olympischen Sommerspiele in München überschattet. Diesmal waren es Palästinensische Wilderer, die zur Jagd auf die jüdische Rasse bliesen – mit dem Ziel, in Israel einsitzende Kumpane frei zu bekommen. Doch den Plan hatten sie ohne den Jagdpächter ausgeheckt. Bei einem Versuch einheimischer Jäger, die jüdische Beute zurückzugewinnen, ging diese zwar verloren, aber die meisten Wilderer mussten ihre Freveltat auf fremdem Revierboden mit dem Leben bezahlen.

Auch die an einem Rechtsdrall in Verbindung mit einer Allergie gegen Fremde leidenden Glatzköpfe, auf die ich bereits an anderer Stelle näher eingegangen bin, haben sich an Beutezügen beteiligt – nur dass diesmal nicht Friedens-, sondern überwiegend Türkentauben betroffen waren, die nicht abgeschossen, sondern in ihrem Taubenschlag ausgeräuchert wurden. Schauplätze dieser perversen Art von Jagd waren Hoyerswerda, Mölln und Solingen.

Bei all diesen Verbrechen ist es nur ein schwacher Trost, wenn ich darauf verweise, dass schon zu meiner Zeit, ja vielmehr in allen Zeiten – zum Teil auf grausamste Art und Weise – gemordet wurde.

(Anmerkung des Briefempfängers: Heine spielt hier auf die Kreuzigung von Jesus Christus an, die er in Caput XIII seines Versepos *Deutschland. Ein Wintermärchen* festgehalten hat.

[…]

Und als der Morgennebel zerrann,
Da sah ich am Wege ragen,
Im Frührotschein, das Bild des Manns,
Der an das Kreuz geschlagen.

Mit Wehmut erfüllt mich jedesmal
Dein Anblick, mein armer Vetter,
Der du die Welt erlösen gewollt,
Du Narr, du Menschheitsretter!

Sie haben dir übel mitgespielt,
Die Herren vom hohen Rate.
Wer hieß dich auch reden so rücksichtslos
Von der Kirche und vom Staate!

Zu deinem Malheur war die Buchdruckerei
Noch nicht in jenen Tagen
Erfunden; du hättest geschrieben ein Buch
Über die Himmelsfragen.

Der Zensor hätte gestrichen darin,
Was etwa anzüglich auf Erden,
Und liebend bewahrte dich die Zensur
Vor dem Gekreuzigtwerden.

Ach! hättest du nur einen andern Text
Zu deiner Bergpredigt genommen,
Besaßest ja Geist und Talent genug,
Und konntest schonen die Frommen!

Geldwechsler, Bankiers, hast du sogar
Mit der Peitsche gejagt aus dem Tempel –
Unglücklicher Schwärmer, jetzt hängst du am Kreuz
Als warnendes Exempel!)

Es ist schon erstaunlich, wie viele Menschen an einem
Genschaden leiden, der Auslöser für die Freisetzung krimi-
neller Energie ist. Weil Plus- und Minuspol vertauscht sind,
können die Gehirnströme nicht, wie sonst üblich, fließen.

Das heißt, der Verstand ist ausgeschaltet. Dadurch entzündet sich wiederum ein Schwelbrand, der letztlich ein Feuer entfacht.

Die Liste der Vergehen ist lang, wobei ich auf diejenigen Taten nicht eingehen möchte, die schon immer und überall begangen wurden: Einbruch, Diebstahl, Raub, Brandstiftung, Betrug, Erpressung, Unterschlagung, Urkundenfälschung usw. Zu den üblen Fällen, die erwähnenswert sind, zählen Plünderungen, bei denen Leute, die zum Beispiel durch Naturkatastrophen obdachlos geworden sind, von Aasgeiern heimgesucht werden, die über die wenige noch verbliebene Beute herfallen. Meistens wird mit dem Diebesgut, so wie mit anderen geklauten Dingen, ein blühender Handel getrieben. Auch der Schmuggel mit Waren, die über Landesgrenzen hinweg eingeschleust werden, fällt in diese Kategorie.

Die schlimmsten unter den Kriminellen – von Mördern abgesehen – sind jedoch diejenigen, die Menschen seelischen Schaden zufügen. Lenken wir unsere Blicke zunächst auf Leute, die mit Mobbing oder Stalking bestens vertraut sind – wieder zwei dieser unseligen Anglizismen. Bei ersterem werden Mitarbeiter an ihrem Arbeitsplatz so lange traktiert, bis sie freiwillig das Handtuch werfen. Letzteres hingegen dient dazu, Prominente oder ehemalige Partner auf Schritt und Tritt zu verfolgen oder anderweitig, unter anderem telefonisch, zu belästigen. Oder betrachten wir die Pädophilen, die sich an Kinderporno ergötzen. Je jünger die Kleinen sind, desto größer ist der Kick. Selbst Säuglinge sind kein Hindernis für ihre schmutzige Phantasie. Dieser

Sorte falsch gepolter Typen, die leider nicht vom Aussterben bedroht sind, gebührt ein Platz in der Psychiatrie.

Abschließend möchte ich noch auf eine Spezies zu sprechen kommen, die mit Menschen Sklavenhandel betreibt oder mit deren Organen Geschäfte macht. Kinder und junge Frauen werden entführt, außer Landes gebracht und an zahlungskräftige Interessenten verkauft: Kinder an Familien, die keinen Nachwuchs bekommen können und sich diesen auf illegale Weise beschaffen; junge Frauen an Bordelle und Zuhälter, die sie zur Prostitution zwingen. Auch der Organhandel blüht. Es soll sogar schon Tötungsdelikte gegeben haben, um die Nachfrage zu befriedigen. Wie Sie sehen, vermehren sich die skrupellosen Geschäftemacher wie die Ratten in der Kanalisation. In meinem Gedicht *Das Sklavenschiff* habe ich dieses widerwärtige Thema behandelt.

Auch über die großen Verbrechen, die weltweit Schlagzeilen machten, wurden Bücher geschrieben, die teilweise sogar verfilmt wurden. Mit einer dieser Veröffentlichungen habe ich mich bei meinen Recherchen eingehender befasst. Es handelt sich um den Roman *Das siebte Kreuz* von Anna Seghers, der die Flucht von sieben Häftlingen aus einem KZ beschreibt – ein Buch, das die Gräueltaten der Nazis in bedrückender Weise schildert.

Heute gibt es viele Möglichkeiten, Gangstern aller Art Knüppel zwischen die Beine zu werfen. Ich denke zum einen an die Verbrecherkarteien der Polizei, die von den effizienteren Datenbanken abgelöst wurden, in denen die unrühmliche Vita der Kriminellen gespeichert ist. Mittlerweile wird eine internationale Vernetzung angestrebt, die längst überfällig ist. Auch DNA-Material, das schon manchem Täter zum Verhängnis wurde, spielt heute eine wichtige Rolle. Ich denke aber auch an das öffentlich-rechtliche Fernsehen, das zum Beispiel mit der Sendung *Aktenzeichen XY ungelöst* auf Banditenjagd geht und dank aufmerksamer Zuschauer den einen oder anderen Gesetzesbrecher hinter Schloss und Riegel gebracht hat. Leider wird es diese üble Sorte Mensch geben, solange der Homo sapiens unseren Planeten bevölkert. Ihre Existenz wird aber dazu beitragen, dass das friedfertige Volk einem Stück Vieh weitaus mehr Respekt entgegenbringt.

Ich danke Ihnen, dass Sie mir Ihre Aufmerksamkeit geschenkt haben. Wie oft habe ich mir gewünscht, dass diese Spezies ausstirbt. Doch nichts dergleichen geschieht. Das Lumpenpack wuchert wie das Ungeziefer und das Unkraut im Garten. Und es gewaltsam auszurotten, lässt unser ach so liberales Rechtssystem leider nicht zu. Finden wir uns also damit ab.

Herzlichst Ihr
Heinrich Heine

Freud und Leid

Teuerster S.!

Lassen Sie mich heute mit meinen Ausführungen fortfahren und auf das an anderer Stelle angekündigte Verhältnis zwischen Mensch und Tier eingehen. Soviel möchte ich
gleich vorweg sagen. Ich habe nichts gegen Tiere. Ganz im
Gegenteil. Ich respektiere sie und verabscheue deren Quä-
lerei in jeglicher Form. Aber ich habe etwas gegen die
Vermenschlichung von Tieren – und auch dagegen, dass
der menschliche Verzehr von tierischem Fleisch verteufelt
wird, wie dies die Veganer tun. Die Schöpfung hat mit der
Nahrungskette einen natürlichen Vorgang festgeschrieben,
in dem Fressen und Gefressenwerden zum Lebensrhyth-
mus der Tierwelt gehören.

Ich beginne zunächst mit der harmlosen Seite: der Tier-
haltung – wobei die Frage gestattet sein muss, ob diese
tatsächlich als harmlos bezeichnet werden kann. Denn die
Gefangenschaft mancher Tiere dürfte kaum artgerecht sein
– nicht nur was Privathaushalte, sondern auch Zoologische
Gärten oder kleine Tierparks betrifft. So bezweifle ich zum
Beispiel, ob das räumlich begrenzte Berliner Gehege für
einen jungen Eisbären namens Knut das geeignete Revier
war – vom hiesigen Klima mal ganz abgesehen. Umso
mehr hat es mich erstaunt, dass ganze Scharen von Zwei-
beinern zu ihrem Vierbeiner gepilgert sind, stundenlang
Schlange gestanden und sich beim Vorbeidefilieren fast auf

die Füße getreten haben – Leute, die sich in punkto Tierschutz sonst eher die Kehlen heiser brüllen.

Oder nehmen wir den Zirkus, in dem – wie beim Militär der Drill von Soldaten – die Dressur von Tieren im Vordergrund steht: wenn ein Elefantenkoloss Männchen machen oder ein Tiger durch einen Feuerring springen muss und die Besucher schier aus dem Häuschen sind. Der Stress, dem die Tiere ausgesetzt sind, wird lediglich dem Dompteur zugestanden.

Und was ist mit dem Sport? Dass Pferde auf der Rennbahn um die Wette galoppieren, mag ihrem Naturell entsprechen. Dass sie aber auf einem Parcours reiten und über möglichst viele Hindernisse wie Mauer, Oxer oder Wassergraben springen müssen, käme dem Weit- oder Hochsprung eines Beinamputierten gleich. Die Herrschaften im Sattel, die sich an Stallgeruch und Pferdeschweiß gewöhnt haben, betrachten dies als Selbstverständlichkeit – ebenso das reitbegeisterte Publikum auf den Rängen, dem schon der Fußweg vom Parkplatz zum Reitstadion zu weit ist.

Bei Haustieren trage ich zwei Herzen in meiner Brust. Beginnen möchte ich mit den Hunden. Wenn jemand einen Hund hält, der ordentlich erzogen ist, der reichlich mit Futter und Wasser versorgt wird, der über genügend Auslauf verfügt, der sich nicht selbst überlassen bleibt, der die Nachbarschaft nicht mit stundenlangem Bellen belästigt, der nicht durch die Gemeinde streunt und in fremden Gärten seine Exkremente hinterlässt – dann habe ich gewiss nichts gegen Hunde einzuwenden. Wenn aber jemand seinen Hund verwahrlosen oder bis zum Skelett abmagern lässt oder ihn in eine Bestie verwandelt und als scharfe Waffe missbraucht, sollte man ihm sein Herrchen zum Fraß vorwerfen.

(Anmerkung des Briefempfängers: über einen Hund, der selbst seinem toten Herrn noch treu ergeben war, berichtet Heine in *Ludwig Börne. Eine Denkschrift.*

[...] Diesen Morgen ist wieder ein Paket Zeitungen angekommen. Ich verschlinge sie wie Manna. Ein Kind, wie ich bin, beschäftigen mich die rührenden Einzelheiten noch weit mehr als das bedeutungsvolle Ganze. Oh, könnte ich nur den Hund Medor sehen! Dieser interessiert mich weit mehr als die anderen, die dem Philipp von Orleans mit schnellen Sprüngen die Krone apportiert haben. Der Hund Medor apportierte seinem Herrn Flinte und Patrontasche, und als sein Herr fiel und samt seinen Mithelden auf dem Hofe des Louvre begraben wurde, da blieb der arme Hund, wie ein Steinbild der Treue, regungslos auf dem Grabe sitzen, Tag und Nacht, von den Speisen, die man ihm bot, nur wenig genießend, den größten Teil derselben in die Erde verscharrend, vielleicht als Atzung für seinen begrabenen Herrn! [...])

Inzwischen sind unsere Landsleute sprichwörtlich auf den Hund gekommen. Anstelle von Tagesstätten für Kinder richten sie solche für Hunde ein. Man muss sich schon die Frage stellen, weshalb sich jemand ein solches Tier anschafft, um es dann in Pflege zu geben, weil er oder sie überwiegend durch Abwesenheit glänzt. Vermutlich sind diese Leute nur unfähig, eine Beziehung mit dem Homo sapiens einzugehen. Übrigens, auch was man unter einem Hund versteht, ist Ansichtssache. Ich jedenfalls verstehe darunter einen Jagdhund, einen Schäferhund, einen Bernhardiner, einen Boxer oder eine Dogge, nicht aber einen Pinscher, der nicht zu bellen, sondern nur zu kläffen vermag.

Im Gegensatz zu Hundetagesstätten ergeben Hundeschulen durchaus einen Sinn. Ich denke nur an die Ausbildung der Vierbeiner als Wach- oder Blindenhund, als Lawinensuchhund, als Rauschgift- oder Sprengstoffspürhund. Und es erstaunt mich stets aufs Neue, über welch ausgeprägte Sinne diese großartigen Tiere verfügen.

Hingegen muten Deutsche im Ausland geradezu kurios an, die das Ausführen von Hunden – am liebsten im Rudel – übernehmen. Für die Besitzer der Tiere hat das den Vorteil, sich mehr um die eigenen Kinder kümmern zu können, während letztere bei uns vor die Hunde gehen.

Auch für die Haltung einer Katze habe ich Verständnis – wohl wissend, dass sie sich bei Tag wie bei Nacht davonschleicht und überall ihre Duftmarken hinterlässt. Einsperren lässt sich so ein Miniaturtiger ohnehin nicht. Doch verschlug es mir regelrecht die Sprache, als ich einem gestandenen Mannsbild begegnete, das mit sieben Katzen eine Etage seiner Villa teilte, während seine Frau, mit der er – im Gegensatz zu den Katzen – scheinbar nicht kommunizieren konnte, auf einem anderen Stockwerk wohnen musste. Auch ich persönlich fand ihn nicht sonderlich gesprächig. Einer Katze mag es wohl reichen, wenn sie gelegentlich mit *Miez, Miez!* angesprochen wird.

Statt Hund und Katze ziehen manche Leute eher Kleintiere vor: Hamster, die in einem Käfig mangels Auslauf unentwegt ein Rad in Bewegung setzen; Fische, die in einem Aquarium ständig die gleichen Runden drehen; oder Vögel, die in einer Voliere so wenig Platz zum Fliegen haben, dass sie nur von Stange zu Stange hüpfen können.

(Anmerkung des Briefempfängers: mit letzteren beschäftigt sich Heine in der *Harzreise*.

[...] Hinter Nordheim wird es schon gebirgig und hier und da treten schöne Anhöhen hervor. Auf dem Wege traf ich meistens Krämer, die nach der Braunschweiger Messe zogen, auch einen Schwarm Frauenzimmer, deren jede ein großes, fast häuserhohes, mit weißem Leinen überzogenes Behältnis auf dem Rücken trug. Darin saßen allerlei eingefangene Singvögel, die beständig piepsten und zwitscherten, während ihre Trägerinnen lustig dahinhüpften und schwatzten. Mir kam es gar närrisch vor, wie so ein Vogel den andern zu Markte trägt. [...])

Leute mit größerem Geldbeutel, wie früher der Adel, können es sich natürlich leisten, ein eigenes Pferd zu halten – was jedoch nur auf dem Land Sinn macht, wo ein Ausritt in die freie Natur für gesunde Bewegung sorgt. In den Städten kann man allenfalls bei Volksfesten auf dem künstlichen Pferd eines Kinderkarussells reiten. Doch auch in ländlichen Gegenden ist es für jemanden, der mit Reiten nichts am Hut hat, wenig angenehm, wenn er statt in Boskop-Äpfel in Pferdeäpfel tritt.

Der letzte Schrei sind exotische Tiere, die nicht selten in kleinen Appartements mitten in der Stadt gehalten werden: Schlangen – wenn möglich auch noch giftig – winden sich um Tisch- und Stuhlbeine oder verschwinden in der Kanalisation; Affen springen wie wild geworden zwischen Tür und Fenster hin und her oder üben sich im Abriss scheußlicher Tapeten; Papageien schwatzen die dummen Sprüche ihrer Besitzer nach oder werfen mit Schimpfwörtern um sich; und tropische Spinnen ziehen Fäden für ihre Netze von Wand zu Wand, die sich fast zum Aufhängen von Wäsche eignen. Die Halter solcher Tiere, bei denen im Kopf ein größeres Tohuwabohu als auf der wenige Quadratmeter großen Wohnfläche herrscht, leiten den Begriff Haustier ganz offensichtlich von *hausen* ab.

Ich möchte natürlich nicht versäumen, auf die Schattenseiten im Umgang mit Tieren einzugehen: die Übertragung von Krankheiten – wobei ich mich auf unsere Breiten beschränken will. Zu den harmloseren Fällen zählen sicher die Allergien, die durch Hunde- oder Katzenhaare ausgelöst werden. Doch unabhängig davon, ist von übertriebenen Liebkosungen, wie man sie einem Kind zuteil werden lässt, generell abzuraten – nicht nur, weil sie albern wirken, sondern weil Haustiere immer irgendwelche Erreger mit sich herumschleppen können.

Hingegen sind andere Fälle weitaus gefährlicher. Im Rahmen eines Tests wurde erstmals bei einem in Deutschland geborenen Rind BSE festgestellt. Vorsorglich wurde die Verfütterung von Tiermehl an Rinder verboten. Inwieweit dieses Virus auf den Menschen übertragbar ist, konnte bisher nicht eindeutig geklärt werden. Das gleiche gilt für die Vogelgrippe, die zum ersten Mal bei Nutztieren nachgewiesen wurde. Überträger sind vermutlich Wildvögel, weshalb für Geflügel Käfighaltung angeordnet wurde.

Ein besonderes Problem stellen Zecken dar – vor allem in Süddeutschland. Die kleinen Biester können Hirnhautentzündung und Borreliose übertragen. Im ersten Fall hilft zwar eine Impfung, aber im zweiten müssen Antibiotika verabreicht werden. Derartige Infektionen sind, im Gegensatz zu den typischen Zivilisationskrankheiten, ausnahmsweise einmal nicht auf ein Verschulden der Menschen zurückzuführen – es sei denn, Flug- oder Schiffsreisende schleppen irgendwelche Viecher aus tropischen Gebieten ein, die für Menschen hierzulande gefährlich werden können.

Lassen Sie mich jetzt noch auf die Tierquälerei eingehen, die zu den Verbrechen gehört und ebenso gut im vorangehenden Brief hätte behandelt werden können. Doch so viel kann ich schon vorwegnehmen: unsere Landsleute sind nicht die einzigen, die diverse Schweinereien mit Tieren anstellen.

Vor allem in England und Wales zählten bislang Fuchsjagden mit einer Meute bellender Hunde zu den Lieblingsbeschäftigungen gewisser Kreise, die sonst eher keine sinnvollen Hobbys pflegen. Erst vor kurzem sind diese unsinnigen Veranstaltungen verboten worden. Die Engländer sind es auch, die, ebenfalls den Reitsport betreffend, das Hindernisrennen in Liverpool interessant finden, bei dem sich Jahr für Jahr das eine oder andere Pferd die Knochen bricht und eingeschläfert werden muss. Ich will aber der Vollständigkeit halber hinzufügen, dass diese edlen Tiere schon zu meiner Zeit nicht immer gut behandelt wurden – zumindest dann nicht, wenn armselige Ackergäule betroffen waren.

(Anmerkung des Briefempfängers: eine dieses Thema betreffende Geschichte ist ebenfalls Heines *Harzreise* zu entnehmen.

[...] Nirgends wird die Pferdeschinderei stärker getrieben als in Göttingen, und oft, wenn ich sah, wie solch eine schweißtriefende, lahme Kracke, für das bißchen Lebensfutter, von unsern Rauschenwasserrittern abgequält ward, oder wohl gar einen ganzen Wagen voll Studenten fortziehen mußte, so dachte ich auch: "O du armes Tier, gewiß haben deine Voreltern im Paradiese verbotenen Hafer gefressen!" [...])

Die Spanier pflegen eine andere Leidenschaft: sie toben sich beim Anblick des Stiers aus, wenn dieser – nach dem Lanzenstich des berittenen Pikadors und den Attacken der Banderilleros anfangs gereizt, später völlig wehrlos – vom Torero zur Strecke gebracht wird. Bei den im weiten Rund sitzenden und ihren Helden anfeuernden Zuschauern kommt das Blut erst in Wallung, wenn das des Stiers aus den Wunden quillt und den Sand rot verfärbt.

Auch die Italiener sind keine Waisenknaben im Umgang mit Tieren. Ihnen haben es vor allem die Zugvögel angetan, die – insbesondere in den südlichen Gefilden – in Massen gefangen und getötet werden. Warum die dummen Vögel keinen Bogen um den Stiefel Europas machen, wo sie als Delikatesse verspeist werden, ist mir ein Rätsel. Ich muss allerdings gestehen, dass auch ich schon auf Vögel geschossen habe – und zwar auf Möwen.

(Anmerkung des Briefempfängers: über diesen Vorfall schreibt Heine in der *Nordsee*.

[...] Des Versuchs halber, denn ich muß mein Blut besser gewöhnen, ging ich gestern auf die Jagd. Ich schoß nach einigen Möwen, die gar zu sicher umherflatterten, und doch nicht bestimmt wissen konnten, daß ich schlecht schieße. Ich wollte sie nicht treffen und sie nur warnen, sich ein andermal vor Leuten mit Flinten in Acht zu nehmen; aber mein Schuß ging fehl, und ich hatte das Unglück, eine junge Möwe tot zu schießen. Es ist gut, daß es keine alte war; denn was wäre dann aus den armen, kleinen Möwchen geworden, die noch unbefiedert, im Sandneste der großen Düne liegen, und ohne die Mutter verhungern müßten. Mir ahndete schon vorher, daß mich auf der Jagd ein Mißgeschick treffen würde; ein Hase war mir über den Weg gelaufen. [...])

Die Völker anderer Kontinente sind zum Teil noch viel brutaler: in islamischen Ländern wird Ziegen und Schafen bei lebendigem Leib der Hals durchtrennt, damit sie ausbluten können, während der kopflose Körper noch lange zappeln muss; die Japaner jagen nicht nur Wale, sondern alles, was sich im Wasser bewegt – kein Wunder bei dem großen Bedarf an Fisch, der bevorzugt roh verspeist wird;

die Chinesen erfreuen sich an Hunden – aber nicht, wenn sie im Zwinger, sondern im Kochtopf liegen; die Kanadier schlachten mit Vorliebe Robbenbabys ab, deren Blut die weißen Eisflächen in rote Teppiche verwandelt; und die Mexikaner sind aus dem Häuschen, wenn zwei Hähne so lange aufeinander einhacken, bis einer die Flügel streicht.

Derartige Übergriffe auf Tiere sind bei uns zwar per Gesetz verboten, würden aber, wenn dies nicht der Fall wäre, von Tierschützern verhindert werden. Und dennoch gibt es bei uns skandalöse Fälle, die ich nicht verschweigen kann. Ein typisches Beispiel ist der Transport von lebenden Tieren wie etwa Rindern, die kreuz und quer durch Europa gekarrt werden. Auf engstem Raum müssen sie stunden-, ja manchmal tagelang ausharren, bis sie endlich am Ziel ausgeladen werden – oft nicht einmal mit ausreichend Wasser und Futter versorgt. Man sollte die nur am Profit orientierten Ochsen ähnlich behandeln.

Noch übler sind die zahlreichen Versuche, die manch arme Kreatur über sich ergehen lassen muss. Soweit das Ganze der Entwicklung von Leben rettenden Medikamenten dient, ist wenigstens ein Sinn erkennbar. Wenn aber das Mixen von Tinkturen der Grund für die Torturen ist – nur weil einige Männlein und Weiblein ihre Visage in Farbtöpfe eintauchen müssen – dann sollte auf diesen kosmetischen Unfug verzichtet werden. Zumal bekannt sein dürfte, dass sich manches Gesicht ohnehin nicht mehr aufmotzen lässt.

Abschließend möchte ich noch etwas zum Fleisch toter Tiere sagen. Wie ich schon eingangs erwähnte, ist der menschliche Verzehr von tierischer Nahrung nichts Verwerfliches – er kann sogar zum Genuss werden. Absolut widerwärtig ist allerdings die Tatsache, dass ein paar geldgierige Monster altes Fleisch mit längst abgelaufenem Verfallsdatum umpacken und, als neue Ware deklariert, ohne mit der Wimper zu zucken auf den Markt bringen. Solchen Leuten sollte man ihr eigenes Gammelfleisch so lange gewaltsam in den Rachen stopfen, bis sie solchen Schweinereien für immer abschwören.

Über Tiere wurde schon viel geschrieben, und ihre Geschichten wurden häufig verfilmt, vertont oder gezeichnet. Im Fernsehen ermittelt ein Schäferhund namens Kommissar Rex, im Musical *Cats* von Andrew Lloyds Webber dreht sich alles um Katzen und in den Cartoons von Walt Disney tauchen neben anderen Wesen eine Maus und eine Ente auf – Micky Mouse und Donald Duck. Bezeichnenderweise werden in allen diesen Fällen nur die niedlichen Seiten der Tierwelt gezeigt. Über die hässlichen wird Stillschweigen bewahrt.

Für heute soll es genug sein. Zudem nähere ich mich dem Ende meiner Abhandlungen. In meinem letzten Brief beziehe ich zum Thema Umweltsünden Stellung. Bis dahin hoffe ich, dass Sie mir die Treue halten, ehe ich mich für immer von Ihnen verabschiede. Seien Sie von mir gegrüßt!

Herzlichst Ihr
Heinrich Heine

Gift und Galle

Teuerster S.!

Ich komme nun zur letzten Betrachtung des Individuums – diesmal im Zusammenhang mit der Umwelt. Es gibt zweifellos Katastrophen, für die der Mensch nicht direkt verantwortlich gemacht werden kann. Hierzu gehören Erdbeben, Vulkanausbrüche und Flutwellen. Leichtere Erdbeben kommen in Deutschland eher selten und wenn, dann im Rheingraben, auf der schwäbischen Alb und im Vogtland vor. Mit Vulkanausbrüchen ist eher nicht zu rechnen. Aber Flutwellen können jederzeit auf die deutsche Küste treffen.

Viele Naturkatastrophen wären hierzulande vermeidbar, wenn der Mensch mehr Rücksicht auf die Umwelt nehmen würde. So könnte dem Waldsterben ein Ende bereitet werden, wenn nicht so viele Schadstoffe in die Luft geblasen würden; so könnten Murenabgänge im Gebirge verhindert werden, wenn nicht so viele Bergwälder abgeholzt würden; so hätte das Hochwasser an Oder und Elbe weniger Schaden anrichten können, wenn an beiden Wasserstraßen samt ihrer Nebenflüsse nicht so viele Begradigungen vorgenommen und so viele Flächen versiegelt worden wären. Auch die zunehmenden Wirbelstürme sind eine Folge der steigenden Ozon-Belastung.

Leider ist mit den bisher genannten Umweltsünden das Gefahrenpotential noch längst nicht ausgeschöpft. Verantwortlich dafür ist in erster Linie eine Clique, die sich an

Atom, Öl und Chemie gesundstößt und sich einen Dreck darum schert, ob Menschen hierdurch zu Schaden kommen. Anders ausgedrückt: das Schicksal derer, die zu körperlichen Krüppeln verkümmern, ist diesen geistigen Krüppeln völlig gleichgültig. Unvergessen ist eine Katastrophe jenseits unserer Landesgrenzen wie der bereits erwähnte Super-GAU des Kernkraftwerks Tschernobyl in der Ukraine, der auch deutsche Felder und Wälder in Mitleidenschaft gezogen hat. Während die Opfer vor Ort ihr blaues Wunder erlebten, kamen die für die Schlampereien Verantwortlichen mit einem blauen Auge davon.

Nicht wenige Bürger tragen ihr persönliches Scherflein zur Umweltverschmutzung bei. Nicht nur, dass sie ihren Schrott oder Sperrmüll in heimischen Gewässern und Wäldern entsorgen, was zur Verunreinigung des Wassers bzw. Grundwassers führt; nicht nur, dass sie mit ihrer exzessiven Nutzung von Auto oder Motorrad Kubikmeter weise Abgase erzeugen, die in den Städten zunehmend Smogalarm auslösen; nicht nur, dass sie ihre elektronischen Geräte Tag und Nacht auf Betriebsbereitschaft geschaltet haben, was dringend benötigte Energieressourcen vergeudet; sondern auch, dass sie achtlos ihre Zigarettenkippen wegwerfen, wodurch bei Extremtemperaturen Waldbrände entstehen. Was den Großbrand in Hamburg Mitte des 19. Jahrhunderts ausgelöst hatte, dessen Folgen ich noch zu spüren bekam, konnte ich nie in Erfahrung bringen.

(Anmerkung des Briefempfängers: auf dieses Ereignis geht Heine in Caput XXI seines Versepos *Deutschland. Ein Wintermärchen* ein.

Die Stadt, zur Hälfte abgebrannt,
Wird aufgebaut allmählich;
Wie'n Pudel, der halb geschoren ist,
Sieht Hamburg aus, trübselig.

Gar manche Gassen fehlen mir,
Die ich nur ungern vermisse –
Wo ist das Haus, wo ich geküßt
Der Liebe erste Küsse?

Wo ist die Druckerei, wo ich
Die "Reisebilder" druckte?
Wo ist der Austerkeller, wo ich
Die ersten Austern schluckte?

[...]

Wo ist das Rathaus, worin der Senat
Und die Bürgerschaft gethronet?
Ein Raub der Flammen! Die Flamme hat
Das Heiligste nicht verschonet.

Die Leute seufzten noch vor Angst,
Und mit wehmüt'gem Gesichte
Erzählten sie mir vom großen Brand
Die schreckliche Geschichte:

"Es brannte an allen Ecken zugleich,
Man sah nur Rauch und Flammen!
Die Kirchentürme loderten auf
Und stürzten krachend zusammen.

[...])

Ich denke, Sie werden mir zustimmen, wenn ich die zahlreichen Bausünden anprangere, die in den vergangenen hundert Jahren begangen wurden. Durch die Versiegelung von immer mehr Grund und Boden für Straßen, Industriegebiete und Wohnsiedlungen wurden bzw. werden der Natur unzählige Flächen geraubt, die unwiederbringlich verloren sind – abgesehen davon, dass der Asphalt bei unwetterartigen Regengüssen das Wasser nicht mehr aufnehmen kann. Insofern bin ich erstaunt, dass es immer wieder Leute gibt, die sich bei Starkregen über nasse Füße wundern. Im übrigen trägt die besagte Industrie- und Wohnbebauung durch teils vorsätzlich, teils grob fahrlässig eingeleitete Abwässer wesentlich dazu bei, dass Flüsse, Seen und sogar das Meer verseucht werden – womit die darin lebenden Fische und andere Wasserbewohner auf Dauer keine Überlebenschancen haben.

Das Gegenstück, ältere Gebäude mit der Abrissbirne zu konfrontieren, hätte nur dann einen Sinn, wenn sich der finanzielle Aufwand für den Erhalt nicht lohnen und ersatzweise die Renaturierung erfolgen würde. In den meisten Fällen werden jedoch noch größere Klotzkästen aus dem Boden gestampft, die nicht selten das Stadt- oder Landschaftsbild verschandeln.

(Anmerkung des Briefempfängers: über den abgerissenen Dom zu Goslar, worunter das städtische Erscheinungsbild damals schwer gelitten hatte, schreibt Heine in der *Harzreise*.

[...] In Gottschalks "Handbuch" hatte ich von dem uralten Dom und von dem berühmten Kaiserstuhl zu Goslar viel gelesen. Als ich aber beides besehen wollte, sagte man mir: der Dom sei niedergerissen und der Kaiserstuhl nach Berlin gebracht worden. Wir leben in einer bedeutungsschweren Zeit: tausendjährige Dome werden abgebrochen, und Kaiserstühle in die Rumpelkammer geworfen. [...])

Dass die Bewohner unseres Planeten mit dem Feuer spielen, ohne zu merken, dass sie sich allmählich die Finger verbrennen, macht mich nicht nur fassungslos, sondern bestärkt mich auch in Einsteins Aussage *Nichts ist so beständig wie die Dummheit der Menschen*. Sonst würden sie nämlich die Uhr der Sünden zurückzudrehen versuchen, anstatt den Zeiger einfach weiterlaufen zu lassen, um fortwährend neue Freveltaten zu begehen.

Dass die Niederlande dem Ijsselmeer nach und nach Land abringen, um es nach der Eindeichung trockenlegen und für die Landwirtschaft nutzen zu können, mag angesichts der begrenzten Ausdehnungsmöglichkeiten dieses flächenmäßig kleinen Landes noch verständlich sein. Wenn aber Flughäfen in Frankfurt und München um zusätzliche Start- und Landebahnen erweitert werden sollen, um weitere Millionen von Billigfliegern wie Wespenschwärme auf den letzten landschaftlich noch intakten Inseln dieser Welt einfallen zu lassen, spricht das von wenig Weitsicht der an Kurzsichtigkeit leidenden Reisebranche – unabhängig davon, dass die Anlieger mit noch mehr Feinstaub, Rückständen von Kerosin und Lärm belästigt werden. Dabei wäre die eigene Heimat eine Reise wert – egal, ob man das Meer oder das Gebirge, das flache oder das hügelige Land bevorzugt.

(Anmerkung des Briefempfängers: in der *Nordsee* schildert Heine die Schönheiten des Meeres, das stets eine besondere Anziehungskraft auf ihn ausgeübt hat.

[...] Ich liebe das Meer, wie meine Seele.

Oft wird mir sogar zu Mute, als sei das Meer eigentlich meine Seele selbst; [...]

Geht man am Strande spazieren, so gewähren die vorbeifahrenden Schiffe einen schönen Anblick. Haben sie die blendend weißen Segel aufgespannt, so sehen sie aus wie vorbeiziehende, große Schwäne. Gar besonders schön ist dieser Anblick, wenn die Sonne hinter dem vorbei-

segelnden Schiffe untergeht, und dieses, wie von einer riesigen Glorie,
umstrahlt wird. [...]

Gar besonders wunderbar wird mir zu Mute, wenn ich allein in
der Dämmerung am Strande wandle, – hinter mir flache Dünen, vor
mir das wogende, unermeßliche Meer, über mir der Himmel wie eine
riesige Kristallkuppel – ich erscheine mir dann selbst sehr ameisen-
klein, und dennoch dehnt sich meine Seele so weltenweit. Die hohe
Einfachheit der Natur, wie sie mich hier umgibt, zähmt und erhebt
mich zu gleicher Zeit, und zwar in stärkerem Grade als jemals eine
andere erhabene Umgebung. [...]

In einem Brief an Moses Moser berichtet Heine über
sein Wohlbefinden bei einer Wanderung durch den Harz.

[...] Sie war mir sehr heilsam, und ich fühle mich durch diese Rei-
se sehr gestärkt. Ich habe zu Fuß und meistens allein den ganzen
Harz durchwandert, über schöne Berge, durch schöne Wälder und
Täler bin ich gekommen und habe wieder mal frei geatmet. Über
Eisleben, Halle, Jena, Weimar, Erfurt, Gotha, Eisenach und Kassel
bin ich wieder zurückgereist, ebenfalls immer zu Fuß. Ich habe viel
Herrliches und Liebes erlebt, und wenn nicht die Jurisprudenz ge-
spenstisch mit mir gewandert wäre, so hätte ich wohl die Welt sehr
schön gefunden. Auch die Sorgen krochen mir nach. [...])

Die Menschen täten gut daran, wenn sie bescheidener
und zufriedener wären – ganz besonders unsere deutschen
Landsleute. Und für den Denkzettel, den sie angesichts
ihrer Umweltsünden längst erhalten haben, sollten sie nicht
den lieben Gott, sondern sich selbst anklagen.

Nicht zuletzt sollten sie sich darüber Gedanken machen, zu welchen Kompromissen sie bei der Gewinnung von umweltfreundlicher Energie bereit sind – wenn sie verhindern wollen, dass eines Tages die Lichter ausgehen. Mit dem Slogan *Atomkraft nein danke!* ist es nicht getan, solange auch gegen Windräder, Solaranlagen und Stromtrassen protestiert wird.

So, nun wird es Zeit, dass ich mich endgültig verabschiede. Ich danke Ihnen für die Geduld, die Sie mir beim Lesen meiner Briefe entgegengebracht haben. Und ich danke Ihnen vor allem für die Aufmerksamkeit, die Sie meinen Ausführungen geschenkt haben - zumal Ihnen das meiste bekannt war. Jetzt bleibt mir nur noch, Lebewohl zu sagen – mit dem Wunsch, dass Sie mir auch weiterhin die Treue halten.

Herzlichst Ihr
Heinrich Heine

Epilog

Heines Rückkehr in höhere Sphären wird ihm wohl leicht gefallen sein. Zu groß war die Enttäuschung, als er seine Heimat, die er einst so sehr vermisst hatte, nach einhundertfünfzig Jahren wiedersah und ernüchtert feststellen musste, dass sich im Vergleich zu damals nur wenig geändert hat: an die Stelle von Landesfürsten mit Ahnentafel traten solche mit Parteibuch; die Waage von Justitia leidet nach wie vor an Gleichgewichtsstörungen; die Bürokratiehengste wiehern neuerdings elektronisch; der zurückgetretene Meister vom Heiligen Stuhl verkündete seine Dogmen auf Deutsch statt auf Italienisch; die Kapitalhaie haben sich in Piranhas verwandelt; und die Militärs tragen Baretts anstelle von Pickelhauben.

Auch an seinen Landsleuten fand Heine nur wenig Freude: die Kopierleidenschaft amerikanischer Sitten und Unsitten erhebt Deutschland fast zum einundfünfzigsten Bundesstaat der USA; noch beängstigender ist die Linksdrehung zahlreicher Traumtänzer hierzulande, die den Enkeln von Marx und Engels nacheifern, ohne kapiert zu haben, dass diese stets Wasser predigten und selbst Wein soffen; und absolut katastrophal wirkt sich der Rechtsdrall einer Meute von Bluthunden arischer Rasse auf das Ansehen der Bundesrepublik im Ausland aus.

Ganz offensichtlich scheint es eine deutsche Eigenart zu sein, gelegentlich laut zu bellen, um danach wieder den Schwanz einzuziehen. Und weil das deutsche Gemüt für jede Art von Beeinflussung empfänglich ist, wird auch niemals ausgeschlossen werden können, dass der eine oder andere Wolf zu heulen beginnt und das Rudel in trauter Geschlossenheit hinter seinem Leitwolf her rennt. In dem Gedicht *Michel nach dem März* hat Heine die Schwächen seiner Landsleute während der Revolution von 1848 schonungslos offen gelegt, die getrost als zeitlose Erscheinung betrachtet werden können.

Solang ich den deutschen Michel gekannt,
War er ein Bärenhäuter;
Ich dachte im März, er hat sich ermannt
Und handelt fürder gescheuter.

Wie stolz erhob er das blonde Haupt
Vor seinen Landesvätern!
Wie sprach er – was doch unerlaubt –
Von hohen Landesverrätern.

Das klang so süß zu meinem Ohr
Wie märchenhafte Sagen,
Ich fühlte, wie ein junger Tor,
Das Herz mir wieder schlagen.

Doch als die schwarzrotgoldne Fahn,
Der altgermanische Plunder,
Aufs neu erschien, da schwand mein Wahn
Und die süßen Märchenwunder.

Ich kannte die Farben in diesem Panier
Und ihre Vorbedeutung:
Von deutscher Freiheit brachten sie mir
Die schlimmste Hiobszeitung.

Schon sah ich den Arndt, den Vater Jahn –
Die Helden aus andern Zeiten
Aus ihren Gräbern wieder nahn
Und für den Kaiser streiten.

Die Burschenschaftler allesamt
Aus meinen Jünglingsjahren,
Die für den Kaiser sich entflammt,
Wenn sie betrunken waren.

Ich sah das sündenergraute Geschlecht
Der Diplomaten und Pfaffen,
Die alten Knappen vom römischen Recht,
Am Einheitstempel schaffen –

Derweil der Michel geduldig und gut
Begann zu schlafen und schnarchen,
Und wieder erwachte unter der Hut
Von vierunddreißig Monarchen.

*

So boshaft viele Bemerkungen Heines auch sein moch-
ten, so lächerlich waren die Reaktionen seiner Landsleute

damals. Ob der abhanden gekommene Humor zurückgekehrt und zwischen Flensburg und Garmisch-Partenkirchen, zwischen Aachen und Cottbus vielleicht sogar gesellschaftsfähig geworden ist, muss angesichts seiner neuesten Stellungnahmen abgewartet werden. Hoffentlich bleibt dem Verfasser, der Heines Ausführungen an dieser Stelle zu Papier gebracht hat, ähnliches Ungemach erspart wie das, was letzterer in seinem Gedicht *Warnung* zum Ausdruck gebracht hat.

Solche Bücher läßt du drucken!
Teurer Freund, du bist verloren!
Willst du Geld und Ehre haben,
Mußt du dich gehörig ducken.

Nimmer hätt ich dir geraten,
So zu sprechen vor dem Volke,
So zu sprechen von den Pfaffen
Und von hohen Potentaten!

Teurer Freund, du bist verloren!
Fürsten haben lange Arme,
Pfaffen haben lange Zungen,
Und das Volk hat lange Ohren!